10

알기 쉬운 한국고전문학선

숙영낭자전

황 국 산 編著

● 숙영낭자전(淑英娘子傳)
● 장끼전
● 숙향전(淑香傳)

太乙出版社

♣차 례♣

숙영낭자전
淑英娘子傳

◇작품 해설◇

「숙영낭자전」은 「장화홍련전」이나 「오유란전」, 「운영전」, 「박씨부인전」 등과 더불어 국문학사상 우리 고전문학의 대표작이라고 할 수 있다.

이 작품은 일반적인 고대소설이 가지고 있는 특성을 고루 갖추고 있다. 내용에 있어서도 매우 도선적(道仙的)이며 비현실적인 묘사가 많다. 가령 백선군(白仙君)이 선경(仙境)으로 들어가 선녀(仙女) 숙영(淑英)을 만나 인간 세상으로 데려오는 장면이라든지, 숙영낭자가 하늘의 조화를 힘입어 죽었다가 다시 살아나는 장면 등은 현실 세계에서는 감히 기대할 수 없는 상상적인 문제라고 할 수 있는 것이다. 그러나 이러한 허구성은 대개의 고대소설이 가지고 있는 특색 중의 하나이므로 그다지 흠잡을 바는 아니다.

고대소설의 가장 두드러진 특징은 거의가 다 남녀간의 사랑을 주제로 하고 있다는 점이다. 이 「숙영낭자전」 역시 예외는 아니다. 이 소설 속에서의 사랑 문제는 「운영전」이나 「채봉감별곡」 등과 마찬가지로 절실하게 대두되고 있다. 특히 백선군이 과거를 보러 떠났으나 발길이 떨어지지 않아, 보고 싶은 낭자를 한 번이라도 더 보기 위해 두 번씩이나 밤중에 되돌아와 부모 몰래 집을 찾는 것과 같은 장면은, 어쩌면 「운영전」에서 김진사가 수성궁 담을 넘어 운영을 만나러 간 것과 같은 강한 애정을 나타냈다고도 볼 수 있다. 한국 고대 소설의 대표적인 애정물(愛情物)임에 틀림이 없다.

숙영낭자전(淑英娘子傳)

제1회

이조 세종대왕 때, 경상도 땅에 한 선비가 살고 있었으니 성은 백(白)이요 이름은 상군(尙君)이라 하였다. 부인 정씨(鄭氏)와 이십 년을 함께 살아왔으나 슬하에 자식이 없어서 걱정하고, 늘 천지신명 께 아들 하나 점지해 주시기를 지성으로 축원하였다. 그 간곡한 정성 으로 아들 하나를 점지받았는데, 점점 자라는 동안에 용모가 수려하 고 성품이 온유하며 문재(文才)가 넘쳐 흘렀다.

백상군 부부는 하늘이 내려주신 이 외아들을 금지옥엽 애중하여 이름을 선군(仙郡)이라 하고 자를 현중(賢仲)이라고 지었다.

백선군은 자라서 어느덧 장가들 나이에 이르렀다. 부모는 자식에 게 적당한 짝을 얻어서 슬하에 두고 살아가는 재미를 보고자 널리 구혼하였으나 알맞은 혼처가 얼른 나타나지 않아 항상 걱정이었다.

이때 봄빛이 따뜻하게 버들가지를 희롱하는 좋은 계절에 선군이 서당에서 글을 읽다가 몸이 피로하여 책상에 기댄 채 깜빡 잠이 들었다. 갑자기 녹의홍상으로 차려입은 아름다운 낭자가 살며시 방문을 열고 들어와서는 두 번을 절하고 옆에 앉더니 이렇게 말하는 것이었다.

"도련님께서는 저를 모르시나요? 제가 여기에 온 것은 다름이 아니오라 도련님과 저와는 천생연분이라 찾아뵙는 것이옵니다."

낭자의 말을 듣고 선군은 크게 놀라며 물었다.

"나는 진세(塵世)의 속객(俗客)이려니와 낭자는 천상의 선녀가 아니오? 그런데 어찌하여 우리 사이에 연분이 있다 하시오?"

그러자 낭자는 말하였다.

"도련님께서는 원래 천상에서 비를 내리는 선관(仙官)이셨는데 어느 날 비를 잘못 내리신 탓에 그 죄로 인하여 인간 세상에 귀양을 오셨으니 머지않아 저와 더불어 만나뵐 날이 있을 것이옵니다."

하고는, 선녀 낭자는 홀연히 사라져 버렸다. 선녀는 사라졌되 그 향기는 사라지지 않으므로 선군이 이상히 여겨 선녀가 사라져간 허공을 향해 바라보는 동안에 잠에서 깨어나니 책상에 기대어 조는 동안에 잠시 꾼 꿈이었다. 그러나 꿈 속에서 본 선녀의 모습이 너무나 확연해서 잠을 깨고난 후에도 그 모습이 눈에 선연하고 맑고 고운 음성이 귓가에 쟁쟁하였다.

그 후부터 선군은 꿈 속에서 만난 그 낭자의 아리따운 모습을 잊을 수가 없어서 마음이 초조하고 불안하여 마침내는 병이 되어 몸까지 쇠약해지기에 이르렀다.

형용이 수척하여 번민하는 기색이 역력해진 선군을 보고 그의 부모가 크게 염려하고 그 연유를 물었다.

"너의 병세가 심상치 않거니와 무슨 곡절이 있거든 숨기지 말고
말하여라."

"별로 걱정될 만한 일은 없사오니 안심하소서."

하고는 서당으로 물러나와 잡념을 잊고자 가만히 누웠다. 그러나
마음은 낭자 생각으로 가득하여지며 모든 일에 흥미가 없어지는 것이
었다. 그런데 이때 갑자기 그 낭자가 구름처럼 나타나서 선군의 옆에
앉으면서 위로하는 것이었다.

"도련님께서 저를 생각한 나머지 이처럼 병을 얻었으니 어찌 제
마음이 편하오리까? 제가 도련님을 위로해 드리고자 제 화상과
금동자 한 쌍을 가져 왔사오니, 제 화상을 도련님 침실에 두시고
밤이면 안고 주무시고, 낮에는 벽에 걸어두어 도련님의 울적한
마음을 달래사이다."

선군은 너무나 반가와서 낭자의 고운 손을 부여잡고 다정하게 속삭
이려고 할 찰나에 그만 낭자의 자취는 사라져 버리는 것이었다. 깜짝
놀라 깨어보니 꿈이었다.

그러나 금동자 한 쌍과 낭자의 화상이 분명히 옆에 놓여 있는 것이
아닌가?

선군은 기이하게 여기면서 금동자는 상 위에 올려 놓고, 화상은
벽에 걸어두고 밤낮으로 그 곁을 떠나지 아니하였다.

이러한 소문이 밖으로 새어나가 세상 사람들이 신기하게 여기고
모두들 구경코자 선군의 집으로 몰려드는 것이었다.

"백선군의 집에는 선녀가 갖다 준 신기한 보배가 있다."

하며, 저마다 비단을 갖다가 그 화상과 금동자 앞에 바치고는 구경도

하고 저마다 복을 빌기도 하였다. 그리하여 백선군의 집은 점점 형편이 나아지게 되었다.

그러나 백선군은 오로지 그 낭자를 사모하는 일념으로 넋을 잃어 만사에 뜻이 없었는지라 그 정경은 참으로 가련한 것이었다. 점점 악화되는 병세 속에서 선군은 백약이 무효하여 드디어는 자리에 드러 누워 식음을 전폐하기에 이르렀다.

선군의 그러한 딱한 정상을 동정하여 낭자도 '선군이 나를 사모한 까닭에 이처럼 병을 얻었는데 내 어찌 가만히 있으리오?'하고는 선군의 꿈에 자주 나타나서 위로해 주는 것이었다.

"도련님께서 저를 잊지 못한 나머지 이처럼 병을 얻었으니 저로서는 이토록 고마울 데가 없어서 다만 감격할 뿐이옵니다. 저와의 연분은 아직 때가 이르지 아니하였기로, 그 동안 제 대신 시녀 매월이를 보내오니 방수를 정하여 저를 보는 듯이 매월이를 보시고 더불어 심사를 위로하소서."

하고는 홀연히 사라져 버리는 것이었다.

잠에서 깨어난 선군은 그 꿈을 신기하게 여기고, 낭자의 부탁대로 매월이를 시첩으로 삼아 울적한 심회를 얼마간은 풀었다. 하지만 낭자를 향한 한 마음의 애정은 여전히 선군을 괴롭혔다.

밤낮으로 낭자 사모하는 마음을 잊지 못하는 선군은 창 밖의 새소리에도 낭자의 생각으로 애간장이 굽이굽이 녹는 듯하였다. 날이 가고 달이 갈수록 선군의 괴로운 상사병은 뼈속 깊이 박히고 말았다.

선군의 부모는 아들의 병이 날이 갈수록 점점 더 위독해지므로 당황하고 초조하여 갖은 약을 다 쓰고 백 가지 문복(問卜)을 하였으나 조금의 차도가 없음에 눈물로 세월을 보내었다.

이때 낭자가 또 생각하기를, '도련님의 병세가 저와 같이 위독하여 백약이 무효하니 하늘이 정한 연분의 시기가 아직 멀었지만 더 이상 기다릴 수가 없구나'하고, 선군의 꿈 속에서 현몽하여 가로되,

"우리가 아직 만날 시기가 되지 않았습니다만, 도련님께서 그토록 제 생각으로 괴로와 하시니 제 마음도 편하지 못합니다. 도련님 께서 저를 만나시고자 하신다면 부디 옥연동(玉淵洞)으로 찾아오 사이다."

하고는 역시 홀연히 사라져 버리었다.

잠에서 깨어난 선군은 꿈 속에서의 황홀함을 잊지 못하여 어찌할 줄 모르다가, 마침내 결심을 하고는 부모님 앞으로 나아갔다.

"요즈음 제 마음이 불안하여 침식이 여의치 못하오니, 경치 좋은 산천과 이름난 절을 두루 유람하여 울적한 심사를 달래보고자 하나 이다. 옥연동은 특히 산천의 경치가 매우 수려하다 하오니 그곳에 나 수삼 일 다녀 오겠나이다."

부모는 아들의 말을 듣고는 깜짝 놀라며 만류하는 것이었다.

"네가 이제 정말 실성을 한 게로구나. 몸이 그토록 쇠약하여 문밖 출입도 부자연한 네가 그 험악한 산중엘 어떻게 간단 말이냐?"

하고는 허락해 주지 않았다. 하지만 선군은 끝내 굽히지 않고 졸라대 었다.

아들이 미칠 듯이 가려고 하므로 부모도 결국은 승낙하지 아니할 수 없었다. 백선군은 한 필 말에 올라 동자 한 명만을 데리고 옥연동 을 향하여 출발하였다.

산길은 멀고 험하였다. 산행(山行)에 밝지 못한 선군은 옥연동을

찾지 못한 채 길을 잃고 방황하였다. 날이 저물어지기 시작하자 선군은 하늘을 우러러 하소연을 하였다.

"밝으신 하늘은 저의 뜻을 가련히 여기시사 옥연동으로 인도하소서."

천만 가지 심회가 교차하는 가운데 한 곳에 이르르니 어느덧 날이 완전히 저물고 미처 떠나지 못한 새들이 저마다 다투어 보금자리를 찾는 중이었다.

산은 울울첩첩하여 천봉만학이요, 물은 고요히 흘러서 한 폭의 그림을 만들고 있었다. 못에는 연꽃이 피어 불심(佛心)을 머금었고, 깊은 골에는 모란이 피어 학의 깃털처럼 날리고 있었다. 그 사이로 백설같은 나비들이 한가로이 날아들고 버들가지 사이로 드나들며 지저귀는 꾀꼬리 소리는 가히 황금의 음향이었다. 은하수를 휘어낸 듯 층암절벽으로 폭포수가 걸리고, 오작교를 방불케 하는 돌다리가 명사청계(明沙清溪)에 걸려 외로운 길손의 심정을 헤아리고 있는 듯하였다.

백선군은 그러한 풍경을 좌우로 지나치면서 곧장 산 속으로 들어갔다. '별유천지 비인간(別有天地 非人間)'이라더니, 정말 정신이 상쾌해지며 저절로 새의 깃털이 되어 선경(仙境)으로 올라갈 것만 같았다.

다시 얼마를 가노라니 주란화각(珠欄畫閣)이 구름 위에 두둥실 떠있고, 그림같은 비단 창문이 은은하게 빛나는데 금자(金字)로 〈옥연동〉이라고 뚜렷이 쓴 현판이 걸려 있었다. 너무도 기쁜 나머지 백선군은 경황없이 당상으로 뛰어 올라갔다. 그때 한 명의 낭자가 불쑥 앞으로 나서며 물었다.

"그대는 속객(俗客)으로서 어찌 감히 선경(仙境)을 범하느냐?"

선군은 공손하게 말하기를,

"나는 산을 유람온 사람으로서 산천 경치에 취하여 돌아다니다가 길을 잃고 방황하여 여기까지 왔는 바, 이곳이 선경인 줄도 모르고 무례히 범하였사오니 용서하여 주옵소서."

"그대가 만약 몸을 아끼려 들거든 어서 이곳을 물러나라."

선경의 낭자에게 쫓겨나게 되자 선군은 낙심하여 생각하되,

"이곳이 분명히 옥연동인데 만약 이 기회를 놓치면 어찌 그리운 낭자를 다시 만나랴?"

하고는, 다시 용기를 내어 안으로 들어갔다.

"낭자께서는 어찌하여 나를 이토록 괄시하시나이까?"

그러자 그 낭자는 다시 들은 체도 않고 방으로 들어간 뒤에는 도무지 내다보지도 않는 것이었다. 선군은 망설이다가 할 수 없이 다시 당을 내려오기 시작했다.

이때 낭자가 방에서 나와 옥같은 얼굴에 화사한 기색을 가득 담고 화란(畵欄)에 기대어 서서 붉은 입술을 반쯤 열어 미소를 보내며 나직한 목소리로 백선군을 불렀다.

"낭군께서는 가시지 마시고 제 말씀을 들으사이다. 낭군께서는 어찌 그리 눈치도 없으신가요? 우리 사이에 제아무리 하늘이 정해 준 연분이 있다 하더라도 처녀의 몸으로서 어찌 그리 쉽게 허락할 수 있으리오? 낭군께서는 부디 섭섭한 생각 갖지 마시옵고 다시 올라 오소서."

백선군은 선녀의 목소리를 듣자 전에 꿈에서만 보던 그 낭자임을 알고는 기쁨을 이기지 못하여 곧장 당상으로 뛰어 올라가서 낭자의

얼굴을 자세히 바라보았다.

낭자의 얼굴은 틀림없는 화상의 얼굴이었다. 얼굴은 구름 속의 보름달과 같이 희고 고왔으며, 그 태도는 아침 이슬을 머금은 한 떨기 모란 꽃과도 같았다. 두 눈에 머금은 추파는 맑은 물과 같고, 가는 허리는 봄바람에 나부끼는 버들가지 같았으며, 붉은 입술은 마치 앵무단사(鸚鵡丹沙)를 물고 있는 듯하여, 그 아리따운 모습이란 가히 독보적인 절세가인이라고 할 만하였다.

선군은 마음이 더없이 황홀하여 낭자를 보고 이르되,

"이제 낭자같은 아름다운 선녀를 대하니 오늘 밤에 죽더라도 여한 이 없겠습니다."

하고는, 그 동안 낭자 생각에 잠못 이루던 그 무수한 밤의 정회를 술회하니 낭자는 수줍어 하면서 말하였다.

"한낱 저같은 계집을 그처럼 잊지 못하여 병까지 얻으셨으니 어찌 대장부라 하겠나이까? 우리가 하늘의 정하심으로 배필을 맺을 기약이 아직도 삼 년이나 남았습니다. 삼 년이 지나면 파랑새로 하여금 중매를 서게 하여 함께 만나 육례(肉禮)를 이루고 백년 해로를 할 것이옵니다. 그러나 만약 오늘 제 몸을 낭군님께 허락한 다면 천기를 누설한 죄로 천상에 갇혀 다시는 인간 세상으로 내려 올 수 없을 것이옵니다. 그러하온즉 낭군께서는 오늘 초조한 마음 을 참으시고, 앞으로 삼 년 동안만 더 기다려 주십시오."

"그 동안도 이렇듯 참지 못하고 병까지 얻었는데, 한시인들 어찌 더 견디겠소? 오늘 내가 이대로 돌아간다면 남은 목숨도 부지하지 못하고 죽어서 구천을 방황하는 원혼이 될 것이니, 그렇게 된다면 어찌 낭자의 한 몸인들 편안하리오? 모름지기 낭자께서는 나의 간절한 정상을 살피어, 그물에 갇힌 고기를 살려 주시오."
하고는 낭자의 손을 부여잡고 간곡히 애원하였다.

선군의 정성이 지극하고 또한 그 정상이 가긍한지라, 낭자는 마음을 돌려 미소를 지으니, 꽃떨기 같은 얼굴에 화색이 무르익었다.

선군은 낭자의 손을 끌어잡고 침실로 가서 그 동안 쌓아온 가슴 속의 회포를 마침내 풀었다. 절절하고 황홀한 운우지락(雲雨之樂)이 끝난 후 낭자는 부끄러운 모습으로 일어나 앉으며 말하기를,

"이제 이미 제 몸이 부정해져서, 더 이상 이 선경에 머물러 있을 수가 없으니 낭군님을 따라 함께 가겠나이다."
하고는 청노새를 끌어내어 선군과 함께 나란히 타고 집으로 향하였다.

선군의 부모는 쇠약해진 아들을 내어보낸 뒤 초조하고 불안하여 좌불안석 잠을 못이루다가 결국 노복을 사방으로 보내 선군의 종적을 찾았으나 그 자취는 묘연하였다.

제2회

백상군 부부는 집을 나간 아들 선군의 소식을 알지 못하여 근심 걱정으로 해와 달을 보내던 중, 하루는 말발굽 소리가 문전에 들리더니 뜻밖에도 집을 나간 선군이 돌아왔다.

선군은 곧장 집 안으로 들어와 부모님께 절을 한 후, 그 동안 다녀온 자초지종을 이야기하였다. 양친은 잃었던 외아들을 다시 찾은 듯이 기뻐하였다.

"그 동안 어떤 곳을 두루 다녔느냐? 네가 집을 나간 뒤에 사방을 찾아 헤매어도 너의 자취를 찾을 수 없어 늙은 우리는 연일 문에 기대어 너 오기만을 학수고대 하였단다."

"부모님께 그 동안 걱정을 끼쳐 드려 소자 죄송지감에 몸둘 바를 모르겠나이다. 저는 옥연동에 가서 그 동안 마음 속에 그리던 낭자를 만났나이다."

집을 나간 후 다시 돌아오기까지의 자초지종을 낱낱이 말씀드리고, 한 편 낭자를 집안으로 들여 부모님을 뵙게 하였다.

낭자가 종종 걸음으로 사뿐사뿐 걸어서 부모께 절을 하니, 부모는 천만 뜻밖이라 낭자를 자세히 살펴 보았다. 그 기품있는 체모와 아리따운 얼굴이 도저히 인간이라고는 믿어지지 않았다.

꿈인가 생시인가, 부모는 기뻐하여 낭자를 애지중지 하고 동별당에 침소를 정해주니, 선군과 낭자의 금실은 실과 바늘처럼, 물과 물고기처럼 결코 떨어질 줄 몰랐다.

이렇듯 선군은 낭자와 한시를 떨어지지 않고 있으니 드디어는 학업을 전폐하기에 이르렀다. 부친이 선군의 장래를 위하여 매우 걱정하였으나, 낭자와의 떨어짐을 권유하면 또 다시 상사(想思)의 병이 될까 하여 그냥 두고 지켜보는 수 밖에 별 도리가 없었다.

세월은 유수같이 흘러서 어느 덧 팔 년이란 세월이 흘렀다. 그 동안 남매를 두었는데 천성이 영혜하고 총명한 딸의 이름은 춘앵(春鸎)이라 하였고, 아들은 동춘(東春)이라 하였다.

춘앵의 나이 일곱에 동춘의 나이는 셋으로, 특히 동춘은 부친의 기풍에 모친의 모습을 닮아 집안의 화기를 더욱 북돋아 주는 보배로운 존재였다.

집안의 동편 뜰에 정자를 짓고, 꽃피는 아침 나절과 달이 뜨는 저녁 무렵에는 젊은 부부가 정자에 올라앉아 칠현금(七絃琴)을 타며 노래를 화답하여 아름다운 풍류 세월을 보냈다.

하지만 부모는 늘 아들이 공부에 뜻이 없는 것을 탄식하였다. 그러던 차에 마침 알성과(謁聖科)를 실시한다는 방이 나붙었다. 이것을 계기로 부친은 아들 선군을 불러놓고 조용히 타일렀다.

"나라에서 이번에 과거를 실시한다 하니 너도 꼭 응시하여라. 다행히 급제하게 된다면 조상을 빛내고 부모도 영화롭지 않겠느냐?"

부친의 타이름을 들은 선군은 정좌한 채로 여쭈었다.

"아버님, 불효불측한 자식 굽어 살피소서. 과거며 공명은 모두가 한낱 속물이 탐하는 헛된 욕심이옵니다. 우리 집에는 수천 석을 헤아리는 전답이 있삽고, 비복 등이 천여 명이나 되며, 하고자 하는 일을 마음대로 할 수 있사온데 무슨 복이 또 부족하여 과거에 급제하여 벼슬아치 되기를 바라시나이까? 만약에 제가 과거에 응시하고자 집을 나선다면 낭자와는 이별하게 될 것이온즉 사정이 절박하옵니다."

하고는 동별당으로 돌아와 낭자에게 부친의 과거 응시 권고를 말하였다. 그 말을 듣고 낭자는 조용히 미소를 지으며 사랑이 그윽한 눈길로 선군을 타이르는 것이었다.

"과거를 보시지 않겠다는 낭군님의 말씀이 그릇된 줄로 아옵니다. 대장부가 세상에 나면 입신양명하여 부모님을 영화롭게 하여 드리는 것이 자식된 도리입니다. 그리하온데 낭군께서는 어찌하여 저같은 규중 처자에 얽매인 나머지 장부의 당당한 일을 포기하고자 하시니, 이것은 불효가 되고 그 욕이 마침내 저에게 돌아오니 결코 마땅한 일이 아닌 줄로 아옵니다. 하오니 낭군께서는 깊이 생각하시어 속히 과거 준비를 하시고 상경하여 남의 웃음을 면하시도록 유념하소서."

이처럼 충고하면서 또한 과거에 응시할 차림과 여정의 행장을 갖추어 주는 것이었다. 행장이 차려지자 낭자는 다시 강경한 다짐을 선군에게 하는 것이었다.

"낭군께서 이번 과거에 급제하시지 못하고 낙방거사가 되어 돌아오신다면 저는 결코 살지 아니할 것이옵니다. 하오니, 다른 잡념일체를 버리시고 오직 시험에 대한 일념으로 상경하셔서 꼭 급제하여 돌아오시기 바라옵니다."

부모에게 듣던 말보다도 낭자에게 들으니 선군의 급제는 스스로 더욱 절실하게 생각되어졌다. 할 수 없이 부모님께 하직인사를 올리고 떠나려 하다가 다시 낭자에게 들려 말하기를,

"내가 과거 급제하여 돌아올 때까지 부디 부모님 잘 모시고 편안한 마음으로 기다리시오."

하고는 평범한 말로 이별을 고하였다. 겉으로는 태연한 척 하였지만, 사랑하는 아내를 두고 떠나려 하니 걸음이 옮겨지지 않아 한 걸음에 멈추어 서고 두 걸음에 뒤를 돌아다 보며 애련한 정을 뿌리치지 못하였다.

이를 보고 낭자가 중문 밖에까지 따라나가 배웅을 하면서 남편과 마찬가지로기쁨과 슬픔을 억제하지 못하였다. 선군은 마침내 눈물이 앞을 가려 처절한 정경을 보이면서 사랑하는 숙영낭자와 이별하였으나 발걸음이 떨어지지 않아 그날은 하루 종일 삼십 리밖에 가지 못하였다.

　주막집을 찾아들어 저녁상을 받고서도 오직 낭자 생각에만 골몰하여 음식조차 먹을 수가 없었다. 이를 본 하인이 민망히 여기여 근심을 토로하였다.

　"그토록 식사를 아니하시면, 앞으로 천리길을 어떻게 가시려 하나이까?"

　"아무리 먹으려 해도 밥이 목구멍으로 넘어가질 않는구나."

하고는 길게 탄식할 뿐이었다. 적막한 주막집 방에 좌정하고 앉으니 더욱 마음이 산란해지는 것이었다.

　마치 낭자가 곁에 있는 듯하여 껴안아 보면 허공 뿐이라 허전하기 이를 데 없고, 낭자의 소리가 들려오는 듯하여 숨을 멈추고 귀를 기울이면 낭자의 목소리 대신 창 밖의 소슬한 바람 소리가 공허한 적막감을 더욱 무겁게 해줄 뿐이었다. 밤이 깊어갈수록 점점 더 잠이 오지 않아 그 허전한 마음은 결국 실신한 것만 같았다.

　시간이 흐를수록 낭자 생각이 간절해진 선군은 하인이 잠들기를 기다려 부랴부랴 신발을 둘러메고 날걸음으로 집에 돌아와, 담을 넘어 아내의 방으로 들어갔다. 잠자리에 누워 있던 낭자가 크게 놀라며 일어나 앉았다.

　"이 밤중에 어인 일이오이까? 아침에 떠나신 분이 어느 곳에 계시다가 다시 돌아오셨나요?"

　"하루 종일 가다가 날이 저물어 주막집에 숙소를 정하고 잠을 청하였으나 낭자 생각만 간절하여져 잠을 이룰 수가 없겠기에 도중에 병이 될까 염려하여 한 번 더 낭자를 보고 적막한 심사를 가다듬으려 이렇게 되돌아 왔소."

하고는, 낭자의 고운 손을 이끌어 금침 속으로 끌여들여 밤이 다하도록 애틋한 정회를 풀었다.

이때 부친 백공(白公)이 아들을 서울로 과거 응시차 보내고는 심사가 허전하여 잠을 못이루다가 도적을 살피려고 청려장을 짚고 마당 안을 돌아다니며 문단속을 살피고 동정을 가늠하였다. 그런데 동별당에 이르러 보니 낭자의 방 안에서 갑자기 다정하게 주고 받는 말소리가 들리지 않는가? 남편인 아들이 집을 비우고 없는 이 마당에 며느리 방에서 웬 남자의 목소리가 들리다니 백공은 기절초풍을 면치 못할 지경이었다. 한편으로는 귀를 의심하면서도 한편으로는 해괴한 생각을 금할 수가 없었다.

"며느리 숙영이는 얼음같이 차갑고 옥같이 맑은 마음과 송죽(松竹)처럼 굳은 절개를 가진 숙녀이거늘; 어찌 외간 남자를 끌여 들여 음행한 짓을 하랴? 하지만 세상 일이란 알 수 없는 것이니 한 번 알아봐야겠구나."

하고는 속으로 불길한 생각을 가지며, 가만가만 별땅 앞으로 다가가서 귀를 기울이고 방 안에서 들려오는 목소리를 엿들어 보았다. 그때 숙영이 소리를 낮추어 말하는 것이었다.

"시아버님께옵서 문 밖에 와 계신 듯하니, 당신은 이불 속에 몸을 깊이 숨기십시오."

하고는, 잠에서 깨어나는 아이를 달래면서 하는 말이,

"아가 아가 착한 아가, 어서 어서 자려므나. 아빠께서 장원급제하여 영화롭게 돌아오신다. 우리 아가, 착한 아가, 어서 어서 자려므나."

백공은 마침내 크게 의심하였으나 며느리의 방 안을 뒤져서 외간 남자를 적발해 낼 수도없고 하여 그냥 꾹 참고 돌아왔다. 이때 숙영낭자는 시아버지가 창 밖에서 엿듣는 기척을 재빨리 알았기 때문에 남편을 재촉하여 강경히 충고하였다.

"장부로서 과거길을 떠나다가 규중 처자 하나를 못잊고 다시 돌아옴은 군자의 도리가 아니오며, 만약 시부모께서 이 사실을 아신다면 저를 요망한 계집이라고 책망하실 터이니 날이 밝기 전에 어서 돌아가사이다."

선군은 숙영의 말을 옳게 여겨 다시 옷을 주워입고 담을 넘어 도망치듯이 주막집으로 달려갔다. 그리운 임을 보고자 오가는 길은 천리가 지척같아 걸음도 빨라서, 주막에 돌아오니 아직도 하인이 잠속에 깊이 빠져 있었다.

날이 밝아 다시 길을 재촉하여 떠났으나 낭자의 모습이 눈 앞에 아른거려 도무지 발걸음을 떼어놓을 수가 없었다. 한 걸음 한 걸음 떼어놓는 발길이 마치 천 근 무게와 같이 느껴지고 또한 뒷머리를 숙영낭자가 뒤에서 잡아 당기는 것만 같아 하루 종일 겨우 십리 길을 걷다가 해를 넘기고 말았다.

다시 주막에 숙소를 정하고 달빛이 은은한 객창에 홀로 앉아 심사를 달래려니, 숙영낭자의 사랑스런 눈길과 붉은 입술을 반개한 미소의 얼굴이 눈앞에 아른거려 도무지 잠이 올 것 같지 않았다. 이리 돌려 앉고 저리 뒤척여 앉으며 천만가지로 고민을 쌓다가 결국은 마음을 가라앉히지 못하고 또 다시 집으로 달려갔다. 어제 밤과 마찬가지로 또 담장을 넘어 낭자의 방으로 슬며시 들어가니 낭자가 크게 놀라 일어나 앉으며 낭군을 꾸짖는 것이었다.

"낭군께서는 어제밤에 제가 그토록 간곡히 부탁드린 말씀을 잊으셨나이까? 이처럼 저를 애틋하게 생각해 주는 정의(情誼)는 고마우나 이런 일로 인하여 천금같은 귀체(貴體)가 여행 중에 병을 얻으시면 어찌하려 하시나이까? 지금 이 순간부터는 제 생각일랑 딱 잘라내시고 어서 떠나시어 과거날에 늦지 않도록 상경하소서."

숙영낭자는 강경한 표정으로 이와같이 말하였으나 그 목소리는 비가(悲歌)처럼 떨렸고 그녀의 눈망울에는 알알이 이슬이 맺혀 있었다.

"난들 어찌 그럴 줄을 모르겠소만, 낭자를 하루밤만 보지 못하여도 미칠 것 같은 심사에 잠을 이룰 수가 없으니 어찌 하겠소. 과거를 치루지 못하여도 어쩔 수 없는 일이며, 내가 죽는다 해도 좋으니 결코 낭자와 떨어져서 지낼 수는 없소."

"낭군께서는 정말 딱하신 분이오이다. 정 그러하오시다면 앞으로는 제가 낭군님이 가시는 숙소마다 밤으로 찾아가서 위로하여 드릴 것이오니 걸음을 늦추지 마소서."

"낭자는 규중의 아녀자로서 걸음도 느릴 터인데 어찌 점점 멀어져 가는 서울길을 밤마다 나를 찾아 왕래할 수가 있겠소?"

"정말 딱하시구려. 아무튼 그것은 제가 알아서 잘 하겠사오니 염려하시지 마시옵고 앞으로 다시는 집으로 걸음을 돌리지 마소서. 이왕 먼 밤길을 오셨으니 빨리 회포나 푸시옵고 날이 밝기 전에 급히 떠나소서."

하고는, 숙영낭자는 그토록 지극히 사랑해 주는 낭군의 정성이 고마워서, 머뭇거리는 낭군의 몸을 이끌어 서둘러 금침으로 모시었다. 그리고는 다시 몸을 빼어 일어나 앉아 한 장의 그림을 주었다.

"이 화상은 저의 모습 그대로이니, 길을 가시다가 제가 보고 싶어지시면 꺼내어 보시고 심회를 푸사이다. 그리고 만약 이 화상의 빛이 변하거든 제 몸이 불편한 줄로 알아 주소서."
하고는 눈물을 뿌리며 날이 밝기 전에 어서 선군을 집에서 떠나보내
려고 달래였다.

선군의 부친 백공은 어제밤의 며느리의 행실이 괘씸하여 울분을
참고 있다가 오늘 밤에도 발소리를 죽이고 동별당으로 가서 창 밑에
서서 귀를 기울이고 엿들었다. 해괴한 일은 어제밤과 마찬가지로
오늘 밤에도 벌어지고 있었다. 숙영의 음성이 나직히 들리다가 가끔
씩 남자의 음성이 알아들을 수 없을 정도로 가느다랗게 흘러나왔다.
"이런 고얀 일이 있나? 이런 해괴한 일이 우리 집에서 일어나고
있다니 웬 망신인가? 우리 집의 담장이 저렇듯 높고, 상하의 눈이
적지 않은데 어찌 외간 남자가 남편 없는 틈을 타서 밤마다 드나들
까? 이는 필시 두 연놈이 짜고 밤으로 통정(通情)을 하는 게 틀림
없다. 저 아이가 내집 며느리가 되어 부모에게 효성이 지극하고
제 남편에게도 유달리 다정하였는데, 이처럼 간통의 흉죄를 범하다
니 실로 사람의 마음의 옥석(玉石)은 가리기 어렵구나."
하고는 의심이 점점 짙어졌다. 백공은 그날부터 이 일을 어떻게 하면
흉한 소문이 나지 않고 처리할 수 있을까 하고 고민하기 시작하였
다. 그러다가 결국은 부인을 불러서 자초지종을 말하고는,
"아직 그 외간 남자가 누구인지는 알지 못하나, 만일에 이런 불미
한 일이 밖으로 새어나가면 양반의 집에서 체통이 어떻게 되겠소?
이 일을 장차 어찌하면 좋을꼬?"
"그런 일이 있을 리가 있겠소? 그것은 아마 영감이 잘못 들으신
걸게요. 우리 숙영이가 어떤 며느린데 공연한 누명을 씌우시려
하시오? 그토록 의심이 되시오면 내막을 더 자세히 알아보사이

다."

"나 역시 믿고 싶지 않으나, 내 귀로 이틀밤이나 들었기에, 며느리를 불러 나무랄까 하면서도 괜한 누명을 씌워 시아비의 체면을 잃을까 두려워하여 주저하고 있었으나, 아무래도 오늘은 며느리를 불러 엄히 물어봐야겠소."

백공은 이미 마음을 굳힌 것 같았다.

"그러시다면 같은 말을 물으시더라도, 의심을 보이는 질문은 하시지 마시고 넌지시 떠보시도록 조심하시구려."

부인은 앞 일을 걱정하여 남편에게 조심하도록 당부를 하였다. 이리하여 시부모는 시비를 시켜 숙영낭자를 시부모의 처소로 불러 들였다.

"춘앵의 아비가 서울로 떠난 뒤에 집안이 하도 적적하기로 내가 마당을 두루 돌아다니다가 네 방 가까이 갔을 때, 방 안에서 웬 남자의 목소리가 들린 듯 하기로, 이상히 여기고 돌아와서 곰곰이 생각하여 본즉 설마 그럴 리가 있겠느냐고 내 귀를 의심했느니라. 그런데 어제 밤에도 역시 네 방에서 또 남자의 목소리가 들리니 도대체 어떻게 된 일이냐? 너를 차마 의심하는 것은 심히 마음이 괴로우나, 여하간에 사실대로 말해다오."

숙영이 크게 놀라 안색이 변하였으나 이내 곧 마음을 가라앉히고 태연하게 말하였다.

"밤이 되면 늘 잠을 설치는 춘앵이와 동춘이 남매를 데리고 매월이와 애기를 나누며 지내었사오나, 외간 남자가 어찌 제 방에 와서 이야기를 하겠나이까? 저로서는 정말 천만 뜻밖의 말씀이옵니다."

백공은 더 이상 물을 수가 없어서 며느리를 돌려 보내고, 시녀 매월이를 불러 엄하게 문초했다.

"너는 어제 그제 이틀 밤에 아씨 방에서 시중을 들었느냐?"

"소녀의 몸이 약간 불편하여 이틀 동안은 밤중에 가 뵙지 못하였사옵니다."

매월의 대답을 듣고 보니 백공의 마음은 더욱 더 의심이 짙어졌다.

"그게 사실이렸다? 요즈음 해괴한 일이 있어서 아씨에게 물은 즉 밤으로는 너와 함께 자고 있었다 하거늘 너는 또한 아씨방에 간 적이 없다 하니, 말이 서로 같지 않으니 아씨가 외간 남자와 정을 통한 게 분명하다. 너는 앞으로 아씨의 동정을 비밀리에 잘 엿보아 아씨 방에 드나드는 놈을 붙잡아 대령하라. 만약 이 말이 아씨에게 누설된다면 너는 살지 못하리라."

하고는 비밀리에 엄명을 내렸다.

매월은 목숨이 아까와서 밤낮으로 아씨 방을 지켰으나, 외간 남자는 씨도 안 보이니, 없는 도적을 어떻게 잡을 수가 있겠는가? 백공의 엄명은 괜히 매월로 하여금 간계를 꾸미게 하는 기회를 만들어 주었다.

매월은 늘 숙영낭자에 대하여 심한 질투를 느끼고 있었다. 숙영낭자가 선군을 만나 이 집에 정식 부인으로 오기 전까지만 해도, 꿈속의 숙영을 잊지 못하여 괴로와하는 선군의 정회를 풀기 위하여 임시 종첩으로 사랑하였으나, 숙영낭자가 정식 부인으로 들어온 다음부터는 종첩 신세에서 하락되어 단순한 시비로서 소박을 당한 몸이 된 것이다. 이렇게 쌓인 몇 년 동안의 질투를 풀 수 있는 절호의 기회가 매월에게 주어진 것이다.

바야흐로 서방님이 없는 이 기회에 영감마님이 숙영낭자의 부정한 행실을 의심하였으니, 바로 이때를 이용한다면 숙영낭자를 간통죄로 몰아 없애버릴 수가 있지 않겠는가?

매월은 독한 마음을 먹고 그 동안 마음 속에 쌓아온 질투의 성을 허물기로 결심을 하였다.

제3회

인생에 있어서 기회란 늘 그리 흔하지 않는 법. 매월은 이 기회를 이용하여 숙영낭자를 없애 버림으로써 그 동안 뼈속 깊이 사무친 질투의 원한을 풀고자 하였다. 아씨 몰래 수천 냥의 돈을 훔쳐내어 무뢰배 한 명을 매수하였다.

"너가 만약 내 말대로 해준다면 돈 수천 냥을 주마."

이리하여 불량배 한 명이 팔을 걷고 쑥 나서서,

"내가 무엇이든지 해내겠다."

하니, 그 자는 이름을 도리라고 하는 힘이 세고 언변이 좋은 무뢰한이었다. 매월은 도리를 조용한 곳으로 끌고 가서 다음과 같이 말하였다.

"내가 너에게 부탁하고자 하는 것은 다른 것이 아니라, 이 댁의 선군 서방님께서 나를 소첩으로 삼아 예전에는 끔찍히 사랑하시더니 숙영낭자를 본실로 맞아들인 후로는 팔 년이 넘도록 한 번도 가까이 하지 않고 종년으로만 부려 먹으니, 내 마음이 어찌 절통하지 않겠느냐? 그러므로 숙영낭자를 모함하여 이 댁에서 몰아내어 분함을 풀고자 하니, 너는 내가 하라는 대로 착오없이 해야 한다?"

"누구 부탁인데 소홀히 하겠니? 더욱이나 돈까지 많이 준다는
데 무슨 일인들 못하랴? 죽기 아니면 살기로 해낼테니 염려 푹
놔라."

도리가 이렇게 거듭 다짐하니, 매월은 그날 밤에 동별당으로 통하
는 뒷문을 열어 주면서 귓속말로 말하기를,

"여기서 기다리고 있거라. 내가 영감 처소에 가서 적당히 둘러대면
영감이 격분하여 뛰쳐나올 것인즉, 그때 너는 영감이 볼 수 있도록
낭자의 방에서 나오는 척하고 이 뒷문을 열고 도망하되 부디 실수
하지 말라."

"그건 염려말고 어서 행동 개시나 해라."

"그럼 잘 부탁해."

하고 매월은 곧장 영감 처소로 달려가서 여쭈기를,

"영감님의 분부를 받자와 밤마다 잠을 자지 아니하고 동별당을
지켰사온즉 오늘밤에 과연 어떤 놈이 아씨 방으로 몰래 들어가서
해괴한 희롱을 하고 있기에 서둘러 고하옵나이다. 제가 어떤 놈이
들어온 줄을 알고는 창문 뒤로 가서 아씨 방 안의 거동을 엿들은
즉 끔찍한 흉계를 꾸미고 있어 놀랐나이다. 아씨가 그 놈에게 이르
는 말이 서방님은 벌써 부모님의 영을 거역하지 못해 과거를 보러
갔지만 틀림없이 낙방거사가 되어 돌아올 것인즉 죽여버리고 재물
을 훔쳐서 같이 도망가서 살자고 수작하지 않겠습니까? 어쩌면
그렇게도 현부인의 탈을 쓰고 오신 아씨가 그토록 변심을 하였는지
알다가도 모를 일이옵니다. 하오나 영감 마님께서 현명하옵신 까닭
에 그런 징조를 미리 아시고 저에게 증거를 잡으라고 분부하셔서

천만다행이옵니다. 아씨 방에 든 저 놈을 그냥 두었다가는 서방님
께서 어떤 변을 당하실런지 모르겠사오니 어서 바삐 영감마님께서
처리하시옵소서."

백공은 매월의 말을 곧이 듣고 분기가 대승하여 칼을 빼들고 별당
으로 달려갔다. 그러자 낭자의 방에서 나온 듯한 괴한의 그림자가
놀란 토끼 마냥 뛰어나와서 높은 담장을 뛰어넘어 도망치는 것이
아닌가?

백공은 괴한의 뒤를 쫓았으나 비호같이 빠른 괴한의 뒤를 따를
수가 없었다. 억울하게 놓쳐 보내고 나서 다시 처소로 돌아와서 분기
를 억누르지 못하고 비복들을 불러 세워놓고 엄히 문초하였다.

"우리 집에 문단속이 엄하여 바깥 사람이 감히 출입할 수 없거늘
낭자 방에 밤으로 수상한 놈이 자유로 드나드니, 부끄러운 추궁이
지만 아무래도 너희들 중에서 어떤 놈이 감히 낭자와 서로 통하는
것이 아니냐? 사실대로 자백한다면 목숨만은 살려 주겠거니와
만일 숨기려고 한다면 끝내 죽음을 면치 못하리라. 그러니 그리
알고 지금 당장 자백하라!"

그러나 비복들이 무슨 죄가 있으리오? 천만 뜻밖의 호통에 그만
어리둥절 할 뿐 모두가 다 꿀먹은 벙어리처럼 묵묵부답일 뿐이었다.

"너희들은 냉큼 가서 낭자를 이리 잡아 오너라."

영감의 불호령이 추상같은지라, 매월이년이 맨 먼저 신나게 뛰어가
서 동별당의 낭자의 방문을 활짝 열어제키며 큰 소리로 말하였다.

"낭자는 무슨 잠을 그리 태평하게 자고 있소이까? 영감마님께서
낭자를 당장 잡아오랍시니 어서 가보시오!"

숙영은 깜짝 놀라 일어나며,

"이 깊은 밤중에 집안이 어인 일로 이리 소란스러우냐?"

하고 방문을 열고 내다본즉, 달려온 비복들이 뜰에 가득 대기하고 있었다.

"너희들은 무슨 일이냐?"

그러자 노복 중 한 명이 앞으로 쑥 나서면서 퉁명스럽게 쏘아댔다.

"아씨께서는 도대체 어떤 놈과 간통하는 거요? 아씨 때문에 죄없는 우리들만 경을 치잖아요? 우리를 더 이상 경치게 하지 마시고 어서 가서 바른대로 자백하시오."

하고는, 상전대접은 간 곳 없이 구박이 자못 심하였다. 뜻밖에 종놈으로부터 모욕을 당한 숙영낭자는 넋이 빠진 듯 간담이 서늘해졌다.

어이없어 하는 낭자에게 비복들이 달려들어 어서 가라고 재촉이 성화같았다. 낭자는 옷맵시를 가다듬고 시부모 앞에 나아가 땅에 엎드리며 떨리는 음성으로 물었다.

"제가 무슨 죄를 지었기에 밤중에 이런 꾸중으로 부르시옵나이까?"

"해괴한 일이 잦아 너에게 묻노라. 선군이 경성으로 떠난 다음 적막하여 매월과 더불어 밤에 이야기하며 함께 잤다 하기에 내 반신반의로 매월에게 물어보니 그 동안 네 방에서는 한 번도 잔 적이 없다 하니 어인 일이냐? 그 동안 증거를 잡지 못하여 아무 소리 못하고 있었다만, 이제 어떤 놈과 사통하고 밤으로 네 방에 드나들며 해괴망칙한 행동을 한 사실이 분명히 드러났거늘, 그래도 네가 뻔뻔스럽게 시치미를 뗄 작정이냐?"

"아버님께옵서는 어찌 그런 무언(誣言)을 곧이 듣고 노비들에게까지 이런 봉변을 보게 하시나이까?"

숙영낭자가 억울함을 이기지 못하여 흐느껴 울자, 백공은 크게
노하여 큰 소리로 꾸짖었다.

"무엄하구나, 닥쳐라! 내 두 귀로 직접 듣고, 또 내 두 눈으로 똑똑
히 보았거늘, 네가 끝내 속이려 들다니, 너는 죄를 더욱 무겁게
만드려고 하느냐? 양반의 집안에 이런 해괴한 일이 있음은 참으로
망칙한 변괴다. 너와 상통한 놈의 이름을 대라!"

시아버지의 호령은 늦가을 서리만큼이나 차갑고 매서웠다. 그러나
죄가 없는 숙영낭자는 안색이 조금도 변하지 않고 구김이 없는 목소
리로 말하였다.

"아무리 시부모님의 간택으로 육례를 치루지 못한 며느리라고는
하나 어이하여 그다지도 끔찍한 말씀을 하시나이까? 이처럼 억울
한 일을 맞이하여 제가 누명을 벗기 위해 변명하는 것도 삼가 부끄
러운 노릇이오나, 아버님께서도 상세히 조사해 보시옵소서. 제
몸이 지금은 비록 인간으로 되어있다 하오나 빙옥(氷玉)같은 굳은
정절로 살아오다가 어이 이런 더러운 말씀을 들을 수 있사오리까?
억만 번을 죽는다 하여도 사실에 없는 일을 어찌 여쭈오리이까?"

백공은 더욱 노기가 충천하여 비복에게 명하여 낭자를 결박하라
하니, 비복들이 일시에 내달아 몸을 묶고 머리를 풀어헤치게 하여
마당에 꿇어 앉혔다.

단정하고 우아하여 인간의 경지를 넘어선 기품을 늘 가지고 있던
낭자가 졸지에 더러운 죄인으로 몰려 학대를 받는 광경은 차마 눈
뜨고 볼 수 없는 참상이었다.

"네 죄는 만 번 죽어도 아깝지 않으니, 어서 빨리 너와 간통한 놈을

대라."

숙영낭자는 대답 대신 흐느껴 울기만 하였다. 백공은 비복을 시켜 이실직고할 때까지 매질을 하라고 호령하였다.

사정을 두지 않고 마구 치는 비복들의 매 밑에서 숙영낭자의 백옥 같은 귀 밑에는 피망울 같은 눈물이 하염없이 흘러내리고, 눈 같이 흰 살결은 핏물이 배어 붉은색으로 변하였다.

낭자는 정신이 혼미한 가운데서도 고통을 참고 이를 악물며 말하였다.

"지난 번에 낭군께서 길을 떠난 날 밤과 그 이튿날 밤과 두 번을, 삼십 리쯤 가다가 숙소를 정하였으나 저를 잊지 못하고 밤 중에 집으로 몰래 돌아왔삽기에 제가 한사코 타일러서 다시 돌려보낸 일은 있었사옵니다. 그때는 어린 제 소견으로 시부모님께 꾸중을 들을까봐 겁을 내어 지금까지 고하지 않고 있었을 뿐이옵니다. 하오나 조물주가 그것을 밉게 여기시고 귀신이 그것을 시기하여 이런 씻지 못할 누명을 입은 듯하옵니다. 이제 와서 늦은 변명같이 되었사오나, 밝은 하늘이 낱낱이 살펴아시오니 아버님께옵서는 그러한 사실을 밝히시어 저의 정상을 다시 헤아려 주시옵소서."

그러나 한 번 눈과 귀로 확인한 의심인지라, 백공은 점점 더 노하여 비복에게 더욱 심한 매질을 가하도록 호령하였다. 낭자는 참을 수 없는 매 밑에서 하늘을 우러러 호소하였다.

"아아, 푸른 하늘은 무고한 이내 몸을 굽어 살피소서. 오월에 서리가 나리고 십 년을 원망해야 할 이 원한을 어느 누가 풀어 주오리이까?"

하고는 엎어져서 혼절하고 말았다. 이 참상을 보다 못한 시어머니가 울면서 영감에게 말하였다.

"옛말에 이르기를, 한 번 엎지른 물은 다시 그릇에 담을 수 없다 하였사오니, 영감께서 사실도 잘 모르시면서 티없이 굳은 정절을 가진 며느리를 억울하게 음행(淫行)의 죄를 씌워 다스리시니, 만약 며느리의 무죄함이 밝혀졌을 때 무슨 면목으로 현부(賢婦)를 대하려 하시나이까?"

하면서, 뜰 아래로 뛰어내려가 낭자를 부여안고 목을 놓아 울었다.

"너의 백옥같이 티없는 굳은 절개는 내가 잘 알고 있다. 오늘 이런 변은 꿈에도 생각지 못할 일이니 그 아니 원통하겠느냐?"

낭자가 절박한 목소리로 말하였다.

"옛말에도 다른 소문과는 달리 음행의 소문을 씻기는 어렵다 하였사온즉, 동해 바닷물을 모두 기울인다 한들 이 누명을 씻으오리까? 이런 씻지 못할 누명을 쓰고 어찌 구차히 살기를 바라오리까?"

시어머니는 낭자를 가엾게 여기고 갖은 말로 무수히 위로하였다. 그러나 낭자는 듣지 않고 바른 손에 옥비녀를 빼어들고 하늘을 우러러 절을 한 다음 빌었다.

"밝고 밝은 저 황천(黃天)은 부디 굽어 살피소서. 제가 만일 외간 남자와 정을 통한 사실이 있거든 이 옥비녀가 제 가슴팍에 꽂히고, 이것이 억울한 누명이거든 이 옥비녀가 저 섬돌에 박히도록 영험을 베풀어 주옵소서."

하고는, 옥비녀를 허공을 높이 던지고는 땅에 엎드렸다. 그러자 잠시 후에 옥비녀가 떨어지면서 섬돌에 깊이 박히었다.

하늘이 심판한 이 놀라운 기적을 본 백공은 비로소 크게 놀라 창백한 얼굴이 되어 신기하게 여기며 낭자의 무죄함을 깨달았다. 그리고

는 자기도 모르게 버선발로 마당으로 내려가 낭자의 손을 잡고 빌었
다.

　"이 못난 늙은 것이 망령이 들어 착한 며느리를 모르고 네 절개를
　의심하여 이처럼 과오를 범하였으니 내 잘못은 만 번 죽어도 싸도
　다. 너는 나의 잘못을 용서하고, 모든 일을 안심하도록 하라."

　그러나 낭자가 통곡하면서 말하기를,

　"아직 흉칙한 누명을 쓰고 어찌 차마 세상을 살으오리이까? 차라
　리 죽어서 아황여영의 혼백을 쫓으려 하옵니다."

하고 전혀 삶의 의욕을 비치지 아니하였다. 백공은 더욱 놀라 백방으
로 며느리를 위로하였다.

　"자고로 군자도 더러 참소를 당하며, 현부열녀도 더러 누명을 쓰는
　법이다. 이것도 또한 일시의 운액이라 생각하고 이 늙은 것의 망령
　된 언동을 용서하여 다오."

　시어머니도 낭자를 부축하여 동별당으로 데리고 가서 입이 닳도록
위로를 하였다.

　하지만 낭자는 눈물을 흘리며 죽기를 작정하고 탄식하여 가로
되,

　"저같은 계집도 악명이 세상에 퍼져 부끄러운지라, 가군(家君)께
　서 돌아오시면 어찌 서로 낯을 대하리요? 오직 죽어서 세상사를
　잊고자 하오니 말리지 마옵소서."

하고 목놓아 흐느끼니, 진주같은 눈물이 옷깃을 홍건히 적시었다.
시어머니는 그 처절한 정상을 보고는,

　"네가 만일 죽는다면, 선군도 또한 너를 따라 죽을 것이니, 이런
　답답하고 절통한 일이 어디 있으랴?"

하고 통곡을 멈추지 못하면서 처소로 돌아갔다. 낭자가 슬퍼하는
것을 보고 딸 춘앵이가 말하였다.

"어머니, 아직은 죽지 마시고, 아버지가 돌아오시거든 억울한 사정
이나 말씀드리고 죽든 살든 마음대로 하세요. 이제 만약 어머니가
세상을 떠나시면 동생 동춘이는 어떻게 하오며, 나는 누굴 믿고
살아야 하나요?"

하고 어머니의 손을 잡고는 방 안으로 끌어들이는 것이었다.

숙영은 마지못해 딸에게 끌려 방으로 들어갔다. 그리고는 춘앵을
옆에 앉히고, 동춘에게 젖을 먹인 다음, 하얀 비단옷을 꺼내어 입었
다.

"춘앵아, 부디 건강하게 잘 자거라. 이 어미는 결국 죽어야 할 몸이
다."

하고는 자결할 것을 결심하였다.

제4회

숙영낭자는 슬픔을 가누지 못하면서 딸 춘앵에게 일렀다.

"나는 이제 죽거니와, 네 아버지가 천 리 밖에 있어서 내가 죽는
줄도 모르실테니, 마지막 죽어가는 마음조차도 의지할 곳이 없구
나. 나의 사랑하는 딸 춘앵아, 이 백학선(白鶴扇)은 천하에 다시
없는 기보(寄寶)란다. 이 어미가 죽기 전에 너에게 남겨주는 것이
니 잘 간수하도록 하여라. 이 백학선은, 추울 때 부치면 더운 기운
이 나고 더울 때 부치면 서늘한 기운이 나오는 신기한 보배이니,

잘 가지고 있다가 동춘이가 자라거든 전해 주어라. 아아, 슬프구
나. 기쁨의 뒤에는 슬픔이 있고, 괴로움이 다하면 즐거움이 오는
것은 세상의 이치라고 하지만 이 어미의 팔자가 기구하여 이렇듯
억울한 누명을 쓰고, 너의 부친을 다시 못보고 황천의 원혼이 되
니, 난들 어찌 편히 눈을 감을 수 있겠느냐? 가련하구나, 춘앵아.
내가 죽더라도 너무 슬퍼 말고, 네 동생 동춘이를 잘 보살피거라."

유언 삼아 탄식 삼아 구구절절이 눈물을 뿌리던 숙영낭자는 그만
혼절하고 말았다. 아직 나이 어린 춘앵은 그의 어미를 부여안고는
흐느껴 울었다.

"어머니, 정신 차려요. 이게 웬일이세요, 어머니?"

춘앵은 통곡을 하다가 기진하여 그만 기절한 어머니를 안은 채
잠이 들어 버렸다.

얼마나 시간이 흐른 후 숙영낭자가 정신을 차려 일어나 보니, 어린
춘앵이가 울다가 지쳐서 잠이 들어 있었다. 그 모양을 바라보고 있노
라니 그 어린 것이 너무나 가엾고, 또한 억울한 누명을 쓴 것이 너무
나도 분한 마음이 들어 가슴이 미어질 것만 같았다. 하지만 역시 억울
한 누명을 씻기 위해서는 죽는 길 밖에 별 도리가 없다고 생각했다.
잠이 든 딸이 깨어나면 죽기가 어려우므로 딸이 깨지 않도록 가만히
쓰다듬으면서 한탄을 하였다.

"불쌍한 춘앵아, 내가 너희 남매를 두고 어찌 마음 편히 갈 수 있으
랴? 내가 죽은 후에 너희는 이 어미가 그리워 어찌 살겠느냐? 아
아, 너희들을 두고 어찌 가랴?"

눈물을 훔치면서 금침을 깔고 그 위에 단정히 앉아 백옥같은 손을
들어 비수를 잡고 가슴을 힘껏 찌르니 이윽고 숙영낭자는 엎디어지면

서 이 세상을 떠나고 말았다. 그 순간 천지가 더욱 어두워지면서 천둥 소리가 하늘과 땅을 진동하였다.

춘앵이 깜짝 놀라 잠을 깨어보니 어머니가 가슴에 칼을 꽂고 유혈이 낭자한 채 금침 위에 엎디어져 있었다. 소스라쳐 놀라면서 떨리는 손으로 어머니의 가슴에 꽂힌 비수를 잡아 빼려고 하였으나 빠지지를 않았다.

춘앵은 어머니의 얼굴에 낯을 부비면서 하늘과 땅을 원망하여 대성통곡을 하였다.

"아이고, 어머니, 이게 웬일이세요? 하늘도 무심 하세요? 우리 남매를 두고 어머니께선 어디로 가시나이까? 우리 남매는 장차 누구를 의지하고 살란 말인가요? 어린 동생 동춘이가 어머니를 찾으면 무슨 말로 달래야 하나요? 어머니, 왜 그런 짓을 하셨나요?"

간장이 끊어지는 듯 망극애통해하는 어린 춘앵의 정상이야말로 차마 목석(木石)이라 한들 어찌 눈을 뜨고 볼 수 있으랴?

백공부부와 노복들이 놀라서 뛰쳐나와 보니, 낭자가 가슴에 비수를 꽂고 죽어 있으므로 칼을 잡아 빼려고 하였으나 끝내 빠지지 않았다.

이때 어린 동춘이 잠에서 깨어 어미가 죽은 줄도 모르고 젖을 먹으려고 죽은 어미의 가슴을 끌어안고 울기 시작하였다. 춘앵이 동생을 달래며 밥을 주어도 먹지 않고 동춘은 계속 울기만 하였다.

"가여운 내 동생 동춘아! 우리 남매도 차라리 어미를 따라 지하로 가자."

하면서 춘앵은 동생을 끌어안고 통곡하니, 그 정상은 참으로 눈뜨고

보기 어려운 참상이 아닐 수 없었다. 며칠이 지난 후에 백공부부는,

"며느리가 이토록 참혹하게 죽었으니, 선군이 과거를 치르고 돌아
 오면 가슴에 칼 꽂힌 것을 보고 우리가 모함하여 죽인 줄 알고
 저도 또한 죽으려 할 것인즉, 선군이 오기 전에 한시바삐 낭자의
 시체를 장사지내도록 합시다."

하고는, 숙영의 방으로 가서 시체를 움직이려고 하였다. 그러나 기괴
한지고, 시체가 조금도 움직여지질 않지 않는가? 이상하게 생각하여
여러 사람이 힘을 모아 움직여 보려고 무수히 애를 썼지만 시체는
그 자리에서 꼼짝달싹도 하지 않았다. 백공은 속으로, '이것은 필시
하늘의 뜻이라'하고 초조하게 괴로와할 뿐이었다.

한편, 선군은 아내에 대한 그리운 생각을 한시도 못잊고, 서울로
향하는 발걸음을 떼지 못하다가, 숙영의 충고로 겨우 마음을 달래었
다.

가까스로 상경한 선군은 여관을 잡아 숙소를 정하고 과거날이 되기
를 기다렸다. 그 날이 되자 팔도 각처에서 모여든 선비들이 과거장을
향해 구름처럼 몰려가고 있었다. 선군도 시지(試紙)를 옆구리에 끼고
춘당대(春塘臺)로 갔다. 현제판(顯題板)의 글제를 보고는 단숨에
글을 지어 맨 먼저 올렸다.

많은 선비들이 글을 지어 바치자, 상감께서 시관(試官)들과 더불어
여러 문장을 뽑아 검토하다가 선군의 글을 보시고는 무수히 칭찬하시
면서 장원으로 뽑은 후에 성명의 비봉을 떼어보니 경상도 안동에
사는 백선군이었다.

상감은 선군을 불러 칭찬하시고 곧장 승전원주서의 벼슬을 내리셨
다.

선군은 장원급제에 벼슬을 제수받은 사실을 시골에 기별하기 위해 편지를 써서 하인에게 주어 보냈다.

하인이 편지를 가지고 여러 날만에 시골에 다다라 선군의 부친과 숙영낭자에게 각각 전하여 올렸다. 백공이 황급히 편지를 뜯어 보니,

〈소자 하늘이 도우셔서 과거에 장원급제하고 승전원주서를 제수받아 방금 입작(入爵)하였사오니, 감축무지하옵나이다. 하향(下鄕)하여 뵈올 날짜는 이달 보름께나 될 것이오니 그리 아시옵소서.〉

하는 반가운 기별이었다. 그리고 이미 받아볼 주인공이 없는 죽은 낭자에게 온 편지를 시어머니가 받아 들고 크게 소리내어 울면서 손주딸 춘앵에게 주었다.

"에그, 가여운 춘앵아! 동춘아! 이 편지는 너희 애비가 너희 어미에게 보낸 것이니 잘 간수하거라."

춘앵이 편지를 들고 어머니의 빈소로 가서, 아직 그대로 모셔둔 어머니의 시체를 흔들면서 편지를 펴들고 통곡하였다.

"어머니, 어서 일어나세요! 아버님께서 장원급제 하시고, 어머님께 이렇게 편지를 보내셨어요. 모두가 기뻐하는데 왜 어머니께서만 기뻐하시지 않으시나요? 어머니께서 그 동안 아버님 소식 알지 못하여 매양 걱정하시더니, 오늘 이 기쁜 편지가 왔는데도 어이 아무 말씀 없으시나요? 나는 아직 글을 몰라 어머니 혼령 전에 글을 읽어드리지도 못하오니 답답할 뿐이옵니다. 어머님, 아이고, 어머님!"

하고 한참을 울던 춘앵은, 할머니에게로 가서 그 손을 끌어잡고 어머니의 빈소로 와서 말했다.

"할머니, 어머니의 혼령 앞에서 이 편지를 읽어주시면 어머니께서 감동하실 것입니다."

할머니가 어린 손주의 말에 눈물을 훔치면서 아들이 며느리에게 보낸 편지를 소리내어 읽기 시작하였다.

〈이제 백선군은 한 장의 편지를 낭자에게 부치나니, 그 동안 두 분 부모님 모시고 편안히 잘 있으며 어린 춘앵과 동춘이도 아무 탈 없이 잘 있는지요? 나는 다행히 장원급제하여 입신양명 하였으니, 천은이 망극할 뿐이오. 다만 낭자와 헤어져 천리 밖에 있으므로 사모하는 마음이 더욱 간절하구려. 낭자의 모습이 밤낮 눈앞을 떠날 날이 없고 낭자의 목소리가 또한 귓가에 은은하다오. 달빛이 사방에 가득하고 두견새가 슬픈 소리로 울며 밤을 재촉할 때 홀로 서서 고향 하늘을 바라보니 구름에 싸인 산은 더없이 무거워 보이고 푸른 물줄기는 천 리 밖으로 흐르더이다. 새벽녘 달이 기울고 찬바람이 외기러기 울음을 실어 적막함을 더해줄 때, 반가운 낭자의 소식을 기다렸더니, 빈 허공에 푸른 하늘 소슬한 바람소리 뿐 낭자의 소식은 오지 않는구려. 객지에서 홀로 지내며 낭자 사모하는 심사가 더욱 간절해지오. 나는 오로지 잘 있거니와 한 가지 슬픈 것은 낭자가 준 낭자의 화상이 날이 더할수록 요즘 색이 변해가니 필시 낭자에게 무슨 변이 있는 것만 같아 불안한 생각에 침식을 제대로 갖추지 못하겠소. 기쁨이 다하면 슬픔이 오는 것, 이러한 일상사는 고금에 자주 있는 것이라, 낭자에 대한 궁금한 마음에어서 빨리 시골로 내려가고픈 생각이 간절하오만, 조정에 매인 몸이라 뜻대로 할 수 없으니 심히 안타까울 뿐이오. 낭자에게 달려가고픈 심정이 이토록 간절하지만, 탄식한들 무슨 소용이 있으리오? 내 바라건대 낭자께서는 부디 독수공방을 서러워하지 말고 기다려 주면 머지않아 서로 만나 그동안 쌓인 정회를 풀 수 있으리라. 새가 되어 창공을 훨훨 날아 금방이라도 낭자 곁으로 가고싶은 마음 절박하나, 내 몸에 날개가 없는 게 다만 한스러울 뿐이오. 하고 싶은 말은 천 날을 지새워도 못다할 것이로되, 이만 붓을 놓겠소. 그런 부디 평안하게 잘 있으시구려.〉

할어머니가 편지를 다 읽고서 손주딸 춘앵을 쓰다듬으며 애걸복통을 하였다.

"슬프구나, 어린 네가 어미를 잃고 얼마나 애통하랴? 야속하게 죽은 네 어미의 영혼이라도 너를 차마 잊지는 못하리라."

"어머니, 불쌍한 우리 어머니, 아버님 편지 사연 들으시고도 어찌 아무 말씀 안하시나요? 우리 남매는 어머니 없이는 촌각인들 살 수 없으니 어서 빨리 어머니 계신 곳으로 데려가 주세요."

자지러질 듯이 복통하는 춘앵이의 모습은 그야말로 가련하기 이를 데 없었다.

백공부부는 머지않아 아들이 돌아올 것을 생각하니 기쁘기도 하고 한편으로는 겁도 났다.

"며칠 후에 선군이 내려오면 분명히 죽은 낭자를 생각하고 저도 따라 죽으려고 할 것이니 이 일을 도대체 어찌하면 좋을꼬?"

밤낮으로 탄식한들 한 번 엎지른 물을 다시 그릇에 담을 수 있으랴?

무죄한 며느리를 모해하여 스스로 자결케 만든 것을 생각하면 도무지 침식에 마음이 가질 않았다.

이때 선군을 모시고 있다가 돌아온 노복이 백공부부가 근심하는

것을 알고는 공손히 조아려 아뢰되,

"지난 번에 소상공(小相公)이 경성으로 가시는 길에, 풍산 땅에 이르러 보니, 온갖 꽃 만발하여 봄빛이 영롱할 제 어떤 한 미인이 백학과 더불어 춤을 추고 있었더이다. 동리 사람들에게 물어 본즉 임진사(林進士)댁 규수라 하였사온데, 소상공께서 그 미인을 한 번 보시고 흠모하여 잠시 떠나지 못하셨습니다. 그러하오니 소인의 생각으로는 그 규수를 찾아 성혼하신다면 소상공이 기뻐하시고 필히 숙영낭자를 잊으시리라 믿사옵니다."

그러자 백공이 크게 기뻐하였다.

"네 말이 옳은지고. 임진사는 나와 친교가 있는 분이니 내 말을 허트루 듣지는 않을 게고, 또한 선군이 이미 입신양명하였으니 그 댁에 구혼한들 괄시하지는 않으리라."

하고는 백공은 차비를 차려 임진사 집을 방문하기 위해 길을 떠났다.

제5회

백공이 임진사 집을 방문하니 임진사가 반가히 맞아들였다. 서로 인사를 하고 좌정한 후에, 임진사는 백공의 아들 선군이 용문(龍門)에 오른 경사를 치하하고, 주찬을 극진히 차려 백공을 편히 모시었다.

"이처럼 누추한 곳에 백형이 친히 찾아 주시니 감사하여이다."

"임형께옵서는 그런 말씀 삼가하시오. 친구끼리의 심방은 예사이거

늘 임진사택을 누추한 곳이라뇨? 그런 말씀을 듣고 보니 도리어
서운하오이다."

"하하하."

서로 정답게 웃으면서 술을 주거니 받거니, 환담을 하면서 즐거운
시간을 보내었다. 그러다가 술이 서너 순배 쯤 돌아올 때 백공이 주인
인 임진사에게 넌지시 물었다.

"헌데, 내가 긴히 부탁할 말이 있는데 임형께서는 들어주시겠소?"

"허허, 그야 들을 만한 것이라면 들어야지요. 어디 얘기를 해 보시
지요."

"실은 다른 일이 아니오라, 자식 선군이 숙영낭자와 인연을 맺어
금실이 좋기로 자식 남매를 낳아 잘 살았는데, 선군이 과거를 보러
상경한 사이에 그만 낭자가 갑자기 병을 얻어 세상을 떠났지 뭡니
까? 불쌍한 생각은 가이 없으나, 선군이 돌아와서 낭자가 죽은
줄을 알면 필경 병이 날 것인즉, 급히 규수를 널리 구하는 중이랍
니다. 그러던 중 듣자하니 임형 댁에 어진 규수가 있다하여 자식놈
의 몸이 이미 때묻음을 생각지 못하고 감히 귀댁에 구혼하는 바이
니, 모름지기 임형께서 이 간곡한 부탁을 물리치지 않기를 삼가
바라오."

백공의 말을 듣고 임진사는 한참을 생각하다가 입을 열었다.

"나에겐 천한 딸자식이 있으나, 영식의 짝으로서는 부족하기 이를
데 없고, 또한 지난 해 칠월 보름날에 우연히 영식과 숙영낭자를
보았는데, 낭자의 모습이 마치 월궁항아처럼 아름다운 숙녀였습니
다. 그러니 비록 내가 백형의 뜻을 좇아 청혼을 허락한다 하더라도
영식의 마음에 차지 않을 것이요, 그때에는 여식의 신세가 불쌍하

게 될 것이니, 이 말씀은 합당하지 못한 줄로 아나이다."

"그건 너무 겸손하신 말씀이외다."

백공은 거듭 임진사에게 청혼을 받아줄 것을 간청하였다. 마지못하
여 임진사가 허락을 하자, 백공은 크게 기뻐하고,

"그러면 이달 보름날에 선군이 집에 돌아올 것인즉, 그때 귀댁
문 앞을 지나가게 될 것이니 그날 곧바로 성례함이 좋을 듯한데
임형의 생각은 어떠하신지요?"

"백형의 형편에 따를 터이니 좋도록 하십시다."

"허허허, 지나친 부탁을 거절 안하시고 모두 받아 주시니 감사할
따름이오."

백공이 백배 사례하고 임진사와 하직한 후 집으로 돌아와서 부인에
게 이 사실을 말하고 곧 예물을 갖추어서 임진사댁으로 보내었다.

그러나 부인은 도무지 마음이 놓이지 않아 걱정을 거듭하다가 백공
에게 물었다.

"임진사댁 규수와 성혼하게 된 것은 잘된 일이오나 숙영낭자가
죽은 줄을 모르고 내려올 것이니, 집에 와서 낭자가 죽은 연유를
물으면 어찌하오리이까?"

"그것은 사실대로 말할 것이 아니라……"

백공과 그의 부인 정씨는 이리이리 하자고 약속하고는, 선군이
내려올 날을 기다려 풍산의 임진사 댁으로 가서 혼례를 치르기로
하였다.

백선군은 벼슬을 제수받은 후 특별 휴가를 얻어 조정을 하직하고
안동을 향하여 내려왔다.

상감이 내려주신 모자를 쓰고 청사관대를 입고, 오른손에 옥홀

(玉笏)를 꽂고, 풍악을 울리며, 청홍개(靑紅蓋)를 앞세우고, 금안준마를 높이 타고 앞뒤에는 따르는 종복들이 옹위하며 큰 길을 행진하여왔다.

길가에 나와 구경하는 사람들은 한결같이 백선군의 용문에 오른영광을 칭송하고 그 재기(才氣) 준수함을 부러워하였다.

그렇게 행차하여 남으로 사흘을 간 후에 백선군이 잠시 피로를풀고자 주점에 들려 쉬고 있는데, 문득 졸음이 와서 눈을 감으니 비몽사몽 간이라. 숙영낭자가 온 몸에 피를 흘리며 방문을 활짝 열고 들어와 선군의 옆에 앉더니 절통하게 울면서 호소하는 것이었다.

"낭군께옵서 입신양명하여 영화롭게 오시니 기쁘기 그지없사오나, 저는 이미 박명하여 이 세상을 버리고 구천을 떠도는 원혼이되었나이다. 일전에 낭군님의 편지 사연을 들으니, 낭군께서 저에대한 사랑은 간절하시오나, 이것 또한 저의 연분이 척박하여 벌써이 세상을 하직하였으니, 구천의 혼백이라도 한스럽기 그지없사옵니다. 아무쪼록 저의 원통한 사연을 낭군께옵서 풀어주시어 편히눈을 감게 하여 주옵소서. 저는 너무나 억울한 누명을 썼기로 아직까지 분한 마음이 가시지 않아 구천을 방황하고 있사오니 모름지기낭군께서는 소홀히 하시지 마시고 시시비비를 가려 누명을 벗겨주시오면 죽은 혼백이라도 깨끗한 귀신이 되고자 하나이다."
하고 나서는 낭자의 모습은 연기처럼 사라져 버렸다. 선군이 크게놀라 잠에서 깨어나 보니 온몸에 식은 땀이 축축하고 간담이 서늘해졌다.

선군은 마음을 안정하지 못하고 아무리 생각해 보아도 그 연유를짐작할 수가 없었다.

다음 날부터는 이른 새벽에 일어나서 인마를 재촉하여 서둘렀다. 며칠 만에 풍산 마을에 이르러 숙소를 정하였으나, 낭자 생각에 골몰하여 식음을 전폐하고 앉아 밤이 지나가기를 기다렸다. 그런데 밤이 점점 깊어갈 무렵이었다. 갑자기 하인이 와서 이르기를,

"대상공(大相公)께서 오셨나이다."

하였다.

아들을 만난 백공은 망설이다가 가족들이 모두 무사하다고 거짓으로 알리고는 선군이 장원급제하여 높은 벼슬을 한 사연을 물으면서 억지로 기뻐하는 기색을 보였다. 그리고 나서 얼마 후에 선군을 향해 은근한 말로 권유하였다.

"장부가 뜻을 얻으면 아내를 둘 얻는 것이 고금의 상례로 되어있다 하니 너도 이제 그렇게 함이 좋을 듯하구나. 듣자 하니 이 마을 임진사의 딸이 매우 현숙하다 하므로 내가 이미 구혼하여 혼례 일자를 잡아 놓았으니, 이곳에 온 김에 내일 당장 육례를 치르고 집으로 돌아가는 것이 어떻겠느냐?"

선군은 숙영낭자가 꿈에 나타나 억울하게 누명을 쓰고 죽은 일을 반신반의하고 있다가 막상 부친의 이와같은 말을 듣고 보니 이상한 마음이 들어 생각하되, '부친께서 이렇듯 나에게 재취를 권유하시는 것을 보니, 숙영낭자가 죽은 것이 분명하구나. 그래서 나를 속이고 임낭자와 결혼하게 하여 나를 위로해 주시려는 의도임에 틀림없다' 하고는 곧장 부친께 말씀을 드렸다.

"아버님 말씀은 지당하시오나, 소자의 마음은 급하지 않사오니 나중에 청혼하여도 늦지 않을 줄로 아옵니다. 그러하오니 그 말씀은 지금은 하지 말아 주십시오."

아들의 성질을 잘 아는 백공은 더 이상 조르지 못하고 근심 속에서 그날 밤을 지샜다.

첫닭이 울고 먼동이 트기가 무섭게 선군은 행졸(行卒)을 재촉하여 곧바로 안동으로 향하였다.

이때 임진사는 선군이 마을에 와서 머물고 있다는 소식을 듣고는 오늘의 혼례를 의논하기 위하여 선군의 숙소를 찾아가다가 도중에서 이미 안동을 향해 떠나가는 선군의 행차를 만났다.

임진사는 선군에게 장원급제한 것을 치하하고, 친구 백공을 만나 혼사에 관한 말을 꺼내니, 백공은 아직 서두를 것이 없이 천천히 진행함이 좋다는 아들의 뜻을 전하고는 어물어물 넘겼다.

이미 계획이 틀려진 백공은 당황한 마음으로, 서둘러 달려가는 아들의 뒤를 따라 함께 안동의 집으로 내려왔다.

선군은 본집에 당도한 후에 곧장 부모께 절을 한 후, 모친에게 숙영낭자의 안부를 물었다.

모친이 말문이 막혀 주저하는지라, 선군은 의아스럽게 여겨 즉시 아내의 방으로 달려갔다. 천만 뜻밖의 참경이 선군을 기다리고 있었다.

가슴에 칼을 꽂은 채 누워있는 숙영낭자를 보니, 선군은 가슴이 막혀서 울음도 못 울고 그만 방을 뛰쳐나오고 말았다. 춘앵이 동생 동춘의 손목을 이끌고 달려와 아버지의 옷자락을 부여잡고 통곡했다.

"아버지, 아버지는 왜 이제서야 오시나요? 어머니는 이미 죽은지 오래되었으나 아직 장사도 못 지내고 저렇게 있으니 어찌하면 좋을까요?"

하면서, 아버지를 끌고 낭자의 빈소로 들어가면서 울음 섞인 목소리로
말하였다.

"어머니, 불쌍하신 어머니, 아버지가 이제 오셨으니 어서 일어나
반겨 주세요. 그렇게 밤낮으로 아버지 오시기만을 기다리시더니,
왜 그렇게 누워만 계시나요?"

딸 춘앵의 울음 소리를 듣고 나서 선군은 비로소 목을 놓고 울었
다. 그런 다음 다시 부모 앞으로 나와서 숙영낭자가 왜 저토록 참혹하
게 죽었는지 그 연유를 물었다.

부모는 대답을 못하고 흐느껴 울기만 했다. 그러다가 부친이 울음
을 멈추고 말하기를,

"네가 과거길에 오른 지 오륙일만에 네 처의 기척이 없어서, 우리
가 이상히 여겨 동별당으로 가보니 저런 처참한 모습이더구나.
집안 식구가 모두 크게 놀라 그 곡절을 알아보려고 갖은 애를 다
썼으나 아직도 자세한 곡절을 모르고 있다. 하지만 짐작컨대, 어떤
놈이 네가 집에 없는 줄을 알고 밤중에 침입하여 겁탈하려다가
뜻대로 되지 않자 칼로 찔러 죽이고 도망친 것이 분명한 것 같다.
그 후 염습을 하려고 해도 칼이 뽑히지 않고, 시체를 옮기려고
해도 꼼짝도 않으니 속수무책이라 지금껏 너 오기만을 기다리고
있던 참이란다. 이런 불상사를 네가 알면 병이 될까 염려하여
미리 임진사의 딸과 정혼하였던 것이니라. 네가 네 아내의 불행을
알기 전에 새 숙녀를 얻어 정을 붙이면 네아내의 불행이 좀 위로될
까 하여 그렇게 하였단다. 그러하니 너도 이왕지사 이렇게 된 일을
가지고 너무 그렇게 상심하지 말고 어서 장례 치를 생각이나 하여
라."

이 말을 들은 선군은 넋나간 사람처럼 멍하니 앉아있다가 다시 아내의 빈소로 가서 크게 목을 놓아 울었다.

그러다가 갑자기 화가 머리끝까지 올라와서 집안의 모든 남녀 노복들을 한 자리에 묶어서 마당에 꿇어 앉혔다. 그 가운데 매월이도 끼어 있었다.

선군이 옷소매를 걷어올리고 빈소로 들어가 이불을 벗기고 보니 마치 살아있는 듯 조금도 살이 썩지 않고 있었다.

선군은 울음을 삼키면서, '이제 내가 왔으니 낭자는 부디 안심하라. 가슴에 박힌 칼이 빠진다면 그 칼로 원수를 갚아 낭자의 원혼을 달래리라'하고 속으로 생각하며 칼을 잡고 당기니 가볍게 쑥 빠지는 것이었다. 그와 함께 낭자의 가슴팍에서 파랑새 한 마리가 나와서,

"매월이다, 매월이다, 매월이다."

하고 세 번을 울고는 날아갔다. 조금 후에 또 다른 파랑새가 날아와서,

"매월이다, 매월이다, 매월이다."

하고는 또 세 번을 울고는 날아가는 것이었다.

그제서야 선군은 매월의 질투 소행인 줄을 알고는 분함을 이기지 못하였다. 형틀을 갖추고 모든 노복들을 차례로 문초하고 매질하였다. 하지만 죄가 없고 또한 비밀도 모르는 노복들이 어찌 진실을 말할 수 있으랴?

마지막으로 매월을 끌어내다가 문초하였으나 간악한 매월은 좀처럼 입을 열지 않았다.

"사실을 자백하지 않으면 계속하여 죽을 때까지 사정 두지 말고 매우 쳐라!"

추상같은 선군의 호령에 좌우 사령들이 매월을 향해 사정없이 매질
을 가하였다.

매가 백장(百杖)에 이르자, 무쇠같은 몸인들 어찌 터지지 않고
배기랴?

그토록 모진 매월도 절반은 넋이 나가서 개거품을 내어 놓으면서
빌었다. 그리고 사건 전말을 털어놓는 것이었다. 숙영낭자가 이 댁
본실로 들어온 후로 선군이 자기를 멀리 하고 낭자만 총애하기에,
질투가 생겨 그 원통한 마음을 풀려고 그와 같은 간계를 꾸며 낭자에
게 누명을 씌웠노라고 하였다.

선군은 즉시 공모한 불량배 도리를 잡아다가 문초를 하였다. 그런
결과 매월의 꼬임으로 돈에 팔려 숙영낭자의 방에 드나드는 외간
남자처럼 꾸며서 백공의 의심을 사게 하였다는 것이었다.

"에잇, 하늘이 무섭지도 않느냐? 이 벌레만도 못한 인간들아!"

선군은 노기가 충천하여 칼을 들고 뜰로 내려와서 매월의 목을
한 칼에 베어 버렸다. 그리고는 배를 갈라 간을 꺼내어 낭자의 시체
앞에 놓고 통곡하며 위로하였다.

"아아, 슬프구나. 성인군자도 참수를 당하고 현부열녀도 욕을 당함
은 고금에 없지 않은 불행이라고 하나 숙영낭자같이 원통 절통한
일이 세상에 또 있을까? 이것은 모두가 다 나 선군의 불찰로 말미
암아 생겨난 불행이니 어느 누구를 원망하랴? 오늘 그 원구는 갚았
거니와, 한 번 죽은 낭자의 자태를 어디 가서 다시 볼 것인가? 나
또한 마땅히 죽어서 낭자의 뒤를 따를 것인즉, 부모께 끼치는 불효
를 부디 용서하여 주옵소서."

선군은 크게 탄식하고 나서 낭자의 시체를 감싸안고는 다시 목을

놓아 울었다. 그리고 매월에게 이용당하여 낭자의 음해 사건에 가담한 불량배 도리는 관가에 넘겨 머나먼 섬으로 귀양을 보냈다.

제6회

백공부부는 며느리가 억울한 누명을 쓰고 죽은 사실을 알리지 않고 있다가 모든 것이 밝혀지자 무색해져 아무 말도 못하였다. 그러나 선군은 도리어 부모님을 위로하고 묵묵히 장례를 치를 준비를 서둘렀다. 빈소로 들어가 먼저 염을 하려고 하였으나, 여전히 시체가 움직여지지 않았다.

선군은 사람을 모두 밖으로 내보내고 혼자서 빈소에 촛불을 밝히고 탄식하면서 시체를 지키다가 문득 잠이 들었다. 그때 숙영낭자가 아름답게 화장을 하고 비단옷 차림으로 들어와 절을 하면서 말하였다.

"낭군께서 제 원수를 갚아 주시니 그 은혜를 어찌 다 갚으오리까? 어제 천상에서 옥황상제께서 저를 불러 말씀하시기를, '너는 선군과 자연히 만날 기약이 있는데도 삼년 기한을 지키지 않고 빨리 인연을 맺었던 까닭에 인간 세상에 내려가서 억울하게 죽게 되었으니 누구를 원망하겠느냐?'하시므로, 제가 백배 사죄하고, 옥황상제께 명을 거역한 죄는 백 번 죽어 마땅하오나 선군이 저를 따라서 죽으려 하오니 다시 한 번 저를 인간 세상에 보내어서 선군과 못다한 인연을 맺을 수 있도록 해 주십사하고 애원하였나이다. 그랬더니 옥황상제께서는 불쌍히 여기시고 시신에게 영을 내리시어 '숙영의 죄는 그 정도로도 이미 징계가 되었으니, 다시 살려서 인간으로 내보내어 선군과 못다한 인연을 맺게 하라'하시고, 또 염라대왕에게도 영을 내려 '숙영을 놓아 다시 인간이 되게 하라'하시었습니다. 그러자 염라대왕이 옥황상제께 말하기를, '상제께서 그렇게 분부하시니 마땅히 영을 받들겠사오나, 숙영이 죽은 후에 죄를 벗을 기한이 아직 못되었사오니 이틀만 더 있다가 인간 세상으로 돌려보내겠나이다'하고 청하자, 옥황상제께서 그리하라고 하시었습니다. 또한 옥황상제께서는 남극성(南極星)을 불러서 저의 수명(壽命)을 책정하라고 하시니, 남극성은 팔십 까지로 정하고 세 사람이 한날 한시에 승천케 한다는 것이었습니다. 제가 옥황상제께 여쭙기를, '저와 선군은 두 사람인데 어찌하여 세 사람이 한날 한 시에 승천한다고 하시나이까?'하였더니, 옥황상제께서 말씀하시기를, '너희들 부부가 앞으로 자연히 세 사람이 될 것이니라. 그 이상은 천기(天機)를 누설할 수 없어서 알려 줄 수가 없노라'하시므로 이상하게 생각하였나이다. 옥황상제께서는 또한 석가여래를 불러서 자식을 점지해 주라고 분부하신즉 여래께서는 아들 셋을 점지해 주셨사옵니다. 그러하오니 낭군께옵서는 제가 죽었다고 너무 상심하시지 마시옵고 며칠간만 더 기다려 주시옵소서." 하고는 홀연히 사라지는 것이었다. 선군은 꿈을 깨고 나서 하도 이상한지라 반신반의하며 여러 날을 더 기다렸다.

하루는 선군이 밖에를 나왔다가 집에 돌아와 낭자의 빈소에 들어가 보니, 꼼짝도 않던 낭자의 시체가 옆으로 돌아누워 있는 게 아닌가? 선군이 놀라 시체를 만져보니 체온이 산 사람과 같이 따뜻하였다. 선군은 기쁨을 이기지 못하여 부모님께 달려가 그 사실을 알리고,

한편으로는 인삼즙을 내어 입으로 흘려넣고 팔과 다리를 주물러 주었다. 그러자 얼마 후 숙영낭자는 눈을 가볍게 뜨고 주위를 둘러 보았다. 온 집안 사람들이 기쁨을 이기지 못하였다.

동춘을 안고 어머니의 시체 옆에 앉아있던 춘앵이가 어머니의 회생을 보고는 너무나 기뻐서 어머니 품에 와락 달려들어 울음을 터뜨렸다.

"어머니! 어머니! 나좀 보세요? 그 동안 어찌 그리 오랫동안 꿈속에만 계셨나요?"

하며, 춘앵은 감격하여 어쩔 줄 몰랐다. 오랜 잠에서 깨어난 낭자는 딸의 손을 붙잡고 물었다.

"네 아버님은 어디로 가셨느냐? 그리고 너희 남매는 그 동안 잘 있었느냐?"

하면서, 자리에서 일어나 앉았다. 죽었던 사람이 다시 살아나는 이 엄청난 기적 앞에서 모든 사람들은 놀라워 하면서도 한 편으로는 기쁨을 감추지 못했다.

그로부터 며칠이 지난 후에 잔치를 베풀고 친척을 청하여 크게 즐거워하였다.

이때 선군과 정혼을 한 임진사 집에서는 숙영낭자가 다시 살아났다는 소문을 듣고는, 예물을 돌려 보내고 다른 곳으로 구혼하려 하자 임낭자가 그 기색을 알고는 부모에게 아뢰기를,

"여자의 몸으로서 한 번 정혼하고 예물까지 받았사온데, 이제 상처한 전 부인이 회생하였다고 하여 파혼하는 것은 부당한 줄로 아옵니다. 나라의 법에 부인을 둘을 두지 못하도록 금하였으면 모르오나, 그렇지 않는 한에는 소녀는 결코 다른 가문으로 시집가지 않겠

나이다."

임진사 부부는 딸의 말을 듣고는 어이가 없어 딸의 말을 무시하고
는 다른 집으로 혼처를 구하였다. 그러자 다시 임낭자가 부모님께
찾아와서 말하였다.

"한 번 말씀 드린 것을 어찌 번복하오리까? 이 모든 것은 소녀의
팔자가 기박한 탓이오니, 여자의 말도 천금같이 중한지라, 한평생
시집 가지 않고 부모님과 함께 지내도록 하여 주시옵소서."
하고는 굳은 정절의 뜻을 밝혔다. 임진사 부부 역시 딸의 뜻을 돌릴
수 없음을 알고, 다른 가문으로 구혼할 계획을 포기하였다.

이런 저런 고민 끝에 임진사는 백공을 찾아와 숙영낭자의 회생을
치하하고 자기 딸의 정상도 함께 말하면서 탄식하였다. 그러자 백공
은 그 모든 것이 자기의 책임인지라 깊이 사죄하면서, 또한 임낭자의
굳은 절개가 기특하여,

"과연 임진사의 따님다운 마음씨외다. 그런 숙녀의 일생을 우리
선군 때문에 망쳐서야 어디 뵈올 면목이 있겠나이까? 이러지도
못하고 저러지도 못하니, 이 모두가 나의 경솔한 탓이오니 아무쪼
록 나의 죄를 용서하여 주시오."
백공은 임진사에게 거듭거듭 사과하였다. 이때 곁에서 얘기를 듣고
있던 선군이 임진사에게 공손히 여쭈었다.

"임낭자의 금옥같은 마음씨를 듣자오니 감격할 따름이오나, 사정이
매우 난처하옵나이다. 나라의 법에 부인을 둘 두는 것은 허용되어
있사오나, 임낭자가 어찌 남의 둘째 부인이 되려 하겠나이까?"
"허허, 그러나 여식의 뜻이 그러하니 둘째 부인인들 어찌 사양하겠
는가?"

하고는 이런 저런 얘기를 나누다가 돌아갔다.

선군이 숙영낭자에게 돌아와 이 사실을 말한즉, 숙영낭자는 미소를 지으며 대답하였다.

"임낭자의 정념(情念)이 그러할진대 만일 낭군께서 맞아들이지 않으신다면 한 여자의 일생을 그르치는 죄악이 되고 낭군님의 죄악은 또한 저의 허물이 될 것이오니, 모름지기 낭군께서는 제 생각만 하지 마시고 한 여자의 불행을 구해 주소서. 또한 옥황상제께옵서도 세 사람이 같은 날 승천한다고 하셨으니, 이것도 필시 하늘의 뜻임이 분명하옵니다. 낭군께서는 양가(兩家)의 전후 사정을 상감께 상서하시어 허락을 구하소서. 그러하시면 분명히 상감께서 사혼(賜婚)하실 것이옵니다. 그렇게 된다면 도리어 양가의 영광이 될 것이온즉, 세상에서도 양가의 미담을 칭송할 것이옵니다."

"상감께 청하는 것이야 뭐 그리 어려울게 있겠소. 이것은 어디까지나 낭자가 임낭자를 구원하는 넓은 아량이니 미담의 주인공은 바로 낭자이외다. 그러므로 내가 낭자를 더욱 존경하오."

하고, 선군은 낭자의 손을 잡고 치하하여 마지 않았다.

며칠 후 상경하여 어전에 들어간 선군은 상감께 문안 인사를 드린 후, 곧 숙영낭자와 임낭자의 사정을 소상히 기록한 상소문을 올리었다. 선군의 상소문을 보신 상감은 즉석에서 크게 기뻐하시고,

"숙영낭자의 아름다운 관용의 덕은 만고에 드문 일이니 정렬부인(正烈夫人)의 직첩을 내릴 것이요, 임낭자의 절개 또한 기특하니 백선군과 혼인케 하고 숙렬부인(熟烈夫人) 직첩을 내릴 것이니라."

하시고는, 이 사실을 만조 백관에게 널리 알리시었다.

백선군은 하늘의 은혜에 감사하고, 다시 특별휴가를 얻어 집으로 돌아와 임낭자와 택일하여 성례를 올리니, 새신부도 또한 보기 드문 요조숙녀였다.

신부는 시부모를 지극한 효성으로 섬기며 낭군을 사랑과 존경으로 모시었으며, 본실 숙영낭자와도 시기하거나 질투하는 일이 없이 화합하여 항상 떨어지기를 서운해 하였다.

그리하여 백씨(白氏)가문에는 항상 화기(和氣)가 가득 찼고, 부귀(富貴)를 누림에 결코 남을 부러워함이 없었다.

그후 백공의 부부가 팔십을 향수하여 건강하게 지내다가 갑자기 병을 얻어 하루 아침에 세상을 버리시니, 선군 부부 세 사람이 함께 슬퍼하며 선산에 장사를 지내고 삼년상(三年喪)을 치루었다.

세월은 흐르는 물과 같아서 어느덧 정렬부인은 삼남 일녀를 낳았고, 숙렬부인도 또한 삼남 일녀를 낳으니, 그 팔 남매는 모두 부모를 닮아 한결같이 재기(才氣)가 뛰어나고 자태가 수려하였다. 팔남매가 모두 차례로 성혼하여 가세의 번영과 함께 자손이 번성하여 대대로 복록을 누리며 만석군(萬石君)의 이름을 세상에 떨치었다.

백선군의 일가(一家)가 하루는 큰 잔치를 베풀고 자자손손이 모여 사흘을 즐기고 있는데, 갑자기 상서로운 구름이 사방을 에워싸고 용(龍)울음 소리가 진통하더니, 한 명의 선녀가 내려와서 말하는 것이었다.

"백선군은 듣거라. 인간의 재미도 좋으려니와 천상의 즐거움이 또한 그보다 못하지는 않으리라. 그대 부부 세 사람의 승천할 기약이 바로 오늘이니 지체하지 말고 따르도록 하라."

하고는 백선군 노부부 세 사람을 하늘로 불러 올렸다. 이때 백선군

부부의 나이는 모두 팔십 세였다.

자손 일가가 모여서서 하늘을 우러러 보며 슬픔을 억제하지 못하고 통곡하며 백선군 부부의 유품을 모아 관(棺)에 넣어서 선산에 안장하니, 후세 사람들이 두고두고 그 덕을 칭송하였다.

장끼전

―웅치전(雄雉傳)

◇작품 해설◇

이 작품은 장끼와 까투리를 의인화(擬人化)하여 쓴 우화(寓話)로 일종의 풍자소설(諷刺小說)이다. 작자(作者)와 쓰여진 연대는 알 수 없으며, 일명 「웅치전(雄雉傳)」이라고도 한다.

장끼부부가 먹이를 구하러 갔다가 장끼가 덫 미끼로 사용된 콩 하나를 보고 먹으려 들자 까투리가 만류한다. 아내의 간곡한 만류도 물리치고 결국 장끼는 그 콩을 먹게 되고, 그 순간 덫에 치이고 만다.

그 후 장끼의 장례식장에 여러 부류의 조문객(새들)이 찾아와 미망인이 된 까투리에게 청혼을 하게 된다. 그러나 까투리는 까마귀, 물오리, 부엉이 등의 내노라 뽐내는 뛰어난 신랑 후보자들을 모두 물리치고 결국은 같은 부류인 장끼에게 개가(改嫁)하게 된다. 이 소설의 주제 의식은 바로 남편을 잃은 여인의 개가 문제이다.

'충신은 두 임금을 섬기지 않고 열녀는 두 지아비를 모시지 않는다'는 전통적인 유교 사상이 지배적으로 뿌리내린 조선 사회에서 이러한 소설이 쓰여졌다는 것은 참으로 특기할 만한 사실이다. 작자는 이 작품을 통하여 인간의 본능과 욕구가 어떠한 전통과 풍습이라도 파괴할 수 있다는 것을 과감히 나타내 보여주고 있다.

장끼전(雄雉傳)

하늘과 땅이 비로소 열릴 때 만물이 번성하니, 그 가운데 귀한 것은 인생이며 천한 것은 짐승이었다.

날짐승도 삼백이고 길짐승도 삼백인데 꿩의 모습을 볼라치면 의관(衣冠)은 오색(五色)이오 별호는 화충(華虫)이다. 산새와 들짐승의 천성으로 사람을 멀리하여 푸른 숲 속 시냇가에 휘두러진 소나무를 정자 삼고, 상하(上下)로 펼쳐진 밭과 들 가운데 널려있는 곡식을 주워 먹고 살아간다.

그러나 임자없이 생긴 몸이라 관포수(官砲手)와 사냥개에게 툭하면 잡혀가서 삼태육경(三台六經) 수령방백(守令方伯) 새와 들짐승과 다방골 제갈동지들이 싫도록 장복(長服)하고 좋은 깃(羽) 골라내서 사령기(使令旗)에 살대 장식과 전방(廛房) 먼지털이며 여러 가지에 두루 쓰여지니 그 공적(功績)이 적다 하겠는가?

평생을 두고 숨어있는 자취와 좋은 경치를 보고자 하여, 구름 위로 우뚝 솟아오른 높은 봉(峰)에 허위허위 올라가니 몸 가벼운 보라매는 예서 제서 떨렁, 몽치 든 몰잇군은 예서 '우여!' 제서 '우여!'하며, 냄새 잘 맡는 사냥개는 이리 컹컹 저리 컹컹 속잎포기 떡갈잎을 뒤적 뒤적 찾아드니 살아날 길 바이 없구나. 사잇길로 가려 하니 하도 많은 포수들이 총을 메고 들어섰으니 엄동설한 굶주린 몸이 이제 다시 어느 곳으로 가야 한단 말인가?

하루 종일 푸른 산 더운 볕에 뉘 아래로 펼쳐진 밭이며 너른 들에 혹시라도 콩알이 있을 법하니 한번 주으러 가 볼거나.

이때 장끼(수꿩)한 마리 당홍대단(唐紅大緞) 두루마기에 초록궁초(宮綃) 깃을 달아 흰 동정 썻어 입고 주먹같은 옥관자(玉冠子)에 꽁지 깃털 만신풍채(滿身風采) 장부 기상이 역연하구나.

또 한 마리의 꿩 까투리(암꿩)의 치장을 볼라치면 잔 누비 속저고리 폭폭이 잘게 누벼 위 아래로 고루 갖추어 입고 아홉 아들과 열둘의 딸을 앞세우고 뒤세우며,

"어서 가자, 바삐 가자! 질펀한 너른 들에 줄줄이 퍼져서 너희는 저 골짜기 줍고 우리는 이 골짜기 줍자꾸나. 알알이 콩을 줍게 되면 사람의 공양을 부러워하여 무엇하랴? 하늘이 낸 만물(萬物)이 모두 저 나름의 녹(祿)이 있으니 한 끼의 포식(飽食)도 제 재수라."

하면서, 장끼와 까투리가 들판에 떨어져 있는 콩알을 주으러 들어가다가, 붉은 콩 한 알이 덩그렇게 놓여 있는 것을 장끼가 먼저 보고 눈을 크게 뜨며 말하기를,

"어허, 그 콩 먹음직스럽구나! 하늘이 주신 복을 내 어찌 마다하랴? 내 복이니 어디 먹어보자."

옆에서 이 모양을 지켜보고 있던 카투리는, 어떤 불길한 예감이

들어서,

"아직 그 콩 먹지 마오. 눈 위에 사람 자취가 수상하오. 자세히 살펴보니 입으로 훌훌 불고 비로 싹싹 쓴 흔적이 심히 괴이하니, 제발 덕분 그 콩일랑 먹지 마오."

"자네 말은 미련하기 그지없네.이 때를 말하자면 동지섣달 눈 덮인 겨울이라. 첩첩이 쌓인 눈이 곳곳에 덮여 있어 천산(千山)에 나는 새 그쳐 있고, 만경(萬脛)에 사람의 발길이 끊겼는데 사람의 자취가 있을까 보냐?"

까투리도 지지 않고 입을 연다.

"사리는 그럴 듯 하오마는 지난 밤 꿈이 크게 불길하니 자량하여 처사하오."

그러자 장끼가 또 하는 말이,

"내 간밤에 한 꿈을 얻으니 황학(黃鶴)을 빗겨 타고, 하늘에 올라가 옥황상제(玉皇上帝)께 문안드리니 상제께서 나를 보시고는 산림처사(山林處士)를 봉하시고, 만석고(萬石庫)에서 콩 한섬을 내주셨으니, 오늘 이 콩 하나 그 아니 반가운가? 옛글에 이르기를 '주린 자 달게 먹고 목 마른 자 쉬 마신다' 하였으니, 어디 한 번 주린 배를 채워 봐야지."

그러나 지지 않고 까투리 또 말하기를,

"당신의 꿈은 그러하나 이내 꾼 꿈 해몽해 보면, 어젯밤 이경초(二更初)에 첫 잠이 들어 꿈을 꾸었는데, 북망산 음지 쪽에 궂은비 흩뿌리며 맑은 하늘에 쌍무지개가 홀연히 칼이 되어 당신의 머리를 뎅겅 베어 내리쳤으니, 이것이야말로 당신이 죽을 흉몽임에 틀림없으니 제발 그 콩일랑은 먹지 마오."

장끼 또한 그대로 있을소냐?

"그 꿈 또한 염려 말게. 춘당대 알성과(謁聖科)에 문관 장원으로 급제하여 어사화(御賜花) 두 가지를 머리 위에 숙여 꽂고 장안 큰 거리로 왔다 갔다 할 꿈이로세. 어디 과거에나 한 번 힘써 보세나."

까투리가 다시 하는 말이,

"야삼경(夜三更)에 또 한 꿈을 꾸니 천근들이 무쇠가마를 그대 머리에 흠뻑 쓰고 만경창파 깊은 물에 아주 풍덩 빠졌기로, 나홀로 그 물가에 앉아 대성통곡 하였으나, 이거야말로 당신이 죽는 꿈이 아니겠소? 부디 그 콩일랑 먹지 마오."

장끼란 놈 또 하는 말이,

"그 꿈은 더욱 좋을시고! 명나라가 중흥할 때, 구원병을 청해 오면 이 몸이 대장이 되어 머리 위에 투구 쓰고 압록강 건너가서 중원을 평정하고 승전대장 될 꿈이로세."

그래도 까투리는 또 말한다.

"그것은 그렇다 하고라도, 사경(四更)에 또 한 꿈을 꾸니 노인은 당상에 있고 소년이 잔치를 하는데, 스물 두 폭 구름 장막을 받쳤던 서발 장대가 갑자기 우지끈 뚝딱 부러지며 우리들의 머리를 흠뻑 덮어 버렸으니 어찌 답답한 일을 볼 꿈이 아니리요? 오경초(五更初)에 또 한 꿈을 얻었는데 낙락장송이 뜰 앞에 가득한데 삼태성(三台星) 태을성(太乙星)이 은하수를 둘렀는데, 그 가운데 별 하나가 뚝 떨어져 당신 앞에 걸려졌으니 당신 별이 그렇게 된 듯, 삼국 때의 제갈무후(諸葛武侯)가 오장원(五丈原)에서 운명할 때도 긴 별이 떨어졌다 하옵니다."

장끼란 놈 더욱 신이 나서 하는 말이,

"그 꿈도 염려할 게 전혀 없네. 장막이 덮여 보인 것은, 푸른 산에 해가 저물어 밤이 되면 화초병풍 둘러치고, 잔디 장판에 등걸로 베개 삼아 칡잎으로 요를 깔고 갈잎으로 이불 삼아 자네와 나와 추켜덮고 이리저리 뒹구를 꿈이오, 별이 길게 떨어져 보인 것은 옛날 중국 황제 헌원씨(軒轅氏) 대부인이 북두칠성 정기를 받아 제일 생남하였고, 견우직녀성(牽牛織女星)은 칠월 칠석 상봉이라, 자네 몸에 태기 있어 귀한 아들 낳을 꿈이로세. 그런 꿈이라면 제발 좀 많이 꾸게나."

까투리는 또 다른 꿈 이야기를 하는데,

"새벽녘 닭이 울 때 또 꿈을 꾸니, 색저고리 색치마를 이내 몸에 단장하고 푸른 산 맑은 물가에 노니는데, 난데 없는 청삽사리 입술을 앙다물고 와락 뛰어 달려들어 발톱으로 허위치니 경황실색 갈 데 없이 삼밭으로 달아나는데, 긴 삼대 쓰러지고 굵은 삼대 춤을 추며 잘룩 허리 가는 몸에 휘휘칭칭 감겼으니 이 내 몸 과부되어 상복 입을 꿈이오라, 제발 덕분 먹지 마오. 부디 그 콩 먹지 마오."

이 말 들은 장끼란 놈 매우 노해서 까투리 멱살 잡고 이리 치고 저리 차며 소리 질러 하는 말이,

"화용월태(花容月態) 저 간나위년 기둥서방 마다하고, 다른 남자 즐기다가 참바, 올 바, 주황사로 뒤쭉지 결박해서 이 거리 저 거리 종로 네거리를 북치며 조리 돌리고, 삼모장과 치도곤으로 난장(亂杖) 맞을 꿈이로세. 그 따위 꿈 얘기란 다시 말라! 앞 정강이 꺾어 놀테다."

그래도 까투리는 장끼 아끼는 마음 풀풀 나는지라, 입을 다물지

않고 하는 말이,

"기러기 물가를 울어 옐 제 갈대를 물고 날음은 장부의 조심이
요, 봉황이 천 길을 날을 수 있으되 주려도 좁쌀을 쪼아먹지 아니
함은 군자의 염치거늘, 당신이 비록 미물이라 하나 군자의 본받아
염치를 좀 알 것이며 닷소를 낙으로 삼고 백이숙제(伯夷叔齊)
주속(周粟)을 아니 먹고, 장자방(張子房)의 지혜 염치 사병벽곡
(辭病壁穀)하였으니 당신도 이런 것을 본을 받아 근신을 하시려거
든 제발 그 콩 먹지 마오."

장끼 또한 그대로 있을소냐.

"자네 말 참으로 무식하네. 예절을 모르는데 염치를 내 알손가?
안자(顏子)님 도학염치(道學廉恥)로도 삼 십 밖엔 더 못 살고,
백이숙제의 충절 염치로도 수양산(首陽山)에서 굶어 죽었으며,
장자방의 사병벽곡으로도 적송자(赤松子)를 따라 갔으니 염치도
부질없고 먹는 것이 으뜸이로세. 호타하 보리밥을 문숙(文叔)이
달게 먹고 중흥천자(中興天子)가 되었고, 표모(漂母)의 식은 밥을
달게 먹은 한신(韓信)도 한(漢)나라 대장이 되었으니, 나도 이
콩 먹고 크게 될 줄 뉘 알 것인가?"

까투리는 그래도 가만히 있어선 안되겠다 싶어서,

"그 콩 먹고 잘 된단 말은 내가 먼저 말하오리다. 잔디 찰방수망
(察訪首望)으로 황천부사(黃泉府使) 제수하여 푸른 산을 생이별할
것이오니 내 원망은 부디 마오. 옛 글을 보면 고집 너무 피우다가
패가망신한 자 그 몇이요. 천고의 진시황의 몹쓸 고집 부소(扶蘇)
의 말을 듣지 않고 민심 소동 사십 년에 이세(二世) 때 나라 잃고,
초패왕의 어리석은 고집 범증(范增)의 말 듣지 않다가 팔천 명

제자 다 죽이고 면목없어 자살하고 말았으며, 굴삼녀(屈三閭)의
옳은 말도 고집불통 듣지 않다가 진문관에 굳게 갇혀 가련공산
삼혼(三魂)되어 강 위에서 우는 새 어복충혼(魚腹忠魂) 부끄럽다
오. 당신 고집 너무 피우다가 오신명(誤身命) 하오리다."
그렇지만 장끼란 놈 그 고집 버릴소냐.
"콩 먹고 다 죽을까? 옛글 보면 콩탯자(太) 든 사람은 모두 귀하게
되었더라. 태고적의 천황씨(天皇氏)는 일만 팔천 살을 살았고,
태호복희씨(太昊伏羲氏)는 풍성이 상승하여 십오 대를 전했으며,
한태조(漢太祖) 당태종(唐太宗)은 풍진 세상에서 창업지주(創業
之主)가 되었으니, 오곡 백곡 잡곡 가운데서 콩탯자가 제일일세.
강태공(姜太公)은 달팔십(達八十)을 살았고, 시중천자(詩中天子)
이태백(李太白)은 고래를 타고 하늘에 올랐고 북방의 태을성(太乙
星)은 별 가운데 으뜸일세. 나도 이 콩 달게 먹고 태공(太公)같이
오래 살고 태백(太白)같이 하늘에 올라 태을선관(太乙仙官) 되리
라."
장끼 고집 끝끝내 굽히지 아니하니 까투리 할 수 없이 물러났다.
그러자 장끼란 놈 얼룩 장목 펼쳐 들고 꾸벅꾸벅 고개짓하며 조츰조
츰 콩을 먹으러 들어가는구나. 반달 같은 혓부리로 콩을 꽉 찍으니
두 고패 둥그러지며 머리 위에 치는 소리 박랑사중(博浪沙中)에 저격
시황(狙擊始皇)하다가 버금수레 맞치는 듯 와지끈 뚝딱 푸드드득
푸드드득 변통없이 치었구나.
이 꼴을 본 까투리 기가 막히고 앞이 아득하여,
"저런 광경 당할 줄 몰랐던가, 남자라고 여자 말 잘 들어도 패가
(敗家)하고 계집 말 안 들어도 망신하네."

하면서, 위 아래 넓은 자갈밭에 자락 머리 풀어헤치고 댕글댕글 뒹굴면서 가슴 치고 일어나 앉아 잔디풀을 쥐어뜯어 가며 애통해 하고 두 발을 땅땅 구르면서 성(城)을 무너뜨릴 듯이 대단히 절통해 한다.

아홉 아들 열두 딸과 친구 벗님네들이 불쌍하다 탄식하며 조문 애곡하니 가련공산 낙목천(落木天)에 울음소리 뿐이었다. 까투리는 그 슬픈 가운데서도,

"공산 야월 두견새 소리 슬픈 회포 더욱 섧구나. 통감(通監)에 이르기를 좋은 약이 입에 쓰나 병에는 이롭고, 옳은 말은 귀에 거슬리나 행실에는 이롭다 하였으니 당신도 내말 들었다면 이런 변 당할 리 없지, 애고 답답하고 불쌍하다. 우리 양주 좋은 금실(琴瑟) 누구에게 말할손가? 슬피 서서 통곡하니 눈물은 못이 되고 한숨은 비바람이 되는구나. 애고, 가슴에 불이 붙네. 이 내 평생 어찌 할꼬?"

아직 숨이 끊어지지 않은 장끼는 그래도 덫 밑에 엎디어서 하는 말이,

"에라 이년 요란하다! 호환(虎患)을 미리 알면 산에 갈 사람 어디 있겠나? 미련은 먼저 오고 지혜는 누구나 그 뒤의 일이니라. 죽는 놈이 탈없이 죽을까? 그것은 그렇다 치고 사람도 죽고 삶을 맥(脈)으로 안다 하니 나도 죽지는 않겠나 어디 한번 맥이나 짚어 보소."

까투리는 장끼의 말을 듣고 그러려니 여겨 장끼의 맥을 짚어보고,

"비위맥은 끊어지고, 간맥은 서늘하고, 태충맥(太冲脈)은 굳어져가고 명맥(命脈)은 떨어지오. 아이고 이게 웬일이오? 웬수로다."

장끼란 놈 몸을 한 번 푸드득 떨고 나서 또 하는 말이,

"맥은 그러하나 눈청을 살펴 보게. 동자(瞳子)부처 온전한가?"

까투리는 장끼의 눈청을 살펴보고 나서는 한숨을 쉬면서,

"이제는 속절없네. 저편 눈의 동자부처 첫새벽에 떠나가고, 이편 눈의 동자부처는 지금 막 떠나려고 파랑보에 봇짐 싸고 곰방대 붙여 물고 길목버선 감발하네. 애고애고, 이내 팔자 이다지도 기박한가, 상부(喪夫)도 자주 하네. 첫째 낭군 얻었다가 보라매에 채여가고, 둘째 낭군 얻었다가 사냥개에 물려가고, 세째 낭군 얻었다가 살림도 채 못하고 포수에게 맞아 죽고, 이번 낭군 얻어서는 금실도 좋거니와 아홉 아들 열두 딸을 남겨놓고 아들 딸 혼사도 채 못해서 구복(口腹)이 원수로 콩 하나 먹으려다 덫에 덜컥 치였으니 속절없이 영 이별하겠구나. 도화살을 가졌는가, 이 내 팔자 험악하네. 불쌍하다 우리 낭군, 나이 많아 죽었는가, 병이 들어 죽었는가? 망신살을 가졌는가, 고집살을 가졌는가? 어찌하면 살려낼꼬? 앞뒤에 섰는 자녀 뉘라서 혼취(婚娶)하며 뱃속에 든 유복자 해산구완 누가 할꼬? 운림초당(雲林草堂) 넓은 들에 백년초(百年草)를 심어두고 백년 해로 하잤더니 단 삼 년이 못 지나서 영결종천 이별초가 되었구나. 저렇게도 좋은 풍신 언제 다시 만나볼꼬? 명사십리 해당화야 꽃진다고 한탄 마라. 너는 명년 봄이 되면 또다시 피려니와 우리 낭군 이번 가면 다시 오기 어려워라. 미망(未亡)일세, 미망일세, 이내 몸이 미망일세."

한참동안 통곡을 하니 장끼는 눈을 반쯤 뜨고,

"자네 너무 서러워 말게. 상부(喪夫) 잦은 자네 가문에 장가 간게 내 실수라. 이말 저말 잔말 말게. 죽은 자는 불가부생(不可復生)

이라, 다시 보기 어려울테니 나를 굳이 보겠으면 내일 아침 일찍
먹고 덫 임자 따라가면 김천장(金泉場)에 걸렸거나 청주장에 걸렸
거나, 그렇지 아니하면, 감령도(監令道)나 병영도(兵營道)나 수령
도(守令道)나 관청고(官廳庫)에 걸렸든지 봉물짐에 얹혔든지 사또
밥상에 오르든지, 그렇지도 아니하면 혼인 폐백건치(乾雉) 되리로
다. 내 얼굴 못 보아 서러워 말고 자네 몸 수절하여 정렬부인 되어
주게. 불쌍하다 불쌍하다, 이내 신세 불쌍하다. 우지 마라, 우지
마라, 내 까투리 우지 마라. 장부 간장 다 녹는구나. 자네가 아무리
슬퍼해도 죽는 나만 불쌍하네."

그러면서 장끼는 기를 쓴다. 아래 고패 벋드리고 윗고패 당기면
서 버럭버럭 기를 쓰나 살 길은 전혀 없고, 털만 쑥쑥 다 빠진다.

이때 덫 임자 탁첨지가 망을 보고 있다가 만신드리 서피(鼠皮)
휘양모자 우그려 쓰고 지팡이를 걷어 짚고 허위허위 달려들어, 장끼
를 빼어들고 희희낙락 춤을 추며,

"지화자 좋을시고, 안 남선 벽계수에 물 마시러 네 왔더냐? 밖
남산 작작도화(灼灼桃花) 꽃놀이 하러 네 왔더냐? 탐식몰신(貪食
沒身) 모르고서 식욕이 과하기로 콩 하나 먹으려 들다가 녹수청산
에 놀던 너를 내 손으로 잡았구나. 산신님께 치성드려 네 구족
(九族)을 다 잡으리라."

하면서, 장끼의 빗겨 문 혀를 빼내어 바위 위에 얹어놓고 두 손 합장
하고 빈다.

"아까 놓은 저 덫에 까투리마저 치이게 하옵소서. 나무아미타불
관세음보살."

꾸벅꾸벅 절을 하며 빌기를 마친 탁첨지는 어깨마저 들먹이며 내려

간다.

까투리는 뒤미처 밟아가서 바위에 얹힌 털을 울며불며 찾아다가 갈잎으로 소렴하고 댕댕이로 매장하고 원추리로 명정써서 어린 소나무에 걸어 놓고 밭머리 사태난 데 금정(金井) 없이 산역(山役)하여 하관(下棺)하고 산신제(山神祭)와 불신제(佛神祭)를 지내고 제물(祭物)을 차린다.

가랑잎에 이슬을 받아 도토리잔에 따루어 놓고, 속잎 대로 수저를 삼아 친가유무 형세대로 그렁저렁 차려놓고, 호상의 소임대로 집사(執事)를 나누어 정하니, 의관(衣冠) 좋은 두루미는 초헌관이 되었고, 몸 가벼운 제비는 접빈객이 되었으며, 말 잘하는 앵무새는 진설(陣設)을 맡았구나. 따오기는 제상 앞에 꿇어 앉아 축문을 읽는다.

〈유세차 모년 모월 모일 미망 까투리 감소고우 현벽 장끼 학생 부군 혼귀둔석 신반실당 신주기성 복유존령 사구종인 시빙시의.〉

따오기의 축문이 끝난 뒤 제물을 철상할까 말까 하는데 마침 소리개 한 마리 떠오다가 주린 배를 생각하고 내려다 보며,

"어느 놈이 맏상제냐? 내 한 놈 데려 가리라."

하고 주루룩 달려들어 두 발로 꿩새끼 한 마리를 툭 차가지고 공중에 높이 떠서 층암 절벽 상상봉에 덥석 올라앉아 이리저리 뒤적뒤적하면서,

"감기로 몸이 불편하여 십여 일 굶주려 입맛이 떨어졌더니 오늘에야 인간 제일미를 얻었구나. 문어 전복 해삼찜은 재상의 제일미요, 십년일경 해궁도(海宮桃)는 서왕모(西王母)의 제일미요, 일년장춘 약산주는 상산사호 제일미요, 저절로 죽은 강아지와 꽁지 안난 병아리는 연장군의 제일미라. 굵으나 작으나 꿩새끼 하나

생겼으니 배고픈 김에 먹고 보자."

너울너울 춤을 추다가 아차하고 돌아보니 꿩새끼는 바위 아래 절벽
으로 떨어져 어디론지 자취를 감추어 버렸다.

소리개는 어안이 벙벙하고 어처구니가 없어 탄식하여 가로되,

"삼국명장 관공(關公)님이 화용도(華容道) 좁은 길에서 다 잡은
조조(曹措)를 놓아 주었음은 대의를 생각하심이라. 험악한 연
(鳶)장군도 꿩새끼 놓아 주었으니 이는 또한 적선(積善)이라, 자손
창성하리로다."

이때 태백산 갈가마귀 북악을 구경하고 도중에서 배가 고파 요기를
하고서 까투리에게 조문하고 과실을 나눠먹고 나서 탄식하여 말하기
를,

"그 친구 풍신 좋고 심덕(心德) 좋아 장수할 줄 알았더니, 불은
콩 하나 잘못 먹고 어찌 비명횡사했단 말인가? 가련하고 불쌍하도
다. 우리야 그런 콩 보기로 먹을소냐? 여보, 까투리 마누라님 들어
보오. 오늘 이 말씀 하는 것은 체면상 틀린 일이나 옛말에 이르기
를 장수 나면 용마가 나고, 문장이 나면 명필 난다 하였으니, 그대
는 상부(喪夫)하고 나는 상처(喪妻)하여 오늘 여기 오게 되었으니
이는 곧 삼물조합(三物組合)이 맞음이라, 꽃 본 나비가 불을 망설이
며 물 본 기러기 어옹(魚翁)을 두려워하랴? 그 성세(聲勢)와 그
가문 내가 알고, 내 형세와 내 가문 그대가 알 터인즉 우리 둘이
자수성가 할셈 잡고 백년동락(百年同樂) 같이 함이 어떠하오?"

이 말 들은 까투리는 한 마디로 한심하여 툭 쏘아 붙이는데,

"아무리 미물인들 삼년상도 못 마치고 개가(改嫁)하는 법을 누구
의 예문(禮文)에서 보았소? 옛말에 용(龍)은 구름을 따르고 범

(虎)은 바람을 따른다 하였고, 계집은 필히 그 지아비를 따르라
하였는데 임마다 따라가겠소?"

까투리의 말을 들은 까마귀 자기의 경솔함은 생각지 않고 크게
노하여 말하기를,

"그대 말은 가소롭다! 시전개풍장(詩傳凱風章)에 이르기를 유자칠
인(有子七人)하되 막위모심(莫違母心)이라 하였으니 이는 사람도
일곱 아들을 두고 개가해 갈 때 탄식한 말이라. 사람도 그러하거늘
하물며 그대같은 미물에게 수절이 맞는 말인가? 자고로 까투리의
열녀 족문(烈女族門)을 내 일찍이 본 일이 없도다."

이때 부엉이가 들어와 조문을 끝내고 까마귀를 돌아보며 책망한
다.

"몸뚱이도 검거니와 주둥이도 고약하구나. 어른이 오시면 몸을
벌떡 일으켜서 인사를 할 일이지, 기거도 아니하고 그대로 앉았느
냐?"

이 말 듣고 까마귀 그대로 있을손가?

"완만한 부엉아! 눈이 우묵하고 귀만 쫑긋하면 다 어른이냐? 내몸
검다고 웃지 말라. 거죽이 검다한들 속까지 검을소냐? 우연비과
(偶然飛過) 산음(山陰)하다가 이내 몸 검어진 것이니라. 내 부리
또한 비웃지 말라. 남월왕(南越王) 구천이도 내 입과 흡사하나
삼시로 장복하고 십 년을 돌아들어 제후왕이 되었느니라. 옛글도
모르면서 어찌 진정 어른을 학대하느냐? 내일 식후에 통문(通文)
을 놓아 대동회(大洞會) 방 붙이고 양안에서 제명하리라."

이렇듯, 까마귀와 부엉이가 서로 다투고 있을 때에 푸른 하늘 외기
러기 구름 사이에 떠 올라가 우연히 내려와서 목을 길게 늘어뜨리고

좌우를 크게 꾸짖어 가로되,

"너희들이 무슨 어른이냐? 한나라 소자경이 북해상(北海上)에
십구 년을 갇혀 있을 때 고국 소식 몰라하기로 한 장 서간 맡아다
가 한나라 천자에게 바쳤으니, 이런 일을 보더라도 내가 먼저 어른
이지 너희들이 무슨 어른이냐?"

이때 앞 연못 물오리가 일곱 번 상처하고 남녀 간 혈육이 없어
후처를 구하고 있는데, 까투리가 상부(喪夫)했다는 소식 듣고 통혼도
아니한 채 혼인잔치 하겠다고, 옹옹 명안(鳴雁) 기러기로 안부장이를
삼고 관관저구(鳩) 진경으로 함진 아비를 하고 쾌활 좋은 황새는
후행을 삼았으며, 소리 큰 왜가리로는 길잡이로 삼았고 맵시있는
호반새는 전감 하인을 삼았구나.

이날 전감 하인 호반새가 들어와 말하기를,

"까투리 신부 계신가? 우리 신랑 들어가네."

느닷없이 이 모양 당하게 된 까투리는 울던 울음 뚝 그치고,

"아무리 과부가 만만키로 궁합(宮合)도 아니 보고 이런 억지 혼인
하자는 법 어디 있느뇨?"

뒤따라 오던 오리가 불쑥 나서서 하는 말이,

"과부 홀아비 만나는데 예절 보고 사주 보랴? 신부 신랑 둘이 만나
면 자연 궁합 되느니라. 그럴 것 없이 택일이나 한 번 하여 보세.
일상생기(一上生氣), 이중천의(二重天宜), 삼하절체(三下絶體),
사중유혼(四中遊魂), 오상화해(五上禍害), 육중복덕일(六中福德
日)이요 천덕일덕(天德日德)이 합하였으니 오늘밤이 으뜸이라,
이성지합(異性之合)은 백복(百福)의 근원이거늘 잔말 말고 조금
자세."

슬피 울던 까투리 얼굴에 웃음이 번진다.

"자네도 남아라고 음흉한 말 제법 하네."

오리가 또 입을 열어 이르기를,

"잔말 말고 이내 호강 한 번 들어보오. 영주 봉래 청강수에 모든 신선 배를 타고 완월장취하는 모습을 역력히 구경하고 소상동성 넓은 물에 홍요백빈 집을 삼아 오락가락 노닐면서 은린옥척 좋은 생선 식량대로 장복하니, 천지간에 좋은 생애 물 밖에 또 있는가?"

물에서 사는 오리의 자랑을 듣고, 까투리가 잠자코 있을소냐?

"물 생애가 좋다한들 육지 생애 같을손가? 육지 생애 이를 테니 우리 생애 들어보오. 평원광야 넓은 들에 오락가락 노닐다가 충암 절벽 높은 봉에 허위허위 올라가서 사해팔방 구경하고 춘삼월 꽃시절에 객사청청(客舍靑靑) 버들잎 새로울 때 황금 같은 꾀꼬리는 양류간에 오락가락 춘풍도리(春風桃李) 꽃 핀 밤에 초혼조(楚魂鳥) 슬피 울어 불여귀(不如歸)하는 소리 초목과 금수라도 심회가 산란하니 그도 또한 경(景)이로다. 추구월 누런 국화 피었을 때 만산에 널린 실과 주워다가 앞뒤로 쌓아놓고 치장군(雉將軍)의 좋은 옷과 춘치자명(春雉自鳴) 우는 소리 고금에 비길 데 없네. 물 생애가 좋다한들 육지 생애 당할손가?"

말이 막힌 오리가 할 말 없어 잠자코 있는데 그 옆에 조문 왔던 장끼란 놈이 썩 나서서 하는 말이,

"이내 몸 환거한 지 삼 년이 지났으되, 마땅한 혼처 없어 외롭더니 오늘 그대 과부되자 내가 조문하러 왔음은 천정(天定)배필을 하늘이 도우심이라, 우리 둘이 짝을 지어 아들 딸 낳고 장가 시집보내 백년 해로 함이 어떠한가?"

이 말 들은 까투리 얼굴 살짝 붉히며 하는 말이,

"죽은 낭군 생각하면 개가하기 야박하나, 내 나이 꼽아보면 늙도 젊도 아니한 중늙은이라, 숫맛 알고 살림할 나이로다. 오늘 그대 풍신 보니 수절할 맘 전혀 없고 음란지심(淫亂之心) 불 붙었네. 허다한 홀아비가 예서 제서 통혼하나 끼리끼리 논다 하였으니 까투리가 장끼 신랑 따라 감이 실로 마땅한 일이다. 아무렴 살아보세."

장끼의 통혼을 쾌히 승낙하는 까투리였다. 까투리의 허락을 얻어낸 장끼란 놈은 껄껄 푸드득 하더니 벌써 이성지합(異性之合)이 되었다.

이 모양을 멀건히 구경하던 까마귀, 부엉이, 물오리들은 가차없이 통혼 거절당하고 무안해서 휠휠 날아가 버렸다.

그 뒤를 따라 각색 손님들도 모두 다 날아갔다. 깜장새 호루룩, 방울새 딸랑, 앵무, 공작, 기러기, 왜가리, 황새 모두들 날아가 버렸다. 그러자 까투리는 새 낭군 앞세우고, 아홉 아들 열두 딸을 뒤세우고 눈보라 무릅쓰고, 운림벽계(雲林碧溪)로 돌아갔다.

다음 해 삼월 봄이 되니 남혼여가, 아들딸 시집 장가 다 보내고 자웅이 쌍을 지어 명산대천으로 노닐다가 시월이라 십오일에 양주부처 내외 자웅과 함께 큰 물 속으로 들어가 조개가 되었다.

세상 사람들은 이를 가리켜 치입대수위합(雉入大水爲蛤)이라 하였으니 치위합(雉爲蛤)이 바로 그것이다.

숙향전
淑 香 傳

◇작품 해설◇

　이 작품의 작자(作者)와 쓰여진 연대는 알려져 있지 않다. 다만 문헌에 의하여 적어도 이조 영조(英祖) 30년 이전에 쓰여졌을 것이라고만 추측되고 있을 뿐이다.

　이「숙향전」의 체제를 보면 고대소설의 일반적인 특징 중의 하나인 전기체소설(傳記體小說)에 해당한다.

　이 작품의 줄거리는, 중국 송(宋)나라 때 김전(金佺)과 장(張)씨 사이에서 태어난 숙향낭자가 이상서(李尙書)의 아들 이선(李仙)과 천정(天定) 연분의 가약을 맺고 온갖 난업고행(難業苦行) 끝에 지복(至福)을 누리다가, 부부가 한 날 한 시에 선계(仙界)로 승천(昇天)한다는 이야기이다.

　이 작품은 대체로 선계(仙界)의 이야기가 꿈을 통하여 자주 펼쳐지고 있는데, 이러한 내용은 고대 소설에서 흔히 볼 수 있는 일반적인 특성이라고 할 수 있다. 작자는 이 작품을 통하여 현실적인 역사성(歷史性)보다는 상상과 현실을 초월한 비현실적인 장면들을 다채롭게 제시함으로써 전생(前生)과 내세(來世)를 은연 중에 과시하고 있다. 흥미면에서도 그런대로 성공하고 있는 고전(古典)이라고 볼 수 있다.

숙향전(淑香傳)

중국 송(宋)나라 때에 그 이름이 천하에 떨치었던 명공(明公)이 있었으니 그가 바로 성은 김(金)이요 이름은 전(佺)이라는 사람이었다.

집안 대대로 이어 내려오는 명문거족 출신으로서, 부친 운수선생(雲水先生)은 덕망(德望)이 높은 선비로 공명에 뜻을 두지 않고 산 속에 묻혀서 세월을 보내었다.

운수선생의 이러한 선비정신과 청렴한 성품이 널리 세계에 알려지므로, 천자(天子)가 그 소문을 들으시고, 이부상서(吏部尙書)의 벼슬을 주며 조정으로 불렀으나, 결국 사양하고 산 속에서 일생을 마치었다.

김전(金佺)도 또한 그의 부친을 닮아 덕망과 재기(才氣)를 함께 갖추었으니, 빼어난 문장은 이두(李杜)를 압도하고, 일필휘지하는 글씨는 가히 왕희지와 조화보를 무색케 할 정도였다. 날이 갈수록 그의 명성은 하늘을 울리고 땅을 진동하며 끝간 데를 모르고 퍼져

나갔으며, 그에게 배우고자 하는 선비들이 구름처럼 모여들었다.

어느 날 같은 마을에 사는 친구가 벼슬을 얻어 부임지인 호주부(湖州府)로 떠나게 되었다. 김전은 친구를 전송하기 위해 십리 밖에까지 나와 술대접을 하고는 반하수(半河水) 강가에 다다랐다.

그때 마침 여러 어부들이 강가에 불을 피워 놓고는 큰 거북을 잡아서 불에 구워먹으려고 야단법석을 떠는 중이었다. 어부들이 손에 들고있는 거북이 하도 큰지라 김전은 이상하게 생각하여 거북을 자세히 들여다 보았다. 과연 거북의 이마 위에는 하늘 천(天)자가 있었다. 김전은 속으로 생각하기를 '이 거북이야말로 이상한 영물이로다'하고는 어부에게 당부하여 말하기를,

"이 거북은 보통 거북이가 아니니 다시 물에 놓아 살려주오."

김전의 말을 들은 어부들은 한결같이 입을 모아 시큰둥한 소리로 대답했다.

"우리들이 하루 종일 고생한 끝에 이 거북 하나를 잡았거늘 어찌 다시 놓아주라 하시오? 우린 그렇게 하지 않을 것이오."

이때 거북이 눈물을 흘리며 슬퍼하는 형상으로 김전을 쳐다보았다.

김전은 그대로 지나치지 않았다. 가지고 있던 술이며 안주 등을 어부에게 주고, 그 대신으로 거북을 바꾸어 받아 다시 강물 속에 놓아주었다.

거북은 기쁜 듯이 물 속으로 들어가면서 감사하다는 듯 한 번 뒤를 돌아 김전을 바라보는 것이었다.

거북을 놓아준 다음 김전은 강을 건너 친구를 배웅해 주고는 다시 강가로 돌아왔다. 강을 건너오는데 갑자기 심한 폭풍과 함께 거센

풍랑이 일어 배가 뒤집혔다. 배에 탔던 사람들이 모두 강물에 빠져 죽고 김전도 물 속에서 죽을 지경으로 허우적거렸다.

그때였다. 김전 앞에 갑자기 까만 널빤지 같은 것이 떠올랐다. 김전은 죽을 고비에서 겨우 그 널빤지 위로 올라탔다. 김전이 그 위에 오르자 널빤지가 움직이기 시작하는 것이었다. 자세히 살펴보니 그 널빤지는 다름 아닌 큰 거북이였다. 그 거북은 김전을 등위에 태우고는 네 굽으로 헤엄을 쳐서 순식간에 건너편 강가에 다다랐다. 그 덕분에 김전은 무사히 육지에 오르게 되었다.

"이 짐승은 반드시 아까 그 거북임에 틀림없다. 살려준 은혜를 갚기 위해 이번에는 나를 살려주었구나."

하고는 김전은 그 거북에게 고마움을 느꼈다. 그러자 거북의 입에서 웬 연기같은 것이 흘러나오더니 그 광채는 곧 무지개로 변하였다. 잠시 후 그 무지개가 사라짐과 함께 거북도 홀연히 자취를 감추었다. 그리고 그 곳에는 새알 크기만한 진주 구슬 두 개가 놓여있는 것이었다.

김전은 기이한 생각이 들어 그 구슬을 손에 들고 자세히 살펴보니, 구슬 가운데는 오색의 광채가 찬란하였고 그 속에 목숨 수(壽)자와 복 복(福)자가 각각 한 개씩 씌여져 있었다.

"거참 기이한 일이로다. 이것은 필시 거북을 살려준 인연이리라."

김전은 거북을 고마와 하며 그 구슬 두 개를 가지고 곧장 집으로 돌아왔다.

이때 김전의 나이는 스무 살이었다. 재기(才氣)는 출중하였으나 집이 너무 가난하여 아직 장가를 들지 못하고 있었다.

그런데 형초(荊楚) 땅에 장희라는 사람이 살고 있었다. 원래 공명에는 뜻을 두지 않았으므로 자연 벼슬을 멀리하게 되었다.

그러나 원래 명문거족 출신으로서 선친의 지체가 공후(公侯)에 이르렀는지라, 집이 매우 부유하여 남부러울 것 없이 살고 있었다. 슬하에는 딸이 하나 있었는데 사람됨이 어질고 재주와 용모가 뛰어나 손 안에 든 보배처럼 아끼며 길렀다.

어느덧 딸이 장성함에 따라 사윗감을 고르는데 그 눈이 또한 여간 높지 않았다. 그러던 장희가 김전의 사람됨이 어질고 문장과 재기가 뛰어나다는 소문을 듣고는 사위로 삼고자 하였다.

장희에게서 청혼이 오자 김전은 반하수 강가의 거북에게서 얻은 진주를 예물로 보내어 정혼(定婚)을 하였다. 그러나 낭자의 어머니인 장희의 부인은 사위 될 사람의 예물이 너무 초라한지라 평소의 기대 와는 너무 어긋나므로 그 불평을 남편에게 나타내었다.

"우리 딸에게 구혼하고자 지체높은 공경대부(公卿大夫)들의 집안 에서 구혼해 오는 귀공자들이 구름같이 몰려들어도 허락하지 않으 시고 모두 물리치시더니, 하필이면 이토록 가난뱅이인 김전에게 청혼을 하시나요? 이제 김전이 보내온 예물 등속을 보아하니, 그 집안의 가난한 정도를 알겠으며, 외딸의 평생이 가히 불쌍할 뿐입 니다."

"당신은 모를 것이니 잠자코 있으시오. 혼인은 인륜 대사라. 재물 로 연을 맺는 게 아니요. 더군다나 당신이 초라하게 여기고 있는 그 예물의 진주를 보니, 이것은 가히 천금과도 바꾸지 못할 귀한 보배요."

장희는 그 진주 구슬을 은점(銀店)에 맡기어 반지를 만들었다. 반지 위에 덩그렇게 올라앉은 구슬은 너무나 광채가 찬란하여 보는 사람으로 하여금 부셔서 눈을 뜨지 못할 정도였다.

길일(吉日)을 정하여 혼례를 치루고 김전을 사위로 맞이하니, 신랑 신부의 사람됨이 해를 보는 듯하고, 그 풍채가 또한 십오야(十五夜) 밝은 달과 같았다.

장희는 사위의 풍모를 보고 크게 기뻐하여 '내 딸의 사위로는 오히려 과분하다'고 생각하고는 친아들처럼 사랑하였다. 김전이 장씨를 아내로 맞이하니, 원앙이 청수(靑水)에 노닐고, 비취가 연리지(連理枝)에 걸린 것 같이 금실이 좋았다.

그러나 사람의 일생에는 항상 기쁨만이 있는 것은 아니었다. 김전이 결혼한 지 삼년만에 장인 장모가 모두 세상을 떠난 것이었다. 딸의 슬픔은 하늘과 땅을 적시었고, 김전은 두 분의 장례를 극진히 치루고 조석으로 제사를 지내어 공손히 받드는 것을 게을리하지 않았다.

그후 그럭저럭 여러 해를 보냈었으나, 김전 부부의 슬하에 한점 혈육이 없는지라 쓸쓸히 보내던 중 어느 해 여름이었다. 칠월 보름날 밤이라 달이 너무 밝기로 김전과 장씨는 함께 누각(樓閣)에 올라 달구경을 하고 있었다. 이때 갑자기 공중에서 꽃 한 송이가 장씨의 치마 위로 떨어지는 것이었다. 이상하게 생각하여 꽃을 들고 살펴보니 배꽃도 아니요 매화꽃도 아니었으나 좋은 향기가 사방으로 퍼졌다. 그러자 갑자기 한 점 회오리바람이 불어와 꽃잎을 산산히 흐트려져 바람결에 실어가버리는 것이었다. 장씨는 마음 속으로 그 꽃을 퍽 아깝게 여기면서 집으로 돌아왔다.

그런데 이날 밤 장씨는 이상한 꿈을 꾸었다. 꿈에 갑자기 하늘로부터 달이 떨어지더니 황금 산돼지로 변하여 장씨의 품 안으로 달려들

었다. 깜짝 놀란 장씨가 번쩍 눈을 뜨니 꿈이었다. 하도 괴이한 꿈이
라, 자고 있는 남편을 깨워서 꿈 이야기를 해 주었다.

"어제 저녁에는 계수나무꽃 한 송이가 떨어져 보이더니, 밤에는
또 달이 떨어져서 돼지로 변하여 당신 품으로 달려드니 이는 필시
하늘이 우리의 혈육이 없음을 가엾이 여기어 귀한 아들을 점지해
주실 모양이오."

김전은 나름대로 꿈을 해몽하고는 기뻐서 어찌할 바를 몰라 했다.
과연 그 달에 장씨의 몸에 태기가 있었다. 김전 부부는 크게 기뻐하였
다.

그로부터 십삭이 차니 장씨는 난산으로 크게 고생하였다. 그러던
중 사월 팔일(八日)이 되었는데 마침 기이한 향기가 진동하며 온
집안에 서기가 둘러싸더니, 이윽고 밤이 깊어지자 선녀 한 쌍이 하늘
로부터 내려와 말하는 것이었다.

"집을 깨끗하게 치워 놓으소서. 곧 선녀(仙女)가 내려올 것이옵니
다."

하고는, 장씨의 산실(産室)로 들어가는 것이었다.

김전이 서둘러 노복으로 하여금 집을 청소하게 하고 기다렸더니,
얼마 후에 오색 찬란한 무지개가 집을 에워싸더니 향기가 나서 풍겨
오기 시작하였다.

김전은 혹시 아내가 죽으려는 것이나 아닐까 하고 염려하였다.
급히 안의 산실로 뛰어들어가 보니 아내는 이미 순산하였고, 산파
노릇을 한 두 선녀는 순식간에 자취를 감추어 버리는 것이었다. 김전
은 크게 놀라 장씨에게 달려가 보니, 아내 장씨는 이미 기절하여 정신
을 차리지 못하고 있었다.

아내를 주물러 정신을 차리게 한 김전은 곧장 갓 태어난 아이를 보았다. 아름다운 용모가 세속의 사람과 같지는 않았으나 다만 서운한 것은 남자 아이가 아닌 여자 아이라는 점이었다.

그 이름을 숙향(淑香)이라 짓고, 자(字)를 월궁선(月宮仙)이라 하였다.

아이는 건강하게 자라서 어느덧 다섯 살이 되니 이미 아름다운 용모가 가히 월궁선녀임을 나타내 주었다. 마치 보름달이 구름을 헤치고 푸른 하늘에 걸려 있는 듯 보는 사람으로 하여금 눈이 부시게 하였다. 목소리가 또한 아름답기 그지없어 마치 백옥을 산호채로 두드리는 듯 맑고 청아하였다.

그리고 하는 일마다 착하고 아름다운 일만을 가려서 하므로 김전은 다만 딸 숙향이가 단명(短命)하여 일찍 죽지나 않을까 하고 염려하여 이름난 관상가 왕규에게 부탁하여 숙향의 사주를 보게 하였다.

숙향의 사주를 보고 난 황규가 말하기를,

"숙향아씨는 세상 사람이 아니옵니다. 월궁상아(月宮孀娥)의 핏줄이라 앞으로 귀하게 될 것이옵니다. 그러나 다만 옥황상제께 죄를 지어 인간으로 귀양을 왔으니, 처음에는 험하오나 나중에는 길할 것이옵니다."

왕규의 말을 들은 김전은,

"우리 집은 의식(衣食)이 넉넉한데 어찌 어려서 험할 까닭이 있겠소?"

하고, 의아하여 물었다. 김전의 물음에 왕규가 머뭇거리다가 다시 대답하기를,

"미리 예측하지 못할 것이 바로 사람의 팔자이옵니다. 숙향아씨가

다섯 살에 부모를 떠나 사방으로 떠돌아 다니다가, 스무살이 되면 다시 부모를 만나 부귀영화를 누리게 될 것이옵니다. 또한 일남일 녀(一男一女)의 자녀를 두고, 나이 일흔이 되면 다시 승천할 것이 옵니다."

김전은 관상가의 말을 믿지 않았다. 그러나 한편으로는 염려가 되어 숙향의 생년월일시(生年月日時)를 금실로 수 놓아 비단주머니 속에 넣어 채워 두었다.

이때 송나라의 국운(國雲)이 불행하여 금(金)나라가 들고 일어나 황성(皇城)을 쳐들어가기 위해 먼저 형초지방을 침범하였다. 모든 주민들이 피난하기에 정신이 없었다. 김전도 가족과 함께 피난길에 올랐으나 형세가 급하여 재산이 든 짐꾸러미를 모두 버리고, 숙향을 등에 업은 채 도망하였다.

도적은 계속하여 뒤쫓아 왔다. 한참을 도망가다가 힘에 지친 김전은 더 이상 숙향을 등에 업고 갈 수가 없었다. 그는 아내를 보고 말하였다.

"여보, 도적이 저렇듯 가까이 뒤쫓아 오니 우리의 힘이 다하여 더 이상 빨리 도망칠 수가 없으니 이를 어찌 한단 말이오? 우리가 다행히 살아난다면 자식은 다시 만날 수 있으려니와 만약 우리가 도적에게 잡혀서 죽게 된다면 우리의 시신은 누가 거두며 조상의 제사는 누가 받들겠소? 혈육의 정으로는 차마 못할 노릇이지만, 숙향을 여기에 두고 우선 급한 화를 피하였다가 다시 와서 데려가는 게 좋겠소."

아내는 남편의 말을 듣고는 울음을 터뜨리며 애원하였다.

"나는 이 자리에서 죽더라도 숙향이와 함께 있을 것이오니, 당신이

나 어서 피하여 천금같이 귀하신 몸을 보전하여, 난리가 끝나면
우리 모녀의 시신이나 거두어 주소서."
아내의 말을 들은 김전은,
"당신을 두고서야 내가 어찌 혼자 몸을 피하겠소? 차라리 함께
죽도록 합시다."
"그건 안될 말씀이옵니다. 대장부가 어찌 한낱 처자 때문에 개
죽음을 당한단 말씀이오이까? 그러시지 말고 어서 당신이나 피하
소서."
그러나 김전은 다시 아내의 손을 잡고는,
"어찌 내가 당신을 버려두고 갈 수가 있겠소?"
남편의 결심이 굳은 것을 알자, 장씨는 통곡하면서 말하였다.
"당신이 그러하실진대, 차마 절박한 심정이지만 숙향을 여기에
두고 가도록 하십시다."
장씨는 표주박에 밥을 담아서 숙향에게 주었다. 그리고는 타이르며
말하기를,
"숙향아, 어쩔 수 없이 널 두고 가는 이 에미를 용서해다오. 배가
고프거든 이 밥을 먹고, 목이 마르거든 냇가의 물을 떠서 마시거
라. 그리고 잘 있어라. 우리가 내일 다시 와서 널 데려가마."
어머니의 매정한 말에 어린 숙향은 두 발을 동동 구르면서 울부짖
었다.
"어머니, 아버지, 날 데리고 가줘요."
장씨는 어린 딸의 울부짖는 모습을 보니 가슴이 미어지고 정신이
아찔하여져서 말을 못하다가 겨우 우는 소리로 숙향의 등을 두드리며
또 달래었다.

"이 곳에서 잠깐만 기다리고 있으면 우리가 다시 와서 데리고 가겠다. 울거나 큰 소리 내면 안된다! 소리가 나면 도적이 알고 와서 잡아 죽인다. 알았지, 응?"

그러나 숙향은 소리를 낮추지 않고 더 큰 소리로 울부짖으며 어머니의 품에 매달렸다.

"어머니, 날 데려가 줘요. 어머니는 왜 날 여기 버리고, 나 혼자 도적에게 잡혀 죽으라고 하나요? 싫어요, 날 데리고 가 줘요."

숙향은 울부짖으며 발을 동동 구르며 어머니 몸에서 떨어지려고 하지 않았다. 장씨는 차마 겁에 질려 통곡하는 딸을 혼자 버리고 떠날 수가 없어서 끌어안고는 울었다. 김전도 흐르는 눈물을 감추지 못하면서 아내를 독촉하였다.

"여보, 사세가 매우 급하오. 어찌 그 애 하나 때문에 세 가족이 다 죽는단 말이요? 당신이 정 가지 않는다면 나도 이곳에 남아 함께 잡혀 죽겠소."

장씨는 어찌할 수 없는 슬픔에 몸을 떨면서 마침내 옥가락지 한짝을 빼어 숙향의 속옷고름에 매어 주면서 다시 달래었다.

"숙향아, 내가 곧 다시 올 터이니 울지 말고 이곳에 있거라."

숙향을 억지로 떼어놓고 뒤를 돌아보니 저쪽에서 도적들이 쫓아오는 것이 보였다. 김전은 황급히 장씨의 손을 이끌고 달아났다. 숙향은 발을 동동 구르면서 울부짖었다.

"어머니, 날 버리고 어디로 가요? 나도 함께 데리고 가요."

숙향의 처절한 울음소리가 바람결을 타고 멀리까지 들렸다. 김전 부부는 간장이 녹는 듯 가슴이 미어지는 것을 느끼며 어두운 길을 허둥지둥 달아났다.

이윽고 도적이 다다라 홀로 울고 있는 숙향을 보게 되었다.

"네 아비 어미는 어디로 갔느냐? 간 곳을 대지 않으면 죽일 것이다."

숙향은 부모를 찾는 바람에 놀라서 울부짖는 중에도 정신을 차려서,

"나를 버리고 간 부모를 내가 어떻게 알겠나요? 알면 내가 찾아가지 이러고 있겠어요?"

하면서 애절하게 울어댔다. 도적은 잔인하게도 죽이려고 숙향의 목에다가 칼을 갖다 댔다. 그때 도적 중의 한 명이 앞으로 나섰다.

"죽이지 말라. 몹쓸 아비 어미가 버리고 간 불쌍한 어린 것이 허기져서 우는데 무슨 죄가 있다고 죽이려 하느냐? 여기 이대로 두면 산짐승에게 죽게 될 것이다."

그 도적은 업어다가 마을 앞에 두고 가면서,

"나도 너만한 자식이 있는데 참으로 불쌍하구나. 네 부모가 너를 버리고 가면서 오죽이나 마음이 아팠겠느냐?"

하면서 인정있게도 눈물까지 머금었다. 그러나 숙향은 어느 곳으로 갈 바를 몰라 어머니 아버지만을 부르면서 길거리를 방황하니, 그 모습을 보는 사람들이 모두 불쌍하게 생각하였다.

어느덧 날이 저물고 사람의 발길도 그쳤으니, 배 고프고 또 어디로 갈지를 몰라 길가의 덤불 밑에 쭈그리고 엎드려 울고만 있었다.

그때 문득 황새 한 떼가 하늘로부터 날아오더니 날개로 덮어 주었다. 그리하여 춥지는 않았으나 배가 고파 견딜 수가 없었다. 그러고 있노라니 어디서인가 원숭이 떼가 아직 살아서 팔딱이는 물고기를 갖다 주었다. 숙향은 기뻐서 얼른 받아 먹었다. 그리고는 잠이 들었

다.

이튿날 아침에 눈을 뜨니 까치가 머리 위에서 오락가락 하였다. 자세히 보니 까치가 꼭 어느 곳으로 인도하는 것만 같아 숙향은 울면서 그 까치를 따라갔다. 고개를 넘어서 한참을 가노라니 어떤 마을이 나타났다. 숙향은 그 마을로 들어갔다. 마을 사람들이 숙향을 보고는,

"너는 누구이길래 혼자서 그리 방황하고 있느냐?"

"우리 부모가 와서 데려가신다더니, 아직껏 찾으러 오지 않아요." 하면서 숙향은 통곡을 하였다. 이를 본 모든 사람들이 가엾게 여기었다. 숙향의 얼굴이 고우므로 데려다가 기르고 싶어하는 사람도 더러 있었으나, 전쟁 중에 피난하는 중이었으므로 그렇게 하지도 못하고, 다만 먹을 것을 주면서,

"아가, 우리도 피난길이라 너를 데려 가지는 못하겠다만, 이것을 좀 먹고 어디로든 안전한 데로 가거라."

하고는, 한없이 불쌍해 하였다.

한편, 잠시 몸을 피하였던 김전은 아내 장씨를 산 속에 숨겨두고, 가만히 산에서 내려와 숙향을 놔둔 곳으로 찾아갔다. 아무리 찾았으나 있을 턱이 없었다. 할 수 없이 낙담하여, 필경 죽었으려니 하고 아내 있는 산 속으로 다시 돌아왔다.

"아무리 찾아보아도 없으니, 숙향이는 필시 죽은 모양이요."

남편의 말을 들은 장씨는 울음도 제대로 나오지 않은 채 그만 기절하고 말았다. 김전은 놀라 아내를 주물러 정신을 차리게 한 후 위로를 하였다.

"모든 것이 다 운명이니 너무 서러워하지 마오. 아까 내가 죽었으

리라고 말한 것은 나 혼자만의 낙담 끝에 한 말이요. 어린 것이 두고 온 그 장소에서 어디로 간다 하여도 필시 멀리 가지는 못하였을 것인데 아무리 찾아보아도 시체조차 없으니, 이는 필시 누가 데려간 게 분명하오. 왜 당신도 생각나지 않소? 숙향의 사주를 본 관상가 왕규가 다섯 살 때 부모와 헤어진다고 하지 않았소? 그 말이 맞는 모양이니 너무 염려하지 마오."

"에구, 가엾은 것, 숙향아. 이 어미가 너와 함께 죽지 못한 것이 한이구나. 여보, 당신은 관상가의 말을 믿고 죽지 않았으리라 하시지만, 그 애는 분명히 죽었어요. 설혹 살아 있다 할지라도 누구를 의지해 살아가겠어요?"

하고는 또 기절하였다. 김전은 크게 놀라 어떻게 위로해야 좋을지를 몰랐다.

"숙향이가 살아 있다면 앞으로 언젠가는 반드시 만날 수 있게 될 것이니 당신도 왕규의 말을 믿구료."

김전은 아내를 붙들고 이렇듯 위로의 말을 멈추지 않았다.

이럴 즈음 숙향은 피난객이 다 흩어져 가버린 밤중에 혼자서 울고 있었다.

사방이 고요하고 적막한 가운데 달빛만이 처량하게 천지간을 비추고 있었다. 숙향은 점점 더 고파오는 배를 움켜잡고 처절하게 울고 있는데, 문득 푸른 새가 나타나서 앞을 인도하는 것이었다. 숙향은 그 푸른 새를 따라서 한참을 걸어갔다.

한 곳에 다다르니 큰 전각이 있는데, 매우 으리으리하였다. 그때 갑자기 푸른 옷을 입은 소녀가 그 전각에서 살며시 나와서 숙향을 안고 들어갔다. 그 소녀는 숙향을 전각 안의 고운 자리에 내려놓았다.

숙향이 놀라서 바라보니, 화관(花冠)을 쓴 한 부인이 칠보 단장을 하고 황금 의자에 앉아 있다가 숙향을 보고는 급히 자리에서 내려와 동편에 놓인 백옥으로 만든 의자에 가 앉았다. 숙향은 그냥 울기만 하였다. 그러자 그 부인이 입을 열었다.

"선녀의 몸으로 인간 세상에 내려와서 더러운 물을 많이 먹어 정신 이 흐려져 있으니, 선약(仙藥)을 써서 낫도록 하라."

부인의 명을 받은 시녀가 선약(仙藥)을 만호종에 가득 부어서 숙향에게 마시도록 하였다. 숙향이 그 선약을 받아 마시니 흐려졌던 정신이 맑아지며 전생에 월궁(月宮)의 선녀로 천상(天上)에서 노닐 던 일과, 인간 세상에 내려와서 부모를 잃고 방황하던 일이 선명하게 기억나는 것이었다. 몸은 비록 어렸으나 이제 마음은 어른과 같아, 머리를 들고는 부인에게 사례의 말을 하였다.

"제가 옥황상제께 죄를 짓고 인간 세상에 내려와 고생하고 있던 중에 부인께서 이처럼 데려다가 관대히 보살펴 주시니 감사하옵니 다."

"선녀는 나를 아시나요?"

"제가 인간으로 나와 고초를 겪은 탓으로 정신이 맑지 못하여 알아 뵙지 못하오니 참으로 황송하옵니다."

"나는 후토부인이옵니다. 선녀가 인간 세상으로 내려와서 고생이 이루 말할 수 없기로, 원숭이와 황새와 파랑새를 보내었는데, 그것 들을 보시었나요?"

"모두 보았나이다. 부인의 은혜가 백골난망이옵니다. 하늘 나라에 서의 죄를 용서하여 주시옵고, 부인 밑에서 시녀가 되어 은혜를 갚고자 하나이다."

"선녀는 월궁소아(月宮小娥)이옵니다. 불행하여 지금 인간 세상에
서 잠시 귀양살이를 하고 있지만, 칠십 년 동안의 고락(苦樂)을
지내시고 나면 다시 천궁(天宮)으로 오셔서 쾌락을 받으실 것이오
니 너무 슬퍼하지 마소서. 오늘은 이미 날이 저물었고, 또한 오신
길이 멀므로, 나와 함께 이곳에 머무셨다가 내일 다시 인간 세상으
로 돌아가소서."

하고는 좋은 음식과 풍악을 갖추어 대접하였다. 부인이 다시 선약
(仙藥)을 권하므로 숙향은 선약을 받아 마셨다.

선약을 마시니 머리가 깨끗해지며 인간 세상의 일은 잊혀지고 천상
의 일만 기억되는 것이었다. 숙향은 후토부인에게 물었다.

"내가 듣기로, 명사계는 시왕이 계신다고 하던데 그것이 사실이옵
니까?"

"그렇나이다."

"그렇다면, 시왕전에 있으면 인간 세상의 부모를 만날 수가 있겠습
니까?"

"선녀의 부모는 다만 인간일 뿐 옥황상제의 사람이 아니옵니다.
봉래산의 선관(仙官) 선녀(仙女)로서 인간 세상으로 귀양을 내려
갔사온데, 기한이 되면 다시 봉래로 가실 것이므로 이곳에 계시지
는 않을 것이옵니다."

"내가 인간 세상으로 나간다면 다시 부모를 만날 수 있을까요?"

숙향의 물음에 후토부인은 대답하였다.

"월궁선녀로 계실 때는 상아님께 죄를 지어 억울하게 되었는데
규성(圭星)이란 선녀가 옥황상제께 죄를 지어 인간 세계로 귀양

가서 장승상의 부인이 되었사오니, 선녀도 그 댁으로 가서 전생의 은혜를 갚고, 비로소 때를 만나 귀히 되실 것이옵니다. 그런 다음 부모를 만나게 될 것이온데, 그때는 지금으로부터 십오 년 후가 될 것이옵니다."

"인간 세상의 고초를 생각할진대 일각이 삼 년과 같은데 십오년간을 어떻게 견디오리까? 차라리 죽고 말았으면 좋겠나이다."

"이것은 천명(天命)이옵니다. 하늘 나라에서 죄를 지어 받은 댓가이므로, 다섯 번 죽을 액화를 겪고 나서 전생의 죄를 씻은 후에 인간 세상의 영화를 누리게 되실 것이옵니다."

이윽고 황금 닭이 울었다. 이어서 날이 밝아오니 후토부인은 황급하게 말하였다.

"선녀를 모시고 말씀이 너무 길었나이다. 가실 곳이 머옵고 또한 때가 촉박하니 어서 내려가소서."

"때가 촉박하다고 하나, 인간 세상의 길은 모르오니 어느 누구의 집으로 의탁해 가오리까?"

"그런 염려는 추호도 말으소서. 선녀의 가실 길은 내가 알려드리오이다. 장승상 댁으로 먼저 가시옵소서."

"장승상 댁은 여기서 얼마나 먼 거리인가요?"

"이곳에서 삼천 삼백리 입니다만, 그것은 그리 염려 마옵소서."

후토부인은 화분에 심어져 있는 나무 한 가지를 꺾어서 흰 사슴의 뿔에다 매었다. 그리고 나서 말하기를,

"이 사슴이 선녀를 인간 세상으로 모셔다 줄 것이옵니다. 이 사슴을 타시면 일각에 만 리라도 갈 수 있을 것이오니, 배가 고프시거든 이 열매를 가지고 가옵소서."

숙향은 부인에게 거듭 감사하고 사슴의 등에 올라탔다.

사슴이 한 번 발굽을 치고 달리자 만리강산이 번개처럼 눈 앞으로 스치고 지나갔다. 어느 사이 한 곳에 이르니 사슴이 걸음을 멈추었다.

숙향은 사슴의 등에서 내렸다. 배가 너무 고파서 부인이 준 열매를 먹었다. 그 순간 배가 부르고 아울러 천상의 일이 잊혀지는 것이었다. 몸도 마음도 모두 인간으로 돌아왔는지라 혹시 곁에 있는 사슴이 물지나 않을까 걱정이 되었다. 그곳은 나무가 우거지고 사방으로 통하는 길이 없어 어디로 갈 바를 몰라 하다가, 잠시 모란 나무에 몸을 기대고 깜박 잠이 들었다.

숙향이 있는 곳은 다름아닌 흠남군(欽南郡)에 있는 장승상 집의 후원 동산이었다.

장승상은 일찍이 한(漢)나라의 장량(張良)의 후손이었다. 일찍부터 벼슬길에 올라 그 명망이 조정에서 으뜸으로 드높았다. 나이 마흔이 되기 전에 이미 승상이 되어 부귀공명이 한 나라(一國) 제일이었다. 그러다가 시종조(時宗朝) 때에 간신의 모함으로 승상직을 물러나서 고향으로 돌아와 한가로이 세월을 보내고 있었다. 그러나 아쉬운 것은 슬하에 한 점의 혈육도 없다는 것이었다. 늘 한탄하다가 하루는 꿈을 꾸었는데, 하늘에서 선녀가 구름을 타고 내려와 계수나무 꽃 한 가지를 주면서 말하였다.

"전생에 죄가 너무 무거워 혈육을 없게 하였도다. 그러나 이제 이 꽃을 주니 잘 간수하라. 이 뒤에 반드시 좋은 일이 있을 것이로다."

장승상은 너무 놀라 깨어보니 꿈이었다. 부인을 불러 꿈 이야기를 해 주었다.

"그 동안 우리가 자식이 없어 매우 쓸쓸하였는데, 이제 하늘이
자식을 점지해 주실 모양이구려. 그러나 우리 나이 이제 쉬흔인데
어찌 자식 낳기를 바라겠소?"

하고 한탄하여 마지 않았다. 그때 집 주위에는 오색 안개가 서리어
있었고 집안 가득히 향기가 넘쳐 흘렀다. 승상은 이상히 여기었다.

"지금이 겨울인지라 오색 안개가 어리고 꽃이 필 계절도 아닌데 이
렇듯 향기로우니 참으로 이상하오."

하고는 청려장(青藜杖)을 짚고 후원 동산으로 올라가 주위를 살펴보
았다. 그때 마침 모란 포기에 새잎이 돋아나고 있는데, 그 밑에서
어린 소녀가 깊이 잠들어 있는 게 아닌가?

승상은 놀라서 부인과 시녀를 불렀다. 그 소리에 잠들었던 소녀가
깨어서 울기 시작했다. 장승상은 그 소녀 앞으로 가서 물었다.

"너는 누구인데, 이 동산에서 혼자 자고 있느냐?"

숙향은 사람을 보자 반갑기도 하고 또한 무섭기도 하여 울음이
먼저 나왔다.

"저는 난리 중에 부모를 잃고 거리를 헤매었는데, 어떤 짐승이
업어 가려다가 이곳에 두고 간 것 같습니다."

"네 이름은 무엇이며, 나이는 또한 몇이냐?"

"제 이름은 숙향이라 하옵고, 나이는 다섯 살입니다. 우리 부모가
나를 바위 틈에 숨겨두고 피난을 가면서 내일은 와서 데려가겠다고
하시더니 아직 오시지 않아서 울고 있습니다."

장승상은 불쌍한 생각이 들어 탄식하였다.

"오호, 부모 잃은 가엾은 어린애로구나."

장승상은 아이를 데려다가 부인에게 보였다. 부인은 소녀를 보고는 그 소녀가 꿈에 본 선녀와 모습이 똑같으므로 몹기 기뻐하였다.

"이것은 필시 우리에게 자식이 없음을 가엾이 여기시고 하늘이 주신 것이오니 집에서 제가 키우겠나이다."

부인은 숙향을 안고 집으로 들어가서 음식을 먹이고 옷을 새로 입혀 친자식이나 다름없이 길렀다.

어느덧 세월이 흘러 숙향의 나이 일곱 살이 되었다. 얼굴은 해와 달과 같고, 배운 바 없는 글을 모르는 것 없이 잘하고 수 놓기며 바느질을 빼어나게 잘하였다.

승상부부는 숙향을 친딸 이상으로 귀엽게 길렀다. 그러다가 숙향의 나이 열 살이 되니 그 재주가 비범하여 인간으로서는 감히 상상도 못할 일들이 많았다.

부인의 사랑과 신임이 두터워서 크고 작은 집안의 모든 일을 숙향에게 맡기니, 숙향은 모든 일에 앞뒤를 잘 살피며, 아침 일찍부터 밤 늦게까지 열심히 노력하였다. 또한 승상부부를 친부모처럼 극진히 섬기고 여러 남녀 노복들을 인의로 다스렸다.

승상부부는 어진 가문을 찾아 숙향의 배필을 구하여 가문의 뒷일을 맡기고자 하였다.

그러나 세상에는 뜻대로 되지 않는 일이 항상 있는 법이다. 장승상 집에 오래 있던 사향이라는 계집종이 숙향에게 큰 불만을 갖게 되었다. 숙향이 집안 일을 맡아보기 전에는 사향이가 이 집 살림을 모두 도맡아보다시피 하였었다. 그리하여 그녀는 그때 많은 재물을 속여내어 제집도 부자 못지않게 지냈으나, 숙향이가 집안 일을 맡아본 후로는 쪼개진 뒤웅박처럼 세도도 실속도 부릴 수가 없어서 항상 불만 속에서 숙향을 해칠 틈만을 노리고 있었다. 그러나 어디 그런 틈이 쉽게 얻어지랴? 사향은 할 수 없이 계략을 꾸미고 있었다.

하루는 영춘당(迎春堂)에서 승상부부를 모시고 잔치를 베풀고 있었다. 그때 갑자기 저녁 까치가 날아와 숙향을 향하여 세 번을 울고 는 다시 날아가 버리는 것이었다. 이를 본 숙향은 깜짝 놀랐다. 불길 한 마음이 드는 것이었다.

"까치는 계집의 넋이라는데, 하필이면 집안의 많은 노복들 가운데 서 나를 향해 울고 가다니, 이는 길조가 아니로다."

하고 생각하였다. 장승상도 까치의 지저귐을 보고 방정맞게 생각하여 괴이한 마음이 들었다.

잔치가 끝난 후에도 장승상은 걱정에 싸여 있었고, 부인도 또한 무엇인가가 염려되었다.

이날 사향은 승상부부를 위한 잔치를 영춘당에서 베풀고 봄 경치를 구경한다는 말을 듣고는, 이 시기를 숙향을 해칠 수 있는 절호의 기회 라고 생각하였다.

사향은 부인이 영춘당에 가고 없는 틈을 타서는 부인의 침소로 들어가 다락에 감추어 둔 승상의 장도(粧刀)와 부인의 금비녀를 훔쳐 내다가 숙향의 방에 숨겨 두었다.

그로부터 십여 일 후에 부인이 동네 잔치에 가기 위해 금비녀를 찾았다. 제아무리 찾아 보았으나 나오지를 않았다. 그러다가 승상의 장도까지 없어진 것이 드러났다.

부인은 시녀들을 불러놓고 엄히 하문(下問)하였다. 이때 사향이 앞으로 나와 능청스럽게 딴전을 피웠다.

"마님, 어인 일로 그리 화를 내시나이까?"

"큰 변고로다. 조정에서 대감께 내려주신 장도와 함께 내 혼인 때 패물로 받은 봉(鳳) 무늬의 금비녀가 없어졌다. 이 두 가지는 우리 집에서도 가장 아끼는 보물 중의 하나인데, 이게 도대체 어인 일이냐?"

그러자 사향은 소리를 약간 낮추어,

"지난 번에 숙향낭자가 마님의 침소에서 나오기로 수상쩍게 여겼사온데, 혹시 그때 가져갔는지 한 번 조사해 보시옵소서."

하고, 다시없는 충복(忠僕)인양 고자질을 하였다.

"그런 애길랑은 아예 말아라. 숙향의 마음이 빙옥(氷玉)처럼 깨끗하거늘, 그럴 리가 있겠느냐? 그것을 속이고 가져가 무얼 하겠느냐? 아예 그런 의심일랑은 하지 말아라."

부인은 오히려 사향을 나무랐다. 그러나 마음 속에 승산이 있는 사향은 물러서지 않았다.

"마님 말씀과 같이 숙향낭자가 예전에는 그렇지 않았사옵니다만, 요즈음 구혼하는 기미도 있삽고 나이도 점점 차고 하여 실속을 차리려고 그러한지, 저희들이 보기에도 미안한 일이 많사오나, 마님께서 하도 귀애하시는지라 감히 말씀드리지 못하고 있었사옵니다. 하여간 숙향낭자의 방을 한 번 뒤져보소서."

부인은 반신반의하면서 숙향의 침소로 갔다. 그리고 조용한 말로 물어 보았다.

"승상님의 장도와 내 금비녀가 없어졌으니 혹시 네 그릇에 있지나 않는지 찾아 보려므나!"

부인의 말을 들은 숙향은 깜짝 놀라 오히려 원망스러운 마음으로,

"소녀가 가져오지 않은 물건이 어찌 제 방의 그릇에 있겠나이까?"

하면서, 모든 그릇을 내어놓고 세간을 뒤져보았다. 그랬더니 과연 성적함 가운데서 장도와 금비녀가 나왔다. 그러자 숙향이 크게 놀라 한 마디의 변명도 하지 못하므로 부인이 화를 크게 내어 꾸짖었다.

"네가 가지고 오지 않은 것이 어찌하여 여기 들어 있느냐?"

부인이 곧 장도와 금비녀를 가지고 승상 앞으로 가서 사실대로 말하였다.

"이제껏 우리는 숙향을 친딸처럼 애지중지하여 집안 일을 모두 맡기고 혼사를 이루어 뒷일을 맡기고자 하였사온데, 역시 남의 자식은 할 수 없군요. 나를 이렇듯 속이니 어찌 분하지 않사옵니까?"

"허어, 이런 것이 제게는 아무런 소용도 없을텐데 왜 가져갔을까?"

장승상은 부인의 말을 듣고도 그것을 믿으려 하지 않았다. 그러자 곁에 있던 사향이 대뜸 나서서 고하는 것이었다.

"숙향낭자가 요즘에 와서는 전과 달리 때로는 글을 지어 바깥 남자에게도 주며, 부정한 일을 많이 하오니 왜 그렇게 변심하였는지 저도 모르겠사옵니다."

사향까지 이렇게 말하니 승상 역시 숙향의 소행에 크게 노하게 되었다.

"에잇, 망칙하구나. 그 애가 과연 나이가 찼으니 바깥 남자와 통간(通姦)을 하는 게 틀림없구나. 이대로 집에 두었다가는 어떤 화가 닥칠지 모르겠으니, 빨리 내어보냄이 마땅하도다."

이때 숙향은 너무나 어이가 없고 억울하여 자기 침소에서 울면서 머리를 싸매고 누워 있었다. 부인이 가서 좋은 말로 조용히 타일렀다.

"우리의 팔자가 너무 기박하여 자식이 없었는데, 너를 얻은 후로 모든 일에 기특하여 친자식처럼 생각하고 고이 길러 장차 적당한 혼사를 이루어 우리의 뒷일을 맡길까 하였다만, 네가 상한(常漢)의 자식인지 그런 행실이 있는 줄은 꿈에도 몰랐구나. 네가 이 집의 뒷일을 책임지면 황금이 수십만 냥이나 되니 생계에 지장이 없을 것이요, 또한 장도와 금비녀가 갖고 싶다고 얘기만 하면 망설이지 않고 줄 것인데 왜 그런 짓을 했느냐? 금비녀는 여자의 패물이니 혹 욕심이 났다 하겠거니와 장도는 너에겐 아무런 소용도 없는 물건인데 왜 훔쳐다 두었더냐? 나는 너와 깊은 정이 들었기로 이번 일도 용서를 한다만 승상께서 저렇게 노하시니 이를 어찌하면 좋겠느냐? 승상의 노여움이 풀리실 때까지만 네가 입던 옷가지나 챙겨 가지고 근처의 마을에 가서 조용히 지내고 있거라. 앞으로 내가 승상께 조용히 말씀을 드려서 다시 너를 데려오도록 하마."

이렇게 말하고는, 지금까지 길러온 정을 생각하매, 부인의 두 볼에는 슬픈 눈물이 비오듯 흘렀다. 숙향은 자리에서 일어나 공손히 절을 하였다. 그리고 나서는 울음을 멈추고 말하기를,

"전 전생의 죄가 무거워 다섯 살 나던 해에 부모를 잃고 이 고을 저 마을로 구걸하다가 밤이 되면 숲 속에서 자고, 배를 곯고 지친 것이 어찌 한두 번이었겠나이까? 불쌍한 인생이 부모를 찾지 못하고 밤낮으로 울면서 헤매일 적에 하늘이 살려 주시느라 사슴 등에 태워다가 이댁 동산에 내려놓고 간 인연으로 승상님 두 분의 사랑 속에서 금의옥식으로 길러 주셨사옵니다. 그리하여 이 숙향이 죽는 한이 있더라도 그 은혜에 보답하여 제 힘 닿는데까지 정성껏 모시

려고 하였사온데, 부지불식간에 이런 누명을 입었사오니, 이것은
모두가 다 제 팔자소관이라, 그 누구를 원망하오리까? 장도와 금비
녀는 결코 소녀가 가져온 것이 아니요, 귀신의 조화가 아니면 사람
의 간교이옵니다. 그러나 이제 그것을 밝혀 무엇하오리까? 부인
눈 앞에서 죽음으로써 소녀의 빙옥같이 청백한 마음을 나타내고자
하옵니다."

가슴에 품은 억울함을 쏟아놓고는 하늘을 우러러 통곡하다가 칼을
들어 자결하고자 하였다.

곁에서 지켜보고 있던 부인은 숙향의 그러한 행동이 조금도 어색하
지 않고 억울한 사연의 호소에 진정이 나타나 있음을 깨달았다. 그리
고는 가만히 생각해 보았다. 어떤 간사스런 자의 시기로 숙향의 총애
받는 것이 미워서 모함을 한 것이 아닌가 하고 의심하게 되었다. 부인
은 다시 숙향을 보고 위로하여 말하였다.

"네 말이 맞다. 너가 어떤 아이인데 그런 행실을 할 리가 있겠느
냐? 내가 승상께 다시 말씀드려서 좋도록 할 것이니 죽으려는 생각
은 절대 갖지 말아라."

이때였다. 사향이 아주 조급한 태도로 달려와서 부인에게 전갈하기
를,

"승상님의 명으로 마님께 전갈하나이다. 숙향의 행실이 불측하기로
어서 내어 쫓으라고 하였거늘, 뉘라서 내 명을 거역하고 머물러
있게 하였느냐고 어서 빨리 내어쫓으시라는 분부이옵니다."

하므로, 부인도 하는 수 없이 눈물을 흘리며 숙향에게 말하였다.

"애야, 승상의 노기가 풀리실 동안만 잠깐 문 밖의 늙은 상노 집에
가서 기다리고 있거라. 내가 조용히 말씀을 드려서 다시 데려오도

록 하마."

그러나 숙향은 사양하고 울면서 말하기를,

"부인의 은혜는 백골난망이오니, 죽은 후에도 다 보답치 못할 것이 원한이옵니다."

하고는 칼을 들고 죽으려고 하였다. 부인이 놀라 황급히 숙향의 손을 붙잡고는 울면서 말하였다.

"너를 이렇게 괴롭게 만든 것은 내가 가볍게 말한 죄다. 나를 보아 죽는다는 얘기는 그만해 다오."

애걸하다시피 무수히 달래니, 곁에서 사향이 보고는,

"승상께서 분부하시기를, 숙향이 문벌의 자식 같으면 그런 행실을 할 리가 없지만, 기생의 자식인 모양이니 한시가 바쁘게 내쫓으라 하시며, 집에 두면 필시 큰 화를 만날 것이니 더 이상 집에 머무르게 하지 말라고 하셨나이다."

부인은 더욱 당황하여 계집종 금향을 시켜 숙향의 옷가지를 내어주라 하고는 소리내어 울었다. 숙향은 눈물을 흘리며 비로소 참고 있었던 말을 하였다.

"지난 번에 영춘당에서 저녁 까치가 제 앞에서 세 번이나 울더니 이런 억울한 일을 당하였습니다. 이것은 하늘이 소녀를 죽이려 하심이니, 어찌 하늘의 뜻을 거역하오리까? 다만 부모와 헤어질 때 옥반지 한 짝을 주셨으니, 그것이나 제 부모 만난 듯이 가져가겠나이다. 옷가지는 갖다가 무엇하오리까?"

부인은 그 참혹한 모양을 차마 눈뜨고 볼 수 없는지라, 승상한테 찾아가서 말하기를,

"이제야 생각이 나는군요. 장도와 금비녀는 내가 갖다가 숙향의

방에 두었었습니다. 하도 정신이 없어서 그것을 까맣게 잊고 있었
던 탓으로 숙향이 억울한 누명을 쓰고 쫓겨나게 되었으니 숙향이
저도 모르는 일이라 변명할 길이 없어서 죽으려 하오니, 이런 잔인
한 일이 또 어디가 있겠나이까? 제 잘못으로 생긴 일이니 숙향을
용서하시고 다시 돌려 생각하소서."

"허허, 당신이 노망을 했구려. 처음부터 그런 줄 알았으면 가엾은
숙향에게 왜 억울한 누명을 씌워 내쫓으려 하겠소. 사실이 그렇다
면 가엾은 숙향이에게 얼마나 미안한 노릇이요?"

하고는, 승상은 도리어 부인을 위로하여 조용히 말하였다.

"어제 밤에 내가 꿈을 꾸었는데, 앵무새가 복사꽃 가지에 깃들어
있는데 한 스님이 와서 도끼로 꽃가지를 베어 버리니, 앵무새가
놀라서 달아났소. 이것이 무슨 징조인지 몰라서 오늘 하루 종일
무슨 보배라도 잃어 버린 것마냥 허전하였소. 나의 마음이 매우
울적하니 당신은 술상이나 갖다 나를 위로해 주구려."

"이상한 꿈을 다 꾸셨군요."

부인은 곧 시녀를 시켜 주안상을 가져오게 하여 승상을 위로하였
다.

승상과 부인이 숙향을 용서하고 다시 집에 있게 하려는 눈치를
알자, 사향은 곧장 숙향의 방으로 가서,

"승상께서 너를 그대로 두려는 마님을 크게 꾸짖으시고, 나더러
황급히 너를 내쫓으라 하시니 어서 나가거라."

사향의 독촉이 성화같았다. 숙향은 울면서,

"부인께 하직 인사나 올리고 가겠다."

하니, 사향이 큰 소리로 꾸짖었다.

"흥, 염치도 좋구나. 그토록 총애를 받으면서도 그와 같이 배은망덕
한 짓을 하고, 이제 또 무슨 낯이 있어서 마님을 뵙겠다는 거냐?
부인 역시 승상님께 꾸중을 들으시고 너에게 노해 계시니 다시는
너같은 것을 보려고도 하지 않을 것이다. 어서 곧장 이 댁에서
나가거라."

사향은 숙향의 손목을 잡고 끌어 내었다. 숙향은 부인께 하직 인사
도 올리지 못한 채 쫓겨가는 것이 더욱 슬펐다.

사향의 손을 뿌리치고 자기 방으로 들어가서 손가락을 깨물어 하직
인사의 사연을 혈서로 써놓고는 눈물을 흘리며 나오니 사향은 더욱
더 조급하게 숙향을 몰아내고자 하였다.

이제 어디로 갈 것인가?

천지가 아득하여 앞뒤를 분별할 겨를 조차 없었다. 어디로 가야
좋을지 망설이고 있자 사향이 또 독한 목소리로 재촉하였다.

"승상께서는 이 댁 근처에는 얼씬도 못하게 하라신다. 아주 먼
곳으로 가서 네 그림자도 다시는 보이지 않도록 하여라."

사향은 숙향의 등을 떠밀어 대문 밖으로 밀어내고는 대문을 덜컹
하고 닫아 버렸다.

숙향은 가슴이 미어지며 눈앞이 깜깜해져 정든 승상의 집을 몇
번이고 뒤돌아 보며, 부모를 부르면서 정처없는 발길을 옮겨 놓았
다.

얼마쯤 가자니 큰 강이 앞을 가로막고 있었다.

"마침 잘 되었구나. 이 강물에 빠져 죽어야지."

숙향은 강가에 가서 하늘을 우러러 큰 절을 하였다.

"박명한 이 숙향이는 전생의 죄가 무거운지라, 다섯 살 때 부모를

잃고 낮이면 거리를 헤매다가 밤이면 숲 속에 의지하여 밤을 지새우니, 외로운 한 몸이 의탁할 곳이 없어서 통곡으로 지내다가, 하늘의 도우심으로 장승상댁에 몸을 맡겨 하해같은 은혜를 입고 한 몸이 편안하옵더니, 억울한 누명을 쓰고 쫓겨나는 화를 입었습니다. 더 이상 살아 있을 수 없기로 부모의 얼굴을 다시 못 보는 슬픔을 안고 물 속에 이 몸을 던지오니, 천지신명은 이 가엾은 숙향의 억울한 누명을 벗겨 주시옵소서."

숙향은 슬프게 울었다. 지나가는 행인들이 숙향의 참혹한 모습을 보고 눈물을 흘리지 않는 사람이 없었다.

숙향은 한 손으로 치마를 감싸 쥐고 또 한 손으로는 옥반지를 움켜 쥐고 강물 속으로 뛰어 들었다. 물살이 급한 데다가 풍랑까지 겹쳐서, 지나가던 사람들이 빠진 숙향을 구하려 하였으나 구하지를 못하고 물 속에서 가라앉았다 떠올랐다 하며 떠나가는 것을 바라보며 탄식할 뿐이었다.

숙향이 물 속에서 허위적거리는데, 갑자기 물 가운데 널판지같은 무엇이 나타났다. 숙향이 다급하여 그 위로 기어 오르니, 마치 육지처럼 편하였다. 이윽고 오색 구름이 일어나더니 양의 머리를 가진 소녀들이 옥퉁소를 불면서 연엽주(蓮葉舟)를 급히 저어왔다. 그리고는 숙향의 근처에까지 와서는 말하기를,

"용녀(龍女)는 빨리 그 부인을 모시고 배에 오르시오."

그러자, 널판지가 변하여 고운 여자가 되었다. 그 여자는 숙향을 안고 배 위로 올랐다. 배 위에 있던 소녀들이 숙향에게 절을 한 다음 말하기를 ,

"부인께서는 어찌하여 그 귀하신 몸을 스스로 가볍게 버리고자

하시나이까? 우리는 항아(姮娥)의 명을 받고 부인을 구하라 하시
기로 이곳으로 오던 도중에 옥화수(玉和水)의 소녀들이 술래놀이
를 하자면서 붙들고 놓아주지 않아서 이렇듯 늦게 왔나이다. 참으
로 용녀가 아니었던들 부인을 구하지 못하여 항아의 분부를 어길
뻔 하였나이다."

하고는, 다시 용녀에게 사례하여 말하기를,

"용녀는 어디서 와서 이처럼 부인을 구하였는가?"

그러자 용녀가 대답하였다.

"예전에 사해용왕(四海龍王)이 우리 수궁(水宮)에 와서 잔치를
하였는데, 내가 사랑하는 시녀가 옥그릇을 깨었으나 혹 벌을 받을
까 두려워하여 그것을 고하지 못하였습니다. 그런데 결국 그것이
탄로나서 부왕(父王)이 크게 노하여 나를 반하수강으로 내쫓았습
니다. 그때 반하수에서 어부들의 어망에 갇혀 잡혔던 일이 있었습
니다. 그러나 천행으로 김상서를 만나 구함을 얻었사오니, 그 은혜
를 갚고자 하여도 물의 세계와 인간의 세계가 다르므로 뜻을 이루
지 못하고 있었습니다. 그러던 차에 부왕이 옥황상제께 조회(朝
會)하시고, 옥황상제의 말씀을 듣자오니 월궁소아(月宮小娥)가
하늘나라의 죄를 지어 인간 세상으로 김상서의 딸이 되어 반야산의
도적을 만나 죽을 액을 지내고, 또한 표진강의 죽을 고비를 겪고,
화재도 만나며, 앞날에 낙양 옥중에서 사형을 선고 받은 다음에야
귀하게 되실 것이라고 하시면서 그 월궁소아가 죽지 않도록 도우라
고 물신령에게 분부를 하셨습니다. 그리하여 제가 반하수강의 은혜
를 갚고자 김상서의 따님인 월궁소아를 구하려고 스스로 나서서
왔던 것이옵니다. 이제 여러 선녀들과 함께 이 안전한 배 안에

계시게 되었사오니 저는 마음을 놓고 돌아가겠나이다.”

용녀는 숙향에게 하직 인사를 하고는 물 속으로 들어가려고 하였다. 이제 정신이 든 숙향은 자기를 구해준 사람이 누구인지도 몰랐다. 그래서 그는 자기를 구해주고 가는 여인에게 물었다.

“당신은 누구신가요? 물 위를 마치 평지처럼 다니시는군요.”

그러자 용녀가 대답하였다.

“저는 동해 용왕의 세째 딸로서 이곳 표진강 용왕의 아내되옵니다. 제가 당신을 구해드린 것은 예전에 당신의 부친 김상서께서 저를 구해주신 은혜를 갚기 위함이옵니다.”

“아, 그랬었군요. 나는 다섯 살 때부터 부모를 잃고 고아가 되었답니다. 그 동안 의탁할 곳이 없어 남의 집에 시녀가 되었다가 억울한 누명을 입어 너무나 원통하고 분해서 이 강물에 빠져 죽고자 하였는데 이렇게 다시 살려 주시니 감사합니다.”

숙향의 사례를 받은 용녀는 살짝 미소를 지으며 말하였다.

“당신은 그 동안 인간의 화식(火食)을 먹어서 우리를 잘 알아보지 못하시는군요.”

용녀는 옆구리에 차고 있던 병을 기울여 차를 따루어 주면서 숙향에게 마시기를 권하였다.

“이 차를 마시오면 자연히 아시게 되오리다.”

숙향은 용녀가 주는 차를 받아서 마셨다. 그랬더니 정신이 상쾌해지며 하늘나라에서의 기억이 선명해지는 것이었다. 자기가 분명히 월궁소아로서 옥황상제를 섬기고 있다가, 태을진군(太乙眞君)을 사랑하여 서신(書信)을 주고 받으며, 월령단(月靈斷)을 훔쳐서 태을진군에게 준 것이 발각되어 인간 세상으로 귀양을 갔던 기억이 주마

등처럼 펼쳐지는 것이었다. 또한 연엽주를 저어서 자기를 구하기
위해 달려온 두 선녀는 월궁에서 자기의 시중을 들던 시녀였다는
사실도 알게 되었다.

숙향은 시녀와 더불어 얼싸안고 대성통곡을 하였다. 월궁시녀는
숙향을 위로하였으나, 숙향은 그 월궁시녀들을 선녀로 대접하여 공손
한 말로 말하였다.

"나의 부모는 봉래산의 선관 선녀이온데 하늘나라에 죄를 지어
인간으로 귀양 와서 딸을 잃고 간장을 녹이는 고통으로 하늘나라의
죄를 갚도록 하셨으니, 딸이 된 나로서 어찌 안타깝지 않으오리
까? 그 동안 장승상집에서는 십 년 동안의 연분이 있사오나, 억울
한 누명을 쓴 까닭에 더 이상 머물러 있지 못하고 쫓겨나오는 신세
가 되었나이다."

"당신을 모해하여 누명을 씌운 사람은 다름아닌 사향이란 계집
종이옵니다. 항아께서 옥황상제께그 사실을 고하여 이미 벼락을
쳐서 죽였으니, 당신의 억울함을 장승상 부부도 잘 알게 되었나이
다. 그래서 당신을 찾아 이곳 강가까지 왔다가 다시 돌아갔사옵니
다. 이제 당신은 액운을 세 번 만났으니, 앞으로도 두 번의 액운이
기다리고 있습니다. 더욱 조심하소서."

"앞으로도 무슨 액이 있단 말씀인가요?"

숙향은 깜짝 놀라서 염려되는 목소리로 물었다.

"장차 노전(盧田)에 가셔서 화재를 만날 것이오며, 낙양 옥중에서
부친을 만나되 죽을 액을 지낼 것이옵니다. 그런 다음에야 마침내
태을진군을 만나서 귀하게 되어 영화를 누리시게 될 것이옵니다."

"그 동안 지내온 액으로도 천지가 아득한데, 앞으로도 두 번씩이나

액이 있다 하니 어찌 살기를 바라리오. 장승상 부인이 나를 극진히 사랑하셨으니, 나의 누명을 아셨으면 나를 다시 맞아들일 것입니다. 그러니 다시 그 댁으로 가서 액을 면할까 하나이다."

"당신의 액화는 이미 하늘에서 정한 인간의 숙명이오니, 장승상 집으로 간다고 하더라도 면할 수는 없을 것이옵니다. 태을진군을 만나지 못하면 앞으로 부모님 만나기가 어려울 것이오며, 장승상 부인의 힘으로는 영영 부모님을 만날 수가 없을 것이옵니다. 그러하오니 태을진군을 만나셔야 할 것이옵니다. 하지만 태을진군이 계신 곳은 여기서 삼천여 리나 되는 먼 곳이옵니다."

"태을진군은 누구이며, 이승에서 인간의 이름으로는 무엇이라 하옵니까?"

"항아님의 말씀을 들사온즉, 태을진군은 낙양 북촌리의 위공의 자제가 되어 한 평생 부귀를 누리게 되었다고 하더이다."

숙향은 그 말을 듣고 탄식하였다.

"천상에서 서로 같은 죄를 지었는데 그는 어찌 한 평생 부귀를 누리며 나는 어찌 이토록 고초를 겪어야 하나요? 또한 태을진군이 있는 곳이 여기서 삼천 리나 된다 하니, 그를 못 만나면 누구를 의지하며 그리운 부모님은 언제나 만나 뵈올 수 있으리까?"

숙향은 눈물을 비오듯 흘렸다. 숙향이 슬퍼하는 것을 보고 월궁시녀가 위로하였다.

"너무 염려 마옵소서. 육지의 길로 가면 몇 년이 걸리려니와, 이 연엽주를 타고 가시면 순식간에 다다르게 되옵니다. 또한 천태산의 마고선녀(麻姑仙女)가 당신을 위하여 인간으로 내려와 기다리고 계신지가 오래이오니, 의지할 곳이 자연히 생길 것이옵니다. 그러하오니 너무 염려하지 말으로서."

하고는, 배를 바람에 맞추니 그 빠르기가 실로 놀라울 정도였다. 잠시 후 배가 어떤 곳에 이르렀다. 월궁시녀들이 숙향에게 말하기를,

"뱃길은 다 왔나이다. 여기서 내려 저쪽 길로 가옵소서. 그러시면 자연히 사람을 만나게 될 것이옵니다."

월궁시녀들은 밀감같이 생긴 과일을 주면서 배고플 때 먹으라고 하였다. 그리고는 이별을 슬퍼하면서 눈물을 흘리는 것이었다.

숙향은 배에서 내렸다. 그러자 연엽주와 월궁시녀들은 온데 간데 없이 사라져 버리는 것이었다.

숙향은 신기하여 하늘을 향해 사례하였다. 그리고는 월궁시녀들이 가르켜준 길을 향하여 걷기 시작하였다.얼마쯤 걷다 보니 배가 고파지기 시작하였다.

숙향은 월궁시녀가 준 천상의 과일을 먹었다. 그러자 배가 부르며, 일순간에 배 위에서 기억되었던 모든 천상의 일은 말끔히 잊혀지고 오직 인간 세상에서 고생하던 일만 생각나는 것이었다.

숙향은 길을 걸으며 스스로 생각하였다.

"내 몸이 이만큼 성장한 여자이니, 비단 옷을 입고 큰 길로 가다가는 혹시 욕을 볼지도 모르겠다."

하고는, 숙향은 촌가(村家)에 들러서 입고 있던 비단옷을 벗어 주고 헌 옷과 바꾸어 입었다. 얼굴에는 재와 흙을 발라 지저분하게 보이도록 하고, 한 눈이 멀고 한 다리를 절룩거리는 거지 흉내를 내며 길을 걸어갔다. 길가를 지나가는 많은 사람들이 숙향의 그러한 거지꼴을 보고는,

"젊은 여자가 병신이 되어 불쌍하구나."

하며, 아예 희롱하려 들지도 않았다.

한편, 장승상 부인은 술을 따루어 승상의 울적한 마음을 위로하고 있었다. 어느 정도 취기가 오르자 승상은 부인을 보고 말하였다.

"나의 불찰로 숙향에게 억울한 누명을 씌워 내보내려 하였으니 얼마나 서러워 하겠소? 어서 가서 불러오도록 하시오."

승상의 말을 듣고 부인은 크게 기뻐하였다. 곧 시녀를 시켜 숙향을 불러오라 하였다.

사향이 승상부부의 눈치를 알아채고는 밖으로부터 조급하게 들어 오면서 수다를 떨었다. 손벽을 쳐대면서,

"우리는 그런 줄 몰랐는데, 그럴 데가 어디 있나요?"

부인이 깜짝 놀라며 사향에게 물었다.

"너는 무슨 일이 있기에 그토록 가볍게 구느냐?"

"저희들은 숙향낭자를 양반집 출생으로 알았지 뭐예요? 그런데 알고 보니 비천하기 그지없는 장사치의 딸이었어요. 아까 마님께서 승상 계신 곳으로 가신 틈을 타서 제방에 들어가서는 무엇인가를 싸가지고 나는 듯이 도망을 가기에, 저는 그 가져가는 것이 무엇인 지 알기 위해 따라 갔더니, 어찌나 걸음이 빠른지 잡지를 못하였습 니다. 그래서 제가 아무리 죄를 지어 도망치는 몸이라 하더라도 은혜 입은 마님께 하직 인사라도 올리고 가는 것이 도리가 아니냐고 물었지요. 그랬더니, 아, 글쎄 그 년 보십시오. 함부로 짖어대는 말투 가, 마님이 저를 박대하여 내쫓는데 무슨 정이 있어서 하직 인사 하느냐고 악을 버럭 쓰지 않겠어요? 그리고는 기다리고 있는 어떤 남자를 따라 가면서 갖은 욕과 비방을 하였나이다."

부인은 사향의 말을 듣고는 크게 놀라며 분부하기를,

"그 애한테 직접 물어볼 것이 있으니, 어서 가서 빨리 불러오도록
하여라."

"예."

사향은 부인의 분부가 날카롭고 지엄한지라 감히 더 이상 모함하지
못하고 밖으로 나와 찾는 척하고 시간을 보내다가 돌아와 천연덕스럽
게 거짓말을 하였다.

"벌써 멀리까지 가고 있는 것을 제가 기를 쓰고 쫓아가서 마님 말씀
을 드리고 데려오려 하였으나, 숙향이년이 입을 삐죽거리면서,
내 얼굴과 재주를 가지고 어디로 간들 그만한 의식(衣食) 못 얻겠
느냐고 코웃음을 치면서 불한당같은 남자와 다정히 손을 잡고 잡스
러운 희롱의 말을 지껄이면서 뒤도 안돌아보고 가버리지 뭡니까?
저는 비록 천한 몸으로 요날 요때까지 지내왔사오나 그런 천박한
행실은 생전 보도 듣도 못하였나이다."

하고, 분해서 어찌할 줄 모르는 체하는 것이었다.

이때였다. 대문 밖에서 누비옷을 입은 스님이 한 분이 들어오더니
성큼성큼 걸어서 안채로 들어왔다.

언뜻 보아도 태도가 비상하여 보통 산승(山僧)이 아님을 한 눈에
알 수 있었다.

승상이 황급히 일어나 부인을 옆방으로 보내고 스님을 맞이하여
당상으로 오르게 하였다.

"선사께서는 어디서 오셨나이까?"

그러자 그 스님은 근엄히 앉아서 대답하였다.

"소승은 옥황상제의 분부를 받고 승상댁의 옥석(玉石)을 가리고자
왔소이다."

"내 집에는 별로 옥석을 가릴만한 일이 없을 터인데, 선사께서는 무슨 말씀이시옵니까?"

"승상께서는 숙향과 사향을 아시지요?"

스님이 이렇게 말하자 승상이 대답도 하기 전에 사향이 뽀르르 달려 나와서 쫑알대었다.

"숙향은 원래 빌어먹는 걸인이었사온데, 승상과 부인마님께서 불쌍히 여기시어 이 댁에 있게 하시고 애지중지 길러 금의옥식으로 환대하였으나, 행실이 부정하여 귀한 보배를 훔쳐서 감추었다가 발각되었습니다. 숙향의 죄는 그 뿐만이 아닙지요. 그 죄로 인하여 댁에서 쫓겨날 때에도, 이 댁의 은공을 오히려 악담으로 갚은 년이온데, 임자는 어떤 중놈이기에 숙향의 부축을 들어 감히 승상댁 내당에 들어 왈가왈부하는 거요? 대감님, 이 중놈을 어서 노복에게 잡아내어 쳐 죽이게 하시어 화를 면하도록 하소서."

사향의 말을 듣고 나서는 스님은 껄껄 웃더니 정좌한 채로 말하였다.

"네가 비록 승상 내외분을 속일 수 있다 하나 어찌 하늘을 속일 수 있으리오? 네가 승상댁의 가사를 맡아 볼 때에 온갖 것을 도적질하여 네집 재산 만들기에 바쁘다가 숙향이 장성하여 가사를 맡은 후에는 네가 그런 도적질을 할 수가 없게 되니, 숙향을 해칠 기회를 노리고 있다가, 승상 내외분이 영춘당에서 잔치하는 틈을 타서, 네가 부인 침소에 들어가 장도와 금비녀를 훔쳐내어 숙향의 방에 숨겨두고 그 죄를 숙향에게 뒤집어 씌우질 않았느냐? 그런 후에도 계속 간계를 부려 숙향을 부인께 모함하여 마침내 네가 숙향을 억지로 떠밀어 대문 밖으로 밀쳐내고 갖은 욕을 다하며

대문을 잠그지 않았느냐? 그 후에 부인께서 숙향의 억울함을 눈치
채고 숙향을 불러오라 하시니, 너는 그러는 척하고 밖에 나가 시간
만 보내다가 다시 돌아와서 또 황당무계한 거짓말로 승상 내외분을
속이지 않았느냐? 처음부터 끝까지 네 사악함을 감추고 모든 누명
을 숙향에게 뒤집어 씌워 모해하였거니와, 승상 부부께서는 네
간사함을 깨닫지 못하였다 하나 어찌 밝은 하늘까지야 속일 수가
있겠느냐?"

말을 마친 스님은 소매 속에서 작고 붉은 물건을 꺼내어 공중으로
던졌다. 그러자 곧장 천둥이 울리며, 갑자기 천지가 깜깜해지고 비가
억수로 퍼붓기 시작하였다.

온 집안이 황망하여 어찌할 줄 모르는데, 스님이 뜰 아래로 내려와
하늘을 향해 무어라고 주문을 외우자 별안간에 하늘에서 진동이 일어
나며 짚단만한 불 덩어리가 내려와 사향을 벼락쳐 죽이었다.이 바람
에 집안 사람들이 모두 정신을 잃었다가 한참만에야 깨어났다. 정신
이 혼미한 중에서도 부인은 울면서,

"사향은 제 죄로 죽었거니와, 숙향은 어디로 가서 누구에게 의지한
단 말인가? 불쌍하구나. 무죄한 숙향은 어디로 가서 방황한단 말인
가? 이제껏 내가 소홀히 하여 사악한 사향의 말만 믿고 숙향을
내쫓게 하였으니 이는 모두 내 탓이로다."

부인은 울면서 숙향의 방으로 뛰어갔다. 방안에 들어가 보니, 고요
한 가운데 오직 숙향의 혈서(血書) 한 장만이 덩그러니 남아 있었
다. 그 혈서를 보니 거기에는 다음과 같이 적혀 있었다.

"소녀 숙향은 다섯 살에 부모를 잃고 이곳 저곳을 떠돌아 다니다
가, 장승상댁에 십 년 동안을 의탁하여 편안히 지내오니 그 은혜는

하해(河海)와 같도다. 하루 아침에 천하에 악한 계집이 되니 어찌
차마 세상에 더 머무르리요? 푸른 하늘은 나를 가엾이 여기어 모름
지기 억울한 누명을 벗겨주소서."

부인은 혈서를 붙들고 울면서 탄식하였다. 숙향은 분명 죽었을
것이라고 생각하며, 승상에게 혈서를 가지고 가서 하소연을 하였다.

"숙향이는 사향의 모함을 받아 지금쯤은 분명히 죽었을 것이오니
이런 잔인한 일이 어디에 있겠나이까?"

"당신은 어찌 숙향이가 꼭 죽었다고만 생각하오?"

승상은 속으로 그 동안의 잘못을 뉘우치면서 부인을 위로하고자
하였다.

부인은 승상께 숙향의 혈서를 내보이면서 흐느끼는 울음을 참지
못하였다.

승상도 혈서를 보고는 측은한 마음이 들어 눈물이 두 볼을 적시었
다. 그때 마침 승상의 친척되는 장원이 왔다가 이 말을 듣고는 말하기
를,

"어제 표진강 가에서 웬 십오 세쯤 되어 보이는 소녀가 하늘에 큰
절을 하고 있는 것을 보았는데 그 소녀가 숙향임에 틀림없는 것
같습니다."

장승상은 곧 노복을 시켜 숙향의 행방을 찾게 하였으나 그 종적은
묘연하였다. 다만 표진강 가에 사는 사람들의 말이 어제 소녀가 물
속으로 뛰어드는 것을 보고 사람들이 구하려 하였으나 물살이 세고
파도가 일어 구하지 못한 채 소녀는 빠져서 떠내려 갔다는 것이었
다. 이 말을 전해 들은 부인은 침식을 잃고 낙담하여 통곡 속에서 시간
을 보내었다. 숙향의 그 화월(花月)같은 얼굴과 옥(玉)같은 음성이며

뚜렷한 이목구비가 눈에 선하여 잊지를 못하였다. 승상이 이를 근심하여, 숙향의 화상을 그려 부인을 위로하고자 널리 유명한 화가를 구하였다. 친척 장원이 이 말을 듣고는,

"숙향이 열 살 되던 해에 제가 등에 업고 수정(水亭)에 가서 구경을 하였사온데, 장사(長沙)에 사는 조적이라는 화가가 숙향의 얼굴을 보더니, 자기가 수천 경국지색(傾國之色)을 많이 보아왔으나 숙향이 같은 미인은 아직껏 본 일이 없다 하면서 숙향의 얼굴을 그려갔사옵니다. 그러하오니 그 사람에게 그 그림을 구하시는 게 좋을까 하나이다."

"그럼 자네가 가서 그 그림을 구해 오게."

승상은 여비를 주어 장원을 조적에게 보내었다. 그러나 화가 조적은 벌써 그 그림을 다른 사람에게 팔았다는 대답이었다.

장원이 돌아와서 승상에게 그대로 고하니, 승상은 장원에게 황금 백 냥을 주면서 다시 조적에게 가서 판 그림을 다시 물려오도록 하였다.

장원이 다시 그림을 찾아오니 승상 부부는 그 화상을 받고서는 숙향을 만난 듯이 반갑고 슬퍼서 화상을 끌어안고 통곡을 하였다. 부인은 숙향의 화상을 침실에다 장식하고 아침 저녁으로 밥상을 차려 놓고 억울하게 죽어간 외로운 혼백을 위로해 주었다.

한편, 숙향은 애꾸눈에 절름발이 걸음으로 걸어서 어느 곳에 다다르니, 하늘로 치솟은 갈대가 무성하게 들어차 있는 갈대밭이 가로막고 있었다. 날이 저물었고 또한 더 이상 걷기도 지쳐서 갈대 숲에 의지하여 잠을 청하였다.

어느덧 깜깜한 밤중이 되자 갑자기 큰 폭풍이 일어나며 난데

없는 불길이 하늘로 치솟아 갈대밭을 태우는 것이었다. 숙향이 깜짝 놀라서 눈을 뜨고는 하늘을 우러러 큰 절을 하였다. 그리고는 기도하기를,

"전생에 소녀의 죄가 무거워 인간으로 귀양와서, 어려서 부모를 잃고 갖은 고초를 다 겪으며 지금까지 천한 목숨을 부지하고 있는 것은 다만 부모님의 얼굴이라도 한 번 만나보려 함이옵니다. 이제 이 곳에까지 와서 불길에 휩싸여 죽게 되었사오니, 밝은 하늘은 굽어 살피시어 부모님의 얼굴이나 한 번 보고 죽게 하여 주시옵소서."

기도가 끝나자 한 노인이 죽장을 짚고 홀연히 나타났다.

"너는 웬 소녀이길래 이 밤중에 화재를 만나 고생하고 있느냐?"

"저는 난리 중에 부모를 잃고 이곳 저곳을 떠돌아 다니다가, 길을 잘못 들어 이곳에 와서 화재를 만나 꼼짝없이 죽게 되었사옵니다. 바라옵건대 노인장께서 미천한 목숨을 살려 주시오면 그 은혜 백골난망이옵니다."

그러자 그 노인은 다급하게 말하였다.

"불길이 급하니 어서 서둘러야겠구나. 그렇지 않아도 너를 구하고자 내가 왔느니라. 불길이 가까이 번지고 있으니 입고 있는 옷을 다 벗어서 이 곳에 놓고 알몸만 내 등에 업혀라."

숙향은 사태가 급박한지라 노인의 말대로 입었던 옷을 모두 벗어 던지고 노인의 등에 업혔다. 그 순간 벌써 불길이 치달아 등줄기가 화끈하였다. 이때 노인이 소매 속에서 부채를 꺼내어 불길을 보고 부치니 불길이 더 이상 번져오지 못하였다. 노인의 도움으로 화재의 변을 면한 숙향은 노인의 은혜를 감사하고 그 은혜를 잊지 않겠노라

고 사례하였다. 그리고는 공손히 물었다.

"제가 뵈옵기로 노인장께서는 신선이심에 틀림없사온데, 계시는 곳은 어디오며 존함은 어떻게 되시는지요?"

"내가 있는 곳은 남천문(南天門) 밖인데, 부르기는 화덕진군(火德眞君)이라 한단다. 네가 어찌 사천 삼백 리나 멀리 떨어진 그곳을 지나가겠느냐?"

말을 마치자마자 그 노인은 홀연히 사라져 버렸다. 숙향은 하늘을 향하여 무수히 사례하였다.

그러나 젊은 여자로서 발가벗은 알몸이 된지라 길을 갈 수가 없어 어찌할 바를 모르고 망연히 울고만 있었다.

그때였다. 갑자기 한 노파가 광주리를 옆에 끼고 지나가다가 웬 처녀가 발가벗은 몸으로 길가에 웅크리고 앉아있는 것을 보고는 옆으로 다가와 앉으면서 물었다.

"도대체 어떤 처녀길래 이렇듯 해괴한 모습으로 길가에 앉아 있느냐? 너는 혹시 어디서 큰 죄라도 짓고 이 모습으로 내쫓기지나 않았느냐? 아니면 남의 집에서 재물을 도적질하다가 내쫓겼느냐? 아니면 불한당을 만나 옷을 모두 빼앗겼느냐?"

"저는 원래 부모가 없는 고아인지라 남에게 내어쫓길 일도 없거니와 다만 자연히 이런 모습이 되어 오도 가도 못하고 이렇게 웅크리고 있나이다."

"원래부터 부모가 없다면 세상 사람이 모두 네 부모와 같겠구나. 네 부모가 반야산에서 너를 버리고 도망하였는데 그것이 바로 내쫓긴 거나 다를 게 뭐가 있겠느냐? 또한 장승상 집에서 계집종과의 금비녀 문제로 그 집을 나왔으니 또한 쫓겨난 것과 다를 게 뭐가 있겠느냐?"

노파는 숙향을 보고 몹시 조롱하였다. 자기의 과거사를 너무나 자세히 아는 바람에 숙향은 그만 깜짝 놀랐다.

"할머니께서는 제 과거를 어찌 그리 자세히 알고 계십니까?"

"소문으로 들어 알았다만, 너는 이제 어디로 가려 하느냐?"

"마땅히 갈 곳이 없어서 방황하고 있나이다."

"그렇다면, 나는 아직 자식이 없는 과부이니, 나와 함께 가서 살지 않겠느냐?"

노파가 숙향의 마음을 넌지시 떠 보았다. 숙향은 노파의 말을 듣고 반갑기도 하였지만, 한편으로는 불안하기도 하였다. 울음섞인 목소리로 노파에게 말하기를,

"할머니께서 언제까지도 저를 버리지 않으신다면 기꺼이 따라가겠나이다. 그러나 지금 저는 알몸이옵고, 또 배가 고파 정신이 아득하옵니다."

노파는 광주리에서 나물 한 뭉치를 꺼내어 숙향에게 주었다. 숙향이 그것을 받아 먹으니, 매우 향기롭고 알맞게 배가 불렀다. 이어서 노파는 자기가 입고 있는 옷 한 가지를 벗어주며 어서 입고 가자고 재촉하였다.

숙향은 노파를 따라갔다. 고개 두엇을 넘어가니 정결한 마을 하나가 나타났다.그곳은 집집마다 부유하게 사는 윤택한 마을이었다.

노파는 그 마을에서 가장 작은 집으로 들어갔다. 집은 작았으나 매우 아담하고 정결하게 꾸며진 집이었다. 집에는 다른 사람이라곤 없었고, 오직 푸른 삽살개 한 마리가 있을 뿐이었다.

노파와 숙향이 들어가자 그 개가 뛰어나와서 숙향을 보고 꼬리를

흔들면서 반기는 듯하였다. 숙향은 노파의 집에 온 뒤로 반 달이 넘도록 병신 행세를 하고 있었다. 그러던 어느 날 노파가 숙향을 보고 타일러 말하였다.

"너를 보니 마치 구름에 가린 가을달과 같구나. 내가 보기로는 네가 참으로 병신 같지는 않구나. 나를 속이고 있었다면 이제 그 가면을 벗으려므나."

숙향은 대답 대신 웃고만 있었다.

"내 집은 원래 술집인지라 마을 사람들이 자주 드나드는데, 네가 그렇게 더럽게 하고 있으면 남보기 민망하니 얼굴이라도 좀 씻고 있으려므나."

숙향은 오랫동안 이 집에 있어 보았지만, 술집이라 하여 남자는 드나들지 않았고 여자들만 오가고 있었다.

노파가 밖에 나간 사이에 숙향은 얼굴을 씻고 옷을 갈아입은 후에 곱게 단장을 하고 수를 놓고 있었다. 밖에 나갔던 노파가 들어와서 보고는 몰라보게 고와진 숙향을 안고 무척이나 기뻐하였다.

"이 귀여운 내 딸아, 전생에 무슨 죄를 지었길래 광한전을 이별하고 인간으로 귀양 와서 이같이 고생하고 있느냐?"

"할머니께서 저를 친딸같이 여기시니 제가 어찌 숨길 수가 있사오리까? 난리통에 부모를 잃고 떠돌아 다니는데, 사슴이 업어다가 장승상집 후원 동산에 두고 사라지니, 그 댁에 자식이 없어 저를 친자식같이 길러 주셨는데 계집종 사향이란 년이 저를 모함하여 승상 내외께 꾸지람을 맞고 내쫓겼사옵니다. 그후 표진강 물에 빠져 죽으려고 뛰어들었사오나 연꽃놀이 하던 소녀들에게 구함을 받아, 처녀의 몸이 두려워 거짓으로 병신 꼴을 하고 정처없이 방황

하다가 갈대밭에서 화재를 만나 또 죽을 뻔하였으나 화덕진군의
도움으로 살아났사오며, 그 직후에 할머니를 만났사옵니다. 그리하
여 이토록 친자식같이 사랑하여 주시오니 저도 친어머니처럼 알고
있사옵니다."

노파는 숙향의 말을 듣고는 더욱 기뻐하며, 낭자의 마음이 진정
그런 줄로 믿어 그 후로 아끼고 사랑하는 마음이 더하였다.

숙향은 원래 총명한 여자였다. 배우지 않아도 모든 일에 모르는
것이 없었다. 그러므로 수만 놓아서 팔아도 생계에 부족함이 없었
다. 노파는 숙향을 더욱 소중히 아끼고 사랑하였다.

어느덧 이 집에서 노파와 함께 생활한지도 한 해가 지나갔다. 춘삼
월 보름날에 노파가 술을 팔러 나가고 숙향이 혼자서 집을 보고 있었
다. 홀로 앉아 수를 놓고 있노라니, 갑자기 파랑새가 날아와서 매화
가지에 앉아 구슬프게 울고 있었다.

숙향이 이를 보고 혼자 심난한 생각이 들어 탄식하였다.

"새도 나처럼 부모를 잃고 저렇게 슬프게 우는 걸까?"

수를 놓으며 슬퍼하다가 창에 기대어 잠깐 잠이 들었다. 그때 갑자
기 그 파랑새가 꿈에 나타나 속삭여 말하였다.

"낭자의 부모가 모두 저곳에 계시니 어서 나를 따라 오소서."

숙향은 반갑고 놀라와서 신발을 신고 뜰 아래로 내려섰다. 그러자
파랑새가 마치 따라오라는 듯한 날개짓으로 천천히 날아가기 시작하
였다.

숙향이 파랑새의 뒤를 따라가서 한 곳에 다다르니, 연못가의 백사
장에 구슬로 축대를 쌓고 산호 기둥을 세운 집이 한 채 있었다. 호박
(琥珀) 주춧돌이며 집의 모든 장식이 오색 구름처럼 휘황하게 아로새

겨져 눈이 부실 정도였다.

숙향이 그 높은 집을 우러러 보니 전각(殿閣) 위에 황금 글자로 '요지보배'라고 씌여져 있었다. 집이 너무 크고 으리으리하여 숙향이 감히 들어가지 못하고 밖에 서서 바라보고 있으려니, 층층대에서 오색 구름이 피어나고 있었다. 향기가 은은하게 퍼져나오며, 수많은 선관 선녀들이 학과 봉황을 타고 쌍쌍이 집 안으로 들어가는 것이었다. 그리고 잠시 있으려니 오색 무늬의 구름이 빛을 발하며 대룡(大龍)이 황금 수레를 끌고 날아가는데 이것은 바로 옥황상제의 수레였다. 그 뒤에는 석가 여래가 오신다고 하며 오백나한(五百羅漢)이 주욱 늘어서서 시위(侍衛)하여 오고 있었고, 향기가 넘쳐나는 가운데 또한 풍악이 진동을 하였다.

수많은 행차가 지나갔으나 아무도 숙향을 알아보는 이가 없더니, 이윽고 한 덩이의 구름이 피어나며 백옥가마에 한 선녀가 연꽃을 들고 단아한 자세로 앉아 있었다. 다름아닌 월궁항아(月宮姮娥)의 행차였다. 수레 위의 항아가 대뜸 숙향을 알아보고 말하기를,

"소아(小娥)야, 여기서 너를 다시 보니 반갑구나. 인간에서의 고생이 어떠하냐? 어서 나를 따라 안으로 들어가자. 요지(瑤池)를 구경하고 가려므나."

숙향은 파랑새를 앞세우고 항아를 따라 요지 안으로 들어갔다. 집 안의 형용이 아주 엄청난 데 놀라서 숙향은 저절로 몸이 움츠러드는 것을 느꼈다.

팔진 경장과 육각이 난 곳에 한 보살이 젊은 선관을 뒤에 무수히 거느리고 들어오더니 옥황상제께 인사를 드리는 것이었다. 그러자 상제가 그 선관에게 말하는 것이었다.

"태을아, 반갑구나. 그 동안 어디 가 있었느냐? 인간에서의 고생은 어떻더냐?"

그 다음으로 항아는 소아(숙향)를 데리고 옥황상제로 나아갔다. 상제께서 소아를 그윽히 바라보시자 항아가 상제께 아뢰기를,

"이 소아는 이미 죽을 고비를 네 번 겪었사오니 이제 그만 하늘 나라의 죄를 사하시어, 석가 여래에게 칠십 수한(壽限)을 점지케 하소서."

"칠성(七星)에 명하여 이남 일녀(二男一女)의 자식을 점지케 하라."

이와 같이 분부하신 상제는 또 남두성(南斗星)을 불러 복록을 점지하도록 하시었다. 그러자 남두성이 상제께 여쭈었다.

"아들은 정승이 되게 하고 딸은 황후가 되게 하겠나이다."

상제는 고개를 끄덕이고, 소아에게 하늘 나라의 과일인 반도(蟠桃) 두 개와 계수나무 꽃 한 가지를 주시었다. 숙향이 옥쟁반 위의 반도와 계수나무꽃을 받아들고 내려와서 태을에게 건네 주었다. 태을 선관이 머리를 굽혀 두 손으로 받아들고는 숙향에게 정이 가득 담긴 눈길을 보내었다. 숙향은 너무 당황하여 어찌할 줄 모르다가 그만 손에 낀 옥반지의 진주알을 떨어뜨렸다. 태을선관이 몸을 굽혀서 그 진주를 집어 들었다. 숙향은 부끄러워서 몸둘 바를 몰라했다.

그때 갑자기, 노파가 술을 팔고 집으로 돌아와 보니 숙향이 창에 기대어 깊이 잠들어 있는 것을 보고는 흔들어 깨웠다.

"숙향 낭자, 이젠 일어나지."

그 소리에 숙향은 소스라치게 놀라 잠에서 깨어났다. 그러나 아직도 요지의 향기와 풍악 소리가 사방에 진동하는 것만 같았다.

"숙향낭자, 꿈에 본 하늘 나라의 광경이 어떠하였소?"

"제가 꿈을 꾼 것을 어떻게 아셨나요?"

숙향은 깜짝 놀라서 물었다.

"파랑새가 낭자를 인도하여 갈 때 나에게 알려 주었기로 내가 이미
알고 있었다오."

숙향은 노파의 말을 듣고 심히 이상하게 여기면서 꿈에 겪은 사연
들을 자세히 말해 주었다.

"그런 모습을 보고 그냥 지나치면 잊어버리기 쉬우니, 낭자의 재주
로 그 아름다운 광경을 수로 놓아서 보존해 두면 좋은 추억이 될
것이오."

숙향은 노파의 말을 듣고, 좋은 생각이라고 여기어 곧장 수를 놓기
시작하였다. 수를 다 놓아서 노파에게 보였다.

"어쩌면 이리도 놀라운 재주를 가졌을까?"

노파는 무수히 칭찬하였다. 그리고 나서는, 훗날에 장에 가지고
가서 팔면 큰 돈이 될 것이라고 기뻐하여 마지 않았다. 그러나 숙향은
말하기를,

"이 경치는 천 금으로도 싸고, 이 공력은 백금으로도 싸지만 누가
과연 이 진가(眞價)를 알아볼 수 있으리요?"

하고 탄식하였다.

그 후 노파가 그 수를 가지고 장에 가져다가 팔려고 하였으나 과연
아무도 사려고 하지를 않았다. 결국 단념하고 돌아오려고 하는데,
화가 조적이 그 수에 새겨진 그림의 진가를 알고는 반가와하며 물었
다.

"이 수를 누가 놓았습니까?"

"우리 집 어린 딸이 놓았답니다."

노파는 숙향을 자기의 딸이라고 대답하였다. 조적은 다시 물었다.

"할머니는 어디에 사는 누구신가요?"

"나는 동촌리 화정 술집의 할미라오. 이 수는 딸이 놓은 진품이라 만금이라도 쌀 것이외다."

조적은 그 수가 꼭 마음에 드는지라 흥정 끝에 오백 냥을 주고 사 갔다. 노파가 그 수를 판 후에 숙향에게 돌아와 그 이야기를 하였더니, 숙향은 반갑게 말하였다.

"인간 세상에도 하늘 나라의 경치를 알아보는 사람이 있군요."

한편, 조적은 많은 돈을 주고 수를 사갔으나 제목이 없었으므로, 명필에게 제목 글씨를 받아 천하의 보물로 삼으려고 널리 수소문을 하였다. 그러던 중에 낙양 북촌리에 사는 이위공의 아들이 글과 글씨로는 당대에 제일이라, 그 재주가 가히 이태백과 왕희지를 압도한다는 말을 듣고 그를 만나려고 찾아갔다.

병부상서(兵部尙書) 이위공은 일찍부터 문무(文武)가 함께 능하여 그 명망이 온 나라에 떨치었다. 황제가 이를 칭찬하고 위공을 봉하였다. 그리고는 나라 일을 맡기려 하자, 그는 후일의 화(禍)가 두려워서 거짓으로 병이 들었다 하고 벼슬을 사양하였다. 그 후 고향으로 내려 왔으나, 황제는 늘 그의 충성과 재주를 아끼고 칭찬하여 마지 않았다.

위공은 고향으로 내려온 후에 농업에 전력하여 가세가 넉넉하여졌으나 다만 슬하에 자식이 없어서 슬퍼하였다.

그러던 어느 해 칠월 보름날 밤이었다. 위공은 부인과 함께 완월루(琓月樓)에 올라가 달구경을 하였다. 그때 위공은 부인을 보고 탄식하며 넌지시 말하였다.

"우리가 이제 살만 하고, 나의 공명이 또한 한 나라에 떨치었으나, 혈육이 없어 뒷일을 의탁할 곳이 없으니, 조상의 제사를 누가 이어 섬기겠소? 허구헌날 이처럼 혈육이 없어 염려가 되니 이제는 내가 다른 가문의 숙녀를 취하여 자식을 만날까 하니 당신은 과히 섭섭히 여기지 마오."

이위공은 부인의 양해를 구하고자 다정한 말로 이렇게 말하니 부인은 이위공의 말을 듣고 긴 한숨을 쉬며 울음 섞인 목소리로 탄식하며 말하였다.

"제 운명이 기박하여 자식이 없으니 이제 누구를 원망하오며, 대감께서 여러 부인을 맞이한다 하신들 어찌 불평이 있사오리까?"

그 후에 부인은 친정인 왕승상댁으로 찾아갔다. 부친 왕승상에게 그런 사연을 자세히 말하니, 왕승상은 딸을 위로하여 다음과 같이 말하는 것이었다.

"인간의 죄 중에서 가장 무거운 것이 바로 자식이 없는 죄이니라. 내가 듣기로 대성사(大聖寺)의 부처가 영험하다 하니, 네가 지성으로 빌어보도록 하라."

부친 왕승상의 말을 듣고 왕씨 부인은 기뻐서 곧장 길일을 택하여 목욕재계하고 대성사로 가서 불전에 엎드려 지성으로 빌었다. 그날 밤 꿈에 한 부처가 나타나 이르기를,

"전생에 죄없는 사람들을 많이 죽인 죄로 이승에서는 자식을 점지하지 않으려 하였으나 그대의 정성이 극진하므로 귀한 아들을 하나 점지하니 어서 집으로 돌아가라."

왕부인은 서둘러 집으로 돌아왔다. 이위공이 의아하게 물었다.

"며칠 더 친정에 있을 줄 알았더니 왜 벌써 돌아오셨소?"

"위공께서 저더러 혈육 없음을 탓하고 소박하시려 함으로, 산천기도를 하고 돌아왔나이다."

"산천 기도 정도로 자식을 점지받는다면 이 세상에 자식 없는 사람이 어디 있겠소?"

이위공은 탄식하며 부인의 경솔함을 비웃고 가엾이 여기었다. 그런데 그날 밤 잠자리에서 꿈을 꾸니, 한 신선이 나타나 말하기를,

"하늘나라에서는 옥황상제께 죄를 지은 태을진군을 인간으로 내려보내어 그대의 자식으로 점지하였으니 귀히 보중하도록 하여라."

하고는 홀연히 사라져 버리는 것이었다. 이위공은 꿈을 깨어 부인에게 그 이야기를 해 주었다.

"당신의 기도가 간절하여 내가 이런 꿈을 꾸었으나, 그 영험이 맞는지는 두고 보아야 할 일이오."

부인은 이위공의 말을 듣고 크게 기뻐하였다. 그리고는 자기가 대성사 불전에 치성드린 사실을 말하고, 그날 밤에 꿈을 얻은 사실도 말하였다.

그 후에 과연 부인에게 태기가 있었다. 이듬해 사월 초팔일이 되자, 이위공은 밖에 나가고 부인이 혼자 있는데 홀연히 오색 안개가 집을 에워싸고 이상한 향기가 집안에 가득 넘치었다.

부인은 기꺼운 마음으로 시녀들을 시켜 집안을 깨끗이 치우도록 하였다. 그랬더니 정오부터 부인은 몸이 불편하여 침소에 누워 있었다. 그때 하늘에서 학 울음소리가 나며 선녀 한 쌍이 침실로 들어와서는 말하였다.

"이제 시간이 다 되었나이다."

왕부인은 선녀의 소리를 들으며 침상에 곧바로 누우니 아무런 고통도 없이 어린 아이의 울음 소리가 들리는 것이었다. 선녀가 옥병의 물을 따루어 어린 아이의 몸을 씻겼다. 그리고는 일어서서 나가려고 하였다. 그러자 부인이 다급하게 물었다.

"어디서 오는 누구이시길래 이렇게 누추한 곳에 와서 수고를 해 주시는지요? 한편 불안하고 한편 고맙기 그지없나이다."

"우리는 하늘나라에서 해산을 가늠하는 선녀랍니다. 옥황상제의 분부를 받고 아기를 보러 왔사온데, 이 아기의 배필이 남군 땅에 있기로 그 여아(女娥)를 바삐 보러 가는 길이옵니다."

"그러시다면 이 아이의 배필은 어느 가문에서 나오며 그의 이름은 어떻게 되옵니까? "

"이 아이의 배필되는 여아의 부친은 김전이라 하고, 그 여아의 이름은 숙향이라 하옵니다."

말을 마친 선녀들은 갑자기 온데간데 없이 사라져 버렸다. 부인은 잊어버릴까봐 지필묵을 내어 선녀가 이야기해준 내용을 적어 놓았다.

이날 이위공이 꿈을 꾸었는데 하늘에서 선관이 내려와서 부인에게 벼락을 치는게 아닌가?

깜짝 놀라 꿈을 깼더니, 바로 그 꿈을 깬 순간에 황제로부터 조정으로 부르시는 전갈이 당도하였다.

이위공은 곧 조정으로 들어가 황제를 뵈었다. 그리고 나서 간밤의 꿈 이야기를 하고는 급히 고향으로 돌아가서 부인을 보아야겠다고 아뢰었다. 그러자 황제가 묻기를,

"혹시 경의 부인이 잉태하고 있소?"

"황공하여이다. 늦도록 자식이 없더니 갑자기 잉태하여 이 달이
바로 산월(産月)이옵니다."

"아, 그렇군. 짐이 천기를 보니 낙양성에 태을성(太乙星)이 떨어지
는지라 비범한 사람이 나리라 믿었더니, 과연 경의 집에 경사로
다. 귀히 길러 경의 뒤를 이어 짐을 돕도록 하시오."

"성은이 망극하여이다."

이위공은 황제의 황공한 말씀을 사례하며 집으로 돌아왔다. 부인이
과연 아들을 순산한지라, 위공은 크게 기뻐하여 곧장 산실(産室)로
들어갔다. 어린 아이의 얼굴이 어젯밤 꿈 속에서 본 선관의 모습과
똑같았다. 위공은 더욱 기이하게 생각하며 놀랐다. 이름을 선(仙)
이라고 짓고, 자(字)를 대을(太乙)이라고 하였다.

선은 범상하여 태어난지 오륙 삭이 되자 벌써 말을 하기 시작하였
다. 다섯 살이 되자 모르는 글이 없었으며, 열 살이 되자 문장이 뛰어
나 그 이름을 온 나라에 떨치었다. 그때 이미 공경대부의 가문에서
다투어 청혼이 쇄도하였다. 그러나 선은 항상 우스개말로,

"나는 월궁소아가 아니면 결혼하지 않을 것이오."

하고, 주장하였다. 이리하여 부친 위공은 며느리의 선택에 여간 고심
하지 않았다.

"근자에 나라에서 과거를 실시한다 하오니, 한 번 구경하고자 하옵
니다."

하고, 넌지시 과거 볼 뜻을 밝히었다.

"너의 재주로는 능히 과거를 볼 수 있으되 벼슬을 하면 몸이 나라
에 얽매이게 될 터인데 그렇게 되면 우리가 너와 헤어져서 어찌
쓸쓸하게 지낼 수 있겠느냐?"

하고, 부친은 아들의 과거를 반대하였다. 선은 마음이 울적하여 근처
의 산수를 찾아다니며 유람으로 소일거리를 삼았다.

하루는 돌아다니다가 한 곳에 이르니 대성사라는 큰 절이 있기로
안으로 들어갔다. 절을 둘러보다가 몸이 피곤하여 잠시 난간에 기대
어 잠이 들었는데, 꿈 속에서 부처가 나타나 말하였다.

"오늘 왕모의 잔치가 열리므로 그 곳에 선관 선녀가 많이 모인다
하니 나를 따라와 구경하라."

선이 부처를 따라 한 곳에 이르니, 연꽃이 만발한 가운데 장엄한
누각이 보는 이로 하여금 위압감을 느끼게 하여 우뚝 솟아 있었다.
부처가 선에게 잔치하는 장면을 가리키며 말하였다.

"저기, 오색구름에 휩싸인 탑 위에 앉으신 분이 옥황상제이시고,
그 뒤에는 삼태성이 온갖 것을 거느리고 앉았고, 동편의 황금탑
위에는 월궁항아가 계시니, 모든 선녀들이 근신하고 있노라. 또한
서편의 백옥탑 위에 앉으신 분이 석가여래로, 모든 부처를 거느리
고 계시니라. 내가 먼저 들어갈 터이니 그대는 내 뒤를 따르라."

"너무 장엄한지라 어디가 어딘지를 모르겠사와 겁부터 나옵니다."

부처가 웃으면서 소매 안에 손을 넣어 대추알 만한 붉은 열매를
주면서 먹으라 하였다.

선은 그것을 두 손으로 공손히 받아먹었다. 그 순간 정신이 맑아지
면서, 자기는 하늘나라의 태을진군으로서 옛날에는 옥황상제 앞에서
모든 일을 봉승(奉承)하던 일이며 월궁소아와 애정의 글을 주고 받던
일, 그리고 약(藥)을 훔쳐서 주던 일들이 선연해지는 것이었다. 또한
그곳에 모인 선관들이 모두 옛날 하늘나라의 벗들인지라 반갑기 그지
없었다.

선은 옥황상제께 인사를 올리었다. 그러면서 여러 선관들에게도 인사를 하였다.

모든 선관들이 이선을 알아보고 크게 반가와 하였다.

상제는 이선에게 인간의 재미가 어떻느냐고 물었다. 선은 땅에 꿇어 엎드려 전생의 죄를 사죄하였다. 옥황상제가 웃으면서 한 선녀에게 명하여 반도 두 개와 계수나무꽃 한 송이를 주라 하시었다.

선녀가 옥황상제의 명을 받들어 옥쟁반에 반도와 계수나무꽃을 담아서 들고 나오니 이선이 고개를 숙여 그것을 받은 뒤에 눈을 들어 선녀를 한 번 바라보았다. 그러자 선녀가 부끄러워서 몸을 돌리는데, 그때 손에 끼고 있는 옥반지에 박힌 진주가 계수나무 꽃가지에 걸려서 아래로 떨어졌다. 이선이 허리를 굽혀 진주를 손에 쥐었다. 그때 절의 종치는 소리에 놀라 깨어보니 꿈이었다.

요지(瑤池)의 잔치 광경이 눈에 어른거리고, 하늘 나라의 풍악 소리가 귀에 쟁쟁하며, 손에는 아직도 선녀가 빠뜨린 진주가 쥐어져 있었다.

이선은 그 꿈이 하도 기이하므로 글을 지어서 꿈에 본 광경을 그대로 묘사한 후에, 부처님께 하직하고 집으로 돌아왔다. 그 뒤로부터는 밤낮으로 하늘나라에서 본 선녀 소아(숙향)만 생각이 나서 침식이 제대로 이루어지지 않을 지경이었다.

그러던 어느 날이었다. 동자가 와서 아뢰기를, 남선땅에 사는 사람이 이선을 만나려고 찾아와 밖에서 기다리고 있다고 하였다. 이선이 불러들여 만나본즉 그 사람이 절을 하고 나서 말하기를,

"소생은 남선땅에서 그림을 그리며 살아가는 조적이라는 사람이온데, 수 놓은 족자 하나를 구해 두었는데 그 경치에 제목과 글을

붙이고자 하되 뛰어난 문장이 없어 여직껏 미루어 오다가 공자
(公子)께서 천하에 제일가는 문필이라 하옵기에 이렇듯 불원천리
찾아왔사오니, 원하옵건대 물리치지 마시옵고 한 번 수고로 소생의
원을 풀어 주옵소서."

하고는 수가 놓아진 족자를 이선 앞에 내어 놓았다. 이선이 그 수
놓아진 족자를 받아서 살펴본즉 자기가 꿈 속에서 본 바로 그 하늘
나라의 풍경이 상세히 그려져 있었다. 이선은 깜짝 놀라서 조적에게
물었다.

"이 족자를 어디서 구했나요?"

"이 그림을 보자 말자 공자께서는 왜 그리 놀라십니까?"

하고는 속으로 혹시 그 노파가 이 집의 족자를 훔쳐다가 판 것이나
아닌가 하고 염려를 하였다. 이선은 다시 웃으면서 물었다.

"허허, 참 기이한 일도 있구려. 실은 내가 예전에 보았던 것이니
사실대로 이야기하여 주오."

"낙양 동촌리에서 술을 파는 늙은 할미에게 산 족자이옵니
다."

"이것은 다름 아닌 하늘 나라의 요지도(瑤池圖)라, 우리에게는
필요가 있으나 그대에게는 그다지 소용닿는 데가 없을 터이니 나에
게 팔고 가시오."

이선이 하도 진지하게 부탁을 하였으므로 조적은 그 족자를 육백
냥에 팔고 갔다.

이선은 자기가 지은 글을 그림 위에다 글자로 쓰고 다시 새롭게
족자로 꾸며서 자기 방에 걸어두고 주야로 바라보았다. 그림과 함께
있으니 몸은 비록 이승에 있으나 마음은 모두 요지에 있는 듯하였

다.

이선은 매일 소아(숙향)을 그리워하였다. 어떻게 하면 소아를 만날 수 있을까 하고 날마다 초조해 하였다. 그러다가 하루는 혼자서 느낀 바가 있어 깨닫고는 중얼거렸다.

"나는 요지에 다녀왔기로 그 광경을 소상히 알거니와, 이 수를 놓은 사람은 어찌 인간으로서 하늘 나라의 일을 그토록 상세히 알고 있을까? 분명히 보통 사람은 아니리라. 동촌리의 노파를 찾아가서 수 놓은 사람을 한 번 알아보리라."

이선은 부모에게 산수를 구경하고 오겠다고 말하고, 동촌리로 노파를 찾아갔다.

이때 마침 숙향이 마루에서 수를 놓고 있는데 갑자기 파랑새가 석류꽃을 입에 물고 날아와 숙향의 앞에 앉는 듯하더니 다시 북쪽으로 날아갔다.

숙향이 이상히 여겨 발을 걷고 파랑새가 날아간 북쪽을 향하여 바라보니, 마침 한 소년이 노새를 타고 자기 집을 향하여 다가오고 있었다. 숙향이 자세히 바라보니, 꿈 속에서 요지에 갔을 때 반도를 받고 자기의 옥반지에 빠진 진주알을 집어가던 그 선관의 모습과 똑 같았다. 속으로 반가우면서도 한편으로는 너무나 놀라와서 발을 내리고 가만히 앉아서 그 소년의 행동을 지켜보고 있었다.

소년은 바로 숙향의 집으로 와서 주인을 찾는 것이었다. 노파가 나가서 알아보니 북촌의 이위공 댁의 귀공자였으므로 공손히 맞이하여 환대하였다.

"공자께서 이 누추한 곳을 다 찾아 주시니 참으로 감격하여이다."

"산수를 돌아보는 길에 들렸으니 술 한 잔을 아끼지 마오."

그러면서 다시 말을 이었다.

"요지의 그림을 수 놓은 것을 할머니가 팔았다고 들었는데, 그 수를 놓은 사람이 누구오이까?"

"그 수는 소아(小娥)라는 소녀가 놓은 것이옵니다만, 왜 물으시는지요?"

"그 그림을 산 조적이라는 화가한테서 듣고 왔소이다."

"그 소아를 찾아 어찌하시려는 것이옵니까?"

노파는 궁금하기도 하고 또 한편으로는 염려되기도 하여 계속 캐물었다.

"나와는 천생연분이 있어서 그러는 것입니다."

"소아는 원래 전생에 죄를 많이 지어 한 눈이 멀고 또 한 다리와 한 팔을 못 쓰는 위인이라 쓸모없는 여아이오니, 천생연분으로 구하시는 것부터가 허망한 계획이옵니다."

"병신 아니라 그보다 더한 것이라 해도 좋소이다. 나는 소아가 아니면 결코 혼인을 하지 아니할 것인즉, 제발 만나게 해 주십시오."

이선은 노파에게 간절히 애원하였다. 그러나 노파는 한사코 이선의 말을 피하였다.

"귀공자는 어디까지나 귀공자가 아니오이까? 황제의 공주가 아니면 공경대부의 신랑이 될 것이온데, 어찌하여 그런 천박한 여자를 구하려 하시나이까? 그런 허황된 말씀은 다시 하지 마옵소서."

"황제의 공주가 아니라 만승천자(萬乘天子)의 공주라도 나는 싫소이다. 바라옵건대 할머니는 어서 소아가 있는 곳을 알려 주시오."

"나도 소아를 본 지가 하도 오래 되었기로 지금 있는 곳을 모르옵

니다. 남양 땅의 김전을 찾아보도록 하십시오. 만약 거기에 없거든
장승상댁을 찾아가 보십시오. 이승에서의 인간의 이름으로는 숙향
이라 하옵니다."

이선은 노파의 말만 믿고 다시 집으로 돌아왔다. 그리고 부모에게
는 다시 여행하겠노라고 하였다.

"형주 땅에 뛰어난 문장이 있다 하오니 소재(小才)가 찾아가서
만나보고자 하옵니다."

부친 위공은 선의 말을 곧이듣고는 대견하게 여기어 허락하였다.

이선은 부모께 하직 인사를 드린 후 황금을 두둑히 가지고 길을
떠났다. 그는 형주에 다다라 여러 날만에 김전의 집을 찾을 수 있었
다. 대문 앞에서 김상공을 찾으니, 하인이 나와서 안내를 하였다.

"소행은 낙양 북촌에 살고 있는 이위공의 아들 선이라 하옵니다."

"이런 누지에 귀한 손님이 오시니 고맙습니다만, 어떤 일이신지
요?"

"제가 불원천리하고 댁을 찾아온 것은 다름이 아니옵고 영녀(令
女)에게 구혼코자 하여 왔나이다."

이선의 말을 듣자 주인 김전은 눈물을 글썽거리며 대답하였다.

"나는 원래 팔자가 기박하여 젊어서는 자식이 없더니 늙어서야
딸아이 하나를 낳았는데 사람됨이 남의 아이 못지 않아 기꺼웁더니
다섯 살 때 난리가 나서 피난길에서 잃어버린 채 지금까지 생사를
모르고 있다오. 그런데 오늘 그대의 청을 들으니 슬픈 마음이 들어
더욱 간장이 끊어지는 듯 하오."

이선은 하는 수 없이 김전과 헤어져 장승상집을 찾아갔다. 장승상
은 이선을 반가이 맞이하였다.

"저는 낙양 북촌의 이위공의 아들이온데, 숙향이라는 소녀가 댁에 있다는 소문을 듣고 구혼코자 불원천리 찾아왔사오니 물리치지 마시옵고 인도하여 주소서."

장승상은 이선의 말을 듣더니 눈물부터 쏟아 놓았다. 그러면서 슬픈 사연을 말하는 것이었다.

"숙향은 다섯 살 때에 짐승이 물어다가 내집 동산에 버리고 갔다오. 그때 우리가 자식이 없었으므로 양녀로 삼아 십 년을 길렀으나, 사향이라는 종년이 모함하여 도적질의 누명을 씌워 내쫓게 되었는데 숙향은 누명을 씻기 위해 표진강 물 속으로 뛰어 들었다 하더이다. 사람을 보내 구하려고 애를 썼으나 아직껏 그 생사를 몰라 슬퍼하고 있다오."

"바라옵건데 제가 분명히 승상 댁에 있다는 얘기를 듣고 찾아온 것이오니 다른 핑계로 물리치지 마시고 저의 구혼을 허락하시어 만나보게 하여 주시옵소서."

이선은 장승상이 일부러 자기의 구혼을 피하는 줄로만 알았다.

그러나 장승상은 이선의 말을 듣고 의아하다는 듯이 펄쩍 뛰었다.

"그게 무슨 말이오? 숙향이가 나의 친딸일지라도 이위공 자제분과 연분을 맺는 것이 과분한 일이거늘 어찌 마다하여 핑계를 하겠소? 이것은 모두가 다 우리의 운명이 기박한 탓이오."

"제가 듣기로 숙향이 병신이라던데 비록 이 댁을 나갔다 하더라도 어느 곳으로 멀리 갈 수가 있겠나이까?"

이선은 그래도 장승상의 얘기가 믿어지지 않았다. 그래서 이 댁이 아니면 근처의 어느 곳에라도 있지 않겠느냐고 생각하였다. 이선의 끈질긴 추궁에 장승상은 안타깝게 여기면서 이선을 달래었다.

"우리가 숙향을 잃은 뒤에 화상을 그려서 방에 장식하였으니, 정 내 말을 못 믿겠거든 방에 가서 보시구려."

이선은 장승상에게 인도되어 부인의 방으로 들어갔다. 방에는 한 폭의 화상이 걸려 있었다. 이선이 자세히 살펴보니 눈에 익은 선녀의 자태였다. 너무 반가운 마음에 몸을 제대로 가누지 못하며 장승상에게 물었다.

"제가 듣기로는 숙향이 병신이라 하던데 이 화상은 병신같아 보이지 않으니 참으로 이상하군요?"

"병신이라뇨? 숙향은 원래 병신도 불구자도 아니오. 이 화상은 열 살 때 그린 모습인데, 그 후로 자태가 더욱 고왔었오. 숙향이 병신이라는 말은 금시초문이요."

"대감님께 간곡한 청이 하나 있사옵니다. 숙향낭자를 찾아 왔다가 그냥 가오니 너무나 섭섭하옵니다. 바라옵건대 이 화상을 저에게 팔아 주시오면 값은 얼마든지 드리겠나이다. 부디 제 청을 거역하지 말아 주십시오."

장승상은 이선의 정상이 딱하였으나 부인이 그 화상을 보지 못하게 되면 섭섭해 할 것이라 차마 그것을 내어줄 수는 없었다.

"공자(公子)의 정성이 그토록 지극하니 내 마음 같아서는 내어 주고 싶으나 그것이 없어지면 집사람이 실성할 것이므로 차마 그럴 수는 없구려."

장승상이 끝끝내 거절하므로 이선은 할 수 없어 그냥 하직하고 장승상댁을 나왔다. 혹시나 하여 표진강 가로 와서 그 근방을 샅샅이 찾아보았으나 알 길이 묘연하였다. 이선은 크게 낙담을 하였다. 그때 어떤 노인이 그때의 상황을 이야기해 주었다.

"몇 년 전에 자태가 지극히 아리따운 소녀가 장승상 댁에서 나와 여기 이곳 물가에서 하늘에다 큰 절을 하고 물 속으로 빠져 죽었소."

이선은 숙향이 참으로 억울한 물귀신이 되었다고 믿고는 낙담하였다. 외롭게 죽어간 혼백을 위로해 주고자 향촉을 갖추어 강가에서 제사를 지내어 주었다. 그때 물 위에서 웬 피리 소리가 세 번 나더니 푸른 옷을 입은 동자(童子) 한 명이 작은 배를 타고 다가왔다. 그 소년은 이선을 보더니 가까이 와서 말하였다.

"숙향낭자를 보시려거든 이 배에 타소서."

이선은 뜻밖이라 고맙게 여기고 배 위에 올랐다. 배는 나는 듯이 물 위를 미끌어져 갔다. 잠시 후에 어떤 곳에 도착하였다. 동자가 다시 말하였다.

"이 곳의 물을 지키는 신령이 숙향낭자를 구하여 동다하로 보내셨다 하니 그 곳으로 가서 찾아보소서."

이선은 동자에게 거듭 사례하고 동다하 쪽으로 걸어갔다. 도중에 스님 한 분이 지나가므로 길을 물었다. 스님은 말하기를,

"이 곳에서 조금 더 가시면 감투를 쓴 노인이 있을 것이오. 그 분께 물으시면 잘 알려 줄 것이오."

이선은 스님의 말대로 계속 나아가니 소나무 아래 바위 위에 한 노인이 감투를 쓴 채 졸고 있었다.

이선은 그 노인의 앞으로 가서 공손히 절을 하였다. 그러나 그 노인은 이선을 본 체도 하지 않았다. 이선이 다시 정중하게 인사를 하고 나서 공손히 물었다.

"저는 길을 지나는 행인이옵니다. 물리치지 마시고 길을 가르쳐

주옵소서."

그러자 졸고 있던 노인은 실눈을 뜨면서 낮은 목소리로 말하였다.

"무슨 말인지 통 알아들을 수가 없는 걸? 나는 귀가 먹었으니 더 큰 소리로 말해봐."

"저는 낙양의 이위공의 아들이옵니다. 숙향이라고 하는 낭자를 만나러 왔사오니 가르쳐 주사이다."

이선은 목소리를 크게 하여 애원을 하였다. 노인은 얼굴을 약간 찌푸리면서,

"나는 숙향이라는 사람이 어떻게 생긴지도 모르고 있다. 너는 젊은 나이에 어찌하여 이곳에 와서 함부로 잠을 깨우느냐?"

이선은 기가 막혔으나 꾹 참고 다시 절을 하며 물었다.

"표진강 물신령께서 어르신을 소개하옵기로 불원천리하고 찾아왔사오니 부디 가르쳐 주옵소서."

"예전에 어떤 소녀가 표진강 물에 빠져 죽었다는 소문은 들었다만, 그것은 나도 모르는 일이다. 아마 표진강 용왕이 너에게 제물을 얻어 먹고 어쩔 수 없으니 나한테 미룬 모양인데 내가 그걸 어떻게 알아? 혹시 예전에 이곳 갈대밭에서 불에 타죽은 그 소녀일지도 모르겠다."

"이곳까지 와서 불에 타 죽다니요? 설마 그럴 리가 있습니까?"

"못 믿겠으면 저기 잿무더기에 가봐라."

이선은 또 다시 낙망하면서 그 잿무더기가 있는 곳으로 갔다. 불탄 자리에 재는 남아 있었으나 사람이 탄 재는 없었다. 이선은 다시 졸고 있는 노인에게 와서,

"제 정상을 가엾이 여기시어 부디 속이지 마시옵고 사실대로 일러

주소서."

"네 정성이 가히 지극하니, 내가 잠이 들어 숙향이 있는 곳을 알아 보고 오마. 그 동안 너는 내 발바닥이나 시원하게 주무르고 있거 라."

이선은 노인의 말을 쫓아, 그날 하루 종일 잠이 든 노인의 발을 주무르고 있었다. 실컷 자고 난 노인이 기지개를 켜면서 눈을 뜨더 니,

"네 정성이 갸륵하여 내가 마고할미 집으로 가보니 지금 숙향이가 열심히 수를 놓고 있더라. 내가 그 증거로 불똥을 떨어뜨려서 수 놓아진 봉황새 날개를 태우고 왔으니, 곧장 마고할미 집으로 가봐 라. 숙향을 찾거든 수 놓은 봉황의 날개를 살펴 봐라. 그러면 내가 분명히 그 곳에 간 것을 알 것이다."

이선은 이미 그 할머니에게 가서 물었던 것을 이야기하였다. 그러 자 노인은 껄껄 웃으며 큰 소리로 말하였다.

"네가 지성으로 빌면 마고할미가 네 뜻을 이루어 줄 것이다."

이선은 노인에게 하직인사를 하고 길을 떠나니, 그 노인은 순식간 에 자취를 감추어 버렸다.

이선은 마고할미 집으로 가지 않고 그 길로 곧장 집으로 돌아왔 다. 그 동안 이선이 돌아오지 않아서 걱정하고 있던 부모가 반겨하며 물었다.

"그 동안 어디를 그렇게 오래 돌아다녔느냐?"

"유람 중에 산수에 매혹되어 이렇게 늦어졌나이다."

한편, 동촌리의 노파는 이선을 속여서 돌려보낸 후 숙향에게로 가서 물었다.

"아까 우리 집을 찾아왔던 그 소년을 보셨나요?"

"보지 못하였나이다."

"그 소년이 바로 천상에서 태을진군이라는 선관이온데, 바로 아가씨의 배필이옵니다. 하지만 아깝게도 하늘나라의 죄가 너무나 무거운지라 한 눈이 멀고 한 팔과 한 다리를 못쓰는 병신이옵니다."

"그 분이 천상에서 참으로 태을진군이라면 병신인들 어떻습니까? 제 옥반지의 진주 구슬을 가진 분이 바로 태을 낭군이시니 할머니께서는 앞으로 자세히 살펴 주소서."

숙향은 별볼일 없는 태을이라 하나 한 마음 한 뜻으로 노파에게 부탁을 하였다.

그 후 하루는 숙향이 마루에서 수를 놓고 있었다. 그때 갑자기 하늘에서 불똥이 하나 날아와 수를 놓은 봉황의 날개를 태워버리는 것이었다. 노파에게 이 얘기를 하니, 노파는 깜짝 놀라며 혹시 화덕진군이 왔다간 모양이나, 그 사실 여부는 다음에 알 수 있을 것이라고 하였다.

이 무렵에 이선은 집으로 돌아온 지 사흘 후에 몸을 정결히 하고 꿈 속에 요지에 가서 얻은 진주와 요지도를 수 놓은 족자를 가지고 다시 동촌의 마고할미 집으로 찾아갔다. 노파가 이선을 알아보고 반갑게 맞이하였다.

"지난 번에 공자를 만났을 때는 술을 변변히 못 마셨으나, 오늘은 흠뻑 마시고 즐기리다."

"지난 날에는 술값도 못 치르고 떠났으니, 오늘은 후하게 갚으리다. 그때 할머니 말씀만 곧이 듣고 숙향을 두루 찾아 헤매다가 고생만 진탕하고 왔소이다."

이선은 농담 반 진담 반으로 노파에게 원망의 말을 하였다. 노파는
한바탕 웃으면서 말하기를,

"호호, 술값을 주신다면야 사양하오리까마는, 내 집이 비록 가난하
다고는 하나 술독 아래에는 주천(酒泉)이 있고 술 독 위에는 주정
(酒井)이 있으니 술값인들 뭐가 필요하리이까? 하지만 공자는
어찌하여 그토록 헤매고 다녔소이까?"

이선은 한숨을 크게 한 번 쉬고 나서는,

"숙향낭자를 찾고자 갔었다고 하지 않았오?"

"공자께서는 참으로 정의(情誼)가 두터운 사람이요. 그런 병신을
찾아 불원천리하고 찾아다니시니 숙향이 안다면 매우 감격하리이
다."

"내가 아직 숙향을 만나지 못하였으니 숙향낭자가 나의 이 마음을
어찌 알 수 있으리요?"

노파는 이선의 말을 듣고는 거짓으로 놀라는 체하였다.

"그러면 숙향이가 벌써 다른 데로 시집을 갔던가요?"

"하하하, 할머니께서는 이제 나를 그만 속이시오. 이제는 나도
다 알고 왔다오. 화덕진군의 말씀을 들으니, 숙향은 지금 이곳에서
수를 놓고 있다고 하였나이다. 할머니께 이토록 간절히 빌겠사오니
부디 숙향을 만나게 하여 주시옵고, 이젠 내 속을 그만 태워 주시
오."

그러나 노파는 여전히 정색을 하고 말하기를,

"공자께서는 거짓말도 잘하시는군요. 화덕진군으로 말할 것 같으
면 하늘 나라의 남천문 밖에 있는 불을 다스리는 선관인데, 공자께
서 감히 어떻게 만나보셨다는 거요?"

이선은 노파의 태도에 어이가 없었다. 그래서 자기가 화덕진군을 만나고 있을 때, 이 집에서 숙향이가 놓고 있는 수에 불똥을 떨어뜨려 봉황의 날개를 태우고 왔으니 그것을 알아보라고 한 말을 전해 주었다. 그래도 노파는 여전히 딴청을 부렸다.

"이 세상에 도대체 그런 일이 있을 수 있겠소?"

이선은 노파의 태도에 그만 술도 마시려 하지 않고 탄식의 말을 하였다.

"할머니께서 만약 나를 속이시는 것이 아니라면 나도 이제 어찌해야 좋을지 모르겠소. 이 세상 천지를 다 찾아다녀도 만날 수가 없으니, 이제 나는 죽을 수 밖에 없소."

탄식의 말을 마친 이선은 슬픈 얼굴로 선뜻 일어섰다. 그러자 노파는 약간 당황한 듯한 얼굴로,

"공자는 뛰어난 가문의 귀공자로서 훌륭한 짝을 만나, 추월(秋月) 춘풍(春風)을 맞으며 원앙이 녹수(綠水)에 노니는 즐거움을 누리실 몸이온데, 어찌하여 그런 미천한 병신 여자를 잊지 못해 하시나요?"

"내가 아직 몰랐을 때는 무심하였으나, 천정 연분인 숙향 낭자가 이 세상 어딘가에 있는 줄을 안 뒤로는 침식이 제대로 이루어지지 않나이다. 더욱이 숙향 낭자가 나를 위하여 고생하다 병신까지 되었다 하니, 어찌 돌같은 가슴인들 녹아내리지 않겠소? 내가 만약 숙향을 찾지 못한다면 결코 인간으로 살아있지 아니할 것이오."

"공자께서는 너무 낙망하지 마소서. 정성이 그리 지극할진대 하늘인들 무심하리이까? 아무튼 한 번 두고 봅시다."

"내가 숙향 낭자를 만나고 못만나고는 오직 할머니께 달려 있으

니, 모름지기 가없은 인생을 굽어살피시어 원을 이루게 해주시오."

하고는, 노파에게 작별인사를 하고 집으로 돌아왔다. 그런데 사흘 후에 집 앞에 나와 서 있는데 마침 동촌리 노파가 나귀를 타고 그 앞을 지나가고 있었다. 이선이 반갑고 한편으로는 놀라서 물었다.

"할머니께서 여긴 웬일이신가요?"

"공자의 정성이 하도 지극하여 숙향을 찾으러 갔다 오는 길이라오."

"아, 그렇습니까? 그럼 숙향 낭자의 거처를 아셨나요?"

"글쎄 그게 좀 난처해서……. 실은 숙향이라는 이름을 가진 소녀를 셋을 알아냈는데, 그 중에서 공자가 한 명을 선택해야 할 것 같구려."

"그 세 소녀는 어디에 있나요?"

"한 명은 큰 부자인 질갈의 딸이요, 또 한 명은 빌어먹는 거지 아이이며, 나머지 한 명은 얼굴은 예쁘나 병신의 몸이라오. 그런데 그 병신 여자가 자기의 배필은 자기의 진주를 가지고 간 사람이니 그 증거를 보면 몸을 허락하겠다고 합니다."

노파의 말을 들은 이선은 기뻐서 어찌할 줄 몰라 했다.

"그 진주를 찾는 여자가 바로 내가 찾는 숙향낭자요. 내가 요지에 갔었을 때 반도를 주던 선녀에게서 이 진주를 얻었으니 할머니께서도 한 번 보시구려."

이선은 집안으로 뛰어들어가 곧 새알 만큼 큰 진주알을 가지고 와서 노파에게 보여 주었다. 그리고는 다시,

"수고스러우시겠지만, 할머니께서 이 진주를 가지고 가셔서 그 병신 소녀에게 보이고 이것이 만약 자기 진주라 하거든 데려다가

할머니댁에 있게 하시오. 그리고 날짜를 잡아 알려 주시면 혼구 일체는 모두 내가 준비하리다."

노파는 승낙하고 진주를 받아가지고 와서 숙향에게 보이고 이선의 말을 전하였다. 숙향은 진주를 받더니 눈물을 흘리며 말하였다.

"이 진주는 분명히 제 것이옵니다. 모든 일은 할머니께서 알아서 하세요."

노파는 다시 이선을 찾아가서 사실을 알리니, 이선은 돈 오백냥을 노파에게 주면서 혼사 비용으로 쓰라고 하였다. 그러나 노파는 그 돈을 다시 이선에게 주면서,

"내가 비록 가난하다 하나 혼사 비용은 적당히 마련할테니, 이 돈은 두었다가 숙향낭자에게나 주구료."

하였다.

이선에게는 고모가 한 분 있었는데, 상서성(尙書省) 이품(二品) 벼슬인 좌복야(左僕射) 여흥(呂興)의 부인이었다. 아직껏 자식이 없어서 이선을 친자식같이 아끼고 사랑하였다. 이선이 고모를 찾아가니, 고모가 반가와 하면서 맞이하였다.

"내가 어제밤에 꿈을 꾸었는데, 백룡(白龍)을 타고 하늘로 올라가서 광한전이라는 궁궐로 들어갔더니, 한 선녀가 나와서 말하기를, '내가 사랑하던 소아를 너에게 줄 터이니 며느리로 삼아 귀히 보전하라'하시므로, 내가 너의 아내로 삼으려고 데려와서 살펴본즉 참으로 아름다운 낭자더구나."

이선은 천상에서 월궁소아로 있던 선녀가 인간으로 내려와 숙향이라는 이름을 가졌는데, 이 소녀와 혼인을 하게 된 내막을 자세히 말해 주었다. 이선의 말을 들은 고모는 크게 기뻐하였다.

"나는 네 결혼을 찬성한다만, 부모의 마음이 나와는 다르니 그런 병신 며느리를 맞아들일지 의문이로구나."

"제아무리 부모님의 반대가 따른다 하더라도 저는 숙향낭자 이외에 다른 여자하고는 혼인하지 않겠나이다."

"네가 만약 벼슬을 하게 되면 두 아내를 둘 수 있을 것이며, 또한 네 부친이 서울에 가시고 없으니 혼인은 내가 나서서 주장하고, 두 번째 아내는 네 부친의 뜻에 맡기는 게 어떻겠니?"

"아무쪼록 고모님께서 제 뜻을 이루게 하여 주옵소서."

이선은 고모님께 누차 당부한 후에 집으로 돌아와서 혼인 날이 되기를 기다렸다.

드디어 혼인날이 되었다. 이선의 고모는 숙향의 집에 혼사기구가 없을 것을 염려하여 채단과 기구를 준비하여 신부측을 도왔다. 또한 신랑도 혼사 기구 일체를 갖추어 신부집인 동촌리 노파집으로 갔다.

신부집에는 이미 무수한 선객(仙客)들이 요지(瑤池)의 잔치에 모였던 선관처럼 성황을 이루고 있었다.

전안지례(奠雁之禮)를 맞이하고 동방화촉에 나아가 서로 절을 나누니 아무도 천정(天定) 배필임을 의심할 사람이 없었다.

이렇게 하여 이선은 절세가인 요조숙녀 숙향을 아내로 맞이하니 그 즐거움은 원앙이 푸른 물에 놀고 비취가 연리지(連理枝)에 깃들임과 같았다.

다음 날 이선이 고모에게 문안을 드리니, 고모는 신부가 병신이라더니 어떻더냐고 물었다. 부친이 서울에서 내려오시는대로 한번 신부를 데려와서 보겠다고 하였다. 이선은 신부의 화상을 고모에게 드렸다.

"우선 며느리의 용모가 궁금하시거든 이 화상을 보십시오."

"이것은 바로 꿈에 본 선녀로구나."

숙향의 화상을 든 고모는 깜짝 놀라며 반색을 하였다.

그러나, 그 무렵 이 혼인을 반대한 부인은, 서울에 있으면서 변방문제 때문에 시골로 내려오지 못하고 있는 이위공에게 비밀리에 알렸다.

이위공은 아들이 병신 여자에게 비밀리에 혼인하려 한다는 소식을 듣고는 크게 노하였다. 그는 곧 낙양태수(洛陽太守)에게 연락하여 자기 아들을 유혹하는 숙향이라는 계집을 잡아다가 죽이라는 엄명을 내렸다.

하루는 저녁 무렵에 까치가 숙향의 방 창문 앞의 나무가지에 와서 몹시 슬프게 울어댔다. 숙향은 속으로 불길한 생각이 들었다.

"장승상 댁 영춘당에서 잔치할 때 저녁 까치가 울어 뜻밖의 위액을 만나더니, 오늘 또 저녁 까치가 내 방 앞에서 울어대니 필시 무슨 일이 생기겠구나."

하고는, 숙향은 신혼 직후에 뜻하지 않은 걱정 속에 휩싸였다.

그날 밤이었다. 난데없이 관가의 포졸이 달려와서는 다짜고짜로 숙향을 잡아갔다. 숙향이 무슨 연유인지도 모르는 채 잡혀가서 아문(衙門)에 다다르니, 사방에 등불을 밝히고 태수가 엄히 문초하였다.

"너는 도대체 어떤 계집이길래 이위공댁의 공자를 유혹하여 죽기를 스스로 바라느냐? 이위공께서 통첩하시기를, 너를 잡아다가 즉시 죽이라 하셨으니, 너는 나를 원망하지 말라."

하고는 사령을 시켜 형틀에 잡아매고는 치려 하였다. 숙향이 너무 놀라 울면서 말하기를,

"저는 다섯 살 때 부모를 잃고 동촌리 노파를 만나 의탁하고 있었
사온데 위공댁의 이생(李生)이 구혼하였기로 상민(常民)의 태생이
양반댁 자제와 혼인하였다 하여, 그것이 어찌 제가 유혹한 죄가
되오리까?"

"난들 그것을 어찌 알겠느냐? 이위공의 분부이니 어찌 거역할
수 있겠느냐? 어서 그년을 마구 쳐라!"

태수는 위공의 명령이 하도 지엄한지라 사람의 옳고 그름을 가리려
고 하지도 않았다. 형리가 매를 들고 사정없이 치려고 달려들었다.
그런데 이게 어찌된 노릇인가? 형리의 팔이 금방 굳어지며 움직일
수가 없게 되므로 매를 칠 수가 없었다.

"음, 죄없는 여자를 치려고 하니 그렇게 된 성싶구나. 그러나 위공
의 말을 어기지는 못할 것인즉, 너희들의 팔이 움직이지 않아서
칠 수가 없거든 몸을 꽁꽁 묶어 깊은 물 속에 넣어 죽이라."

멀건히 서 있는 형리를 보고 태수가 다시 명하였다.

이 때는 밤중이었다. 마침 잠을 자던 태수의 부인이 꿈을 꾸는
데, 숙향이 울면서 부인 앞에 엎드려 절을 하고는, '아버님께서 저를
죽이려 하시는데 어머님께서는 왜 구해 주시지 않습니까?'하고 호소
하는 것이었다. 장씨가 놀라 일어나서 시녀를 불렀다.

"영감께서는 지금 어디에 계시느냐?"

"이위공댁의 기별로, 그 댁의 새 며느리를 사형시키는 형벌로 동헌
에 계시나이다."

장씨는 깜짝 놀라서 남편 태수를 급히 내실로 오시게 하여 울면서
말하였다.

"우리 딸 숙향을 잃은 지가 십 년이 넘었으되, 아직 한 번도 꿈에

보이지 않더니, 조금 전에 꿈을 꾸니 숙향이가 나타나 '아버지가 나를 죽이려 하시는데 어머니께서는 왜 구해주지 않느냐'고 울면서 애원하더이다. 꿈이 하도 선명하고 이상해서 그럽니다. 도대체 그 여자가 어떤 사람인가요?"

"이위공의 자제분이 정식으로 처를 얻기 전에 임시로 첩을 삼으니, 위공께서 노하여 잡아다 죽이라는 엄명이요."

"제아무리 지엄하신 명령이라고는 하오나, 한 점 혈육이 없는 우리가 어찌 죄없는 사람에게 악(惡)을 쌓겠어요? 그 여자를 놓아 주도록 하십시다."

태수 내외는 숙향의 처벌 문제를 놓고 죽여야 할까, 살려야 할까, 망설인 끝에 그냥 죽이지도 살리지도 못한 채 우선 옥에다 가두어 두고 형편을 살피기로 하였다.

낙양 감영 깊은 옥중에 갇히게 된 숙향은 남편 이선에게 자기가 죽는 줄이나 알도록 연락을 하려고 하였으나 소식을 전할 수가 없어서 답답한 마음으로 울고만 있었다.

이때 갑자기 옛날에 자기를 안내해 주던 파랑새가 나타나 옥에 갇힌 숙향의 어깨에 앉았다.

숙향은 기쁜 마음에 급히 손가락을 깨물고 옷소매를 뜯어 급한 사연을 혈서로 썼다. 그것을 파랑새의 발목에 매어주고는 탄식하듯 빌었다.

"이 숙향이가 감옥에서 죽는 것은 슬프지 않으나 부모와 낭군을 보지 못하니 죽는다 하여도 눈을 감지 못하겠구나. 파랑새야, 너가 나의 이 원통함을 이해한다면 이 소식을 꼭 이위공댁 자제분께 전해 다오."

파랑새는 마치 약속이라도 한다는 듯이 세 번을 울고는 창을 통하여 감옥 밖으로 날아갔다.

한편, 이선은 고모집에서 하루밤을 자고 있었는데, 웬지 마음이 산란하여 잠을 이루지 못하고 있었다. 그때 파랑새가 날아와서 이선의 팔에 앉는 것이었다.

이선이 이상히 여겨 파랑새를 바라본즉 발목에 웬 헝겊이 매달려 있었다. 기이하게 여기며 풀어본즉 그것은 다름아닌 위급한 사정을 알리는 숙향의 혈서였다. 혼(魂)이 사방으로 흩어진 이선은 그 혈서를 고모에게 보이고, 낙양 감옥으로 곧장 줄달음을 치려고 하였다.

"놀라운 일이다만 아직 경솔히 움직이지 말고 동촌리 노파에게 시녀를 보내어 자세한 내용을 알아 본 연후에 처리하도록 하여라."

하고는, 한편으로 이위공 댁의 노복을 불러 사건의 전후를 물었다. 자세한 내막을 알게 되자 고모는 크게 노하였다.

"아무리 선이가 위공의 아들이라고는 하나 내가 양육함이 섭섭하게 하지 않았거늘, 내가 혼사를 맡아 주선한 일에 나를 큰누이 대접한다면 그럴 수가 있겠느냐? 동생이 애매한 사람을 죽이려 하니, 내가 직접 서울로 올라가 위공을 만나 보겠다. 그래도 동생이 듣지 않는다면 황후께 여쭈어서 조처를 취하겠다."

하고는, 곧장 서울로 올라갔다.

이때의 낙양태수는 누구인고 하니, 일찍이 과거에 급제하고 벼슬을 얻어 최근에 그 자리로 부임을 해 온 김전(金佺)이었다. 태수로서는 마음에 내키지 않았으나 이위공의 세도와 권좌가 드높고 엄명이 또한 지엄한지라 어쩔 수 없어 낭자를 잡아 들였던 것이다.

숙향이 고운 얼굴에 약한 몸으로 큰 칼을 쓰고 눈물을 흘리며 동헌으로 끌려 나왔을 때 김태수가 신원을 확보하고자 문초하였다.

"네 나이와 성명을 대어라. 고향은 어디며, 부모는 누구냐? 사실대
로 바르게 고하여라."

큰 칼을 쓴 채 꿇어 엎드린 숙향은 겨우 정신을 차리고,

"제 아비는 김상서라 하옵고, 제 이름은 숙향이오며, 나이는 열다
섯이옵니다."

이때 태수 곁에 나와 있다가 이 말을 들은 부인은 눈물을 비오듯
흘리었다.

"저 애의 얼굴을 보니 우리 숙향이와 비슷하고, 나이도 틀림이
없으며, 김상서의 딸이라 하니 근본을 더 조사하도록 하시고 아직
다스리지 마오."

김태수가 부인의 말에 따라 다시 감옥에 가두고, 그 사연을 서울에
있는 이위공에게 기별하였다. 김태수는 울고 있는 부인을 달래기
위하여 옥리에게 명하였다.

"여자의 몸이라 정상이 참혹하니 목에 씌운 칼이나 벗겨 주라."

서울에 있는 이위공이 낙양태수 김전의 편지를 보고는 크게 노하였
다. 곧장 김전을 계양태수(桂陽太守)로 좌천시키고, 낙양태수에
다른 사람을 임명하여 숙향을 기어이 죽이리라 생각하였다. 이때
하인이 들어와서,

"여(呂) 좌복야 댁의 부인께서 오셨나이다."

하고 아뢰었다. 위공이 반가와하며 뜰 아래로 내려가 맞아들였다.
부인은 인사도 받지 않고 곧 큰 소리로 화내어 위공을 꾸짖었다.

"요즘 세상에선 벼슬이 높아지고 위세가 커지면 동기간도 업수이
여기게 되느냐?"

이위공은 영문을 모르는지라 황공하여,

"누님, 왜 이다지도 노하시나이까?"

"내가 선이를 친자식같이 길렀기로 마침 적당한 혼처가 있기로 너에게 미처 연락하지 못하고 성혼시켰거늘, 너는 내게도 알리지 않고 죄없는 여자를 죽이려 하니, 대장부가 그렇게 하고서 어떻게 천하의 병마(兵馬)를 부리겠다는 거냐?"

하고 벼락치듯 호통을 내리니, 백만 대군을 지휘하는 병부상서 이위 공도 감히 몸둘 바를 몰라했다.

"실은 이번 일을 누님께서 주도하신 줄은 모르고 잘못하였나이 다. 이곳에서도 마침 양왕(襄王)이 청혼해 왔기로 제가 허락하였더 니, 마침 선이가 미천한 병신 계집과 혼인하였다고 비웃는 시비가 많아서 그러한 것이옵니다. 혼인은 인륜의 대사라, 감히 사람의 힘으로는 어찌할 수 없는 일인 줄로 압니다. 낙양태수에게 곧 기별 하여 죽이지 말고, 멀리 보내도록 하겠나이다."

여황후(呂皇后)는 조카 며느리가 상경하였다는 소식을 듣고는 곧 궁중으로 청하여 머무르게 되었다.

이씨 부인은 곧 이선에게 편지를 내어 숙향이 머지않아 풀려날 것임을 알렸다.

그러나 이위공은 아들 선이가 호탕하여 학업에 열중하지 아니할 것이 염려되어 서울로 올라오게 하였다.

그리하여 이선은 숙향을 보지 못한 채 서울로 올라오게 되었다. 이선은 모친에게 하직 인사를 드리면서 몹시 흐느껴 울었다. 모친은 그러한 아들을 보고 훈계와 위로의 말을 하였다.

"네 인물이 남만 못하지 않는데, 어디 그만 못한 배필 얻을까봐

그러느냐? 부모를 속이고 천박한 계집을 얻어서 지내면 사람이
타락하게 되느니라. 그러므로 이 기회에 부친이 서울로 불러다
공부를 시키려고 하시는데 뭘 그리 슬퍼하느냐?"

이선은 울음을 거두고 그 동안 숙향을 만나게 된 자초지종의 연분
을 자세히 털어 놓았다.

"어머님께서는 제 천정 연분을 생각하시고 부디 숙향을 집으로
불러들여 주옵소서."

"내가 그런 줄을 전혀 몰랐구나. 네 말이 사실이라면 하늘이 지어
주신 짝이 분명한데 내가 어찌 구박하겠느냐? 네 부친께서도 그런
사실을 아시면 필히 허락하실 터이니 염려하지 말고 과거에 성공하
여 돌아오너라. 네가 벼슬을 한 후에는 부모도 너 하는 일을 간섭
하지 못할 것이다. 그러니 꼭 과거에 급제하도록 하여라."

이선은 그래도 못내 서운하여, 숙향은 못 만나다 하더라도 동촌리
노파나 만나보고 가려고 하였으나, 부친의 명이 엄한지라 이를 거역
할 수 없어서 편지로 숙향의 뒷일을 부탁하고 서울로 출발하였다.

서울에 올라가 부친을 만나니, 부모의 허락없이 혼인한 것을 크게
꾸짖었다. 그리고는 곧 태학(太學)으로 보내었다. 아들을 서울에
둔 후에 이위공은 곧 황제께 하직하고 고향으로 내려왔다.

이때 김전은 계양태수로 좌천되어 가고, 신임 낙양태수로는 다른
사람이 들어왔다.

신임 사또는 숙향을 옥에서 풀어준 후에 낙양 근처에는 얼씬도
못하도록 하명(下命)하였다. 동촌리 노파가 옥문 밖에서 기다리고
있다가 숙향을 부축하여 집으로 돌아와 보니 마침 이선에게서 편지가
와 있었다. 숙향은 기운없는 중에서도 임을 만난 듯 반갑게 편지를

뜯어 보았다. 그러나 슬픔은 더욱 더 커졌으니, 숙향은 끝없이 눈물을 흘리며 몸을 제대로 가누지 못하였다. 그 편지의 내용은 이러하였다.

〈우리가 전생에 지은 죄가 제아무리 크고 무겁다고는 하나 이다지도 인간에서의 형벌이 가혹할 줄은 차마 몰랐었구려. 낭자가 낙양 옥중에 갇혔다는 전갈을 파랑새를 통하여 알고 난 후에 나는 곧장 낭자 곁으로 달려가 구하고 싶었던 마음이 불같았으나, 앞뒤의 사리를 살펴 행동함만 같지 못하다는 고모님의 충고에 따라 어찌할 수 없이 애만 태우며 망설이고 있었다오. 황급히 아버님을 만나 낭자의 일을 상의하러 서울로 올라가신 고모님으로부터 낭자가 풀려날 것이라는 편지는 받았으나, 이 어찌 슬픈 일이 아니리오? 옛 말에 '산 넘어 산이요, 강 건너 강'이라고 하더니, 이는 곧 우리의 일을 말하는 것 같구려. 낭자가 풀려난다는 기별은 천행이나, 한편 나더러 지체하지 말고 상경하라고 하시는 아버님의 지엄한 분부가 또한 추상같으니 이제 낭자를 보지도 못한 채 헤어지면 언제나 다시 만나게 될런지, 가슴은 불 속에 뛰어든 나비와 같고 생각은 사막을 날으는 기러기처럼 막막하기만 하다오. 그러나 한 가지 낭자에게 부탁하고 싶은 것은, 기쁜 일이 다하면 슬픈 일이 오고, 괴로움이 다하면 즐거움이 오는 것은 인간에 흔히 있는 일이라, 우리의 마음이 변하지 않고 하늘의 정하신 뜻이 또한 같을진대 머지않아 꼭 다시 만나게 될 것을 의심하지 않소. 이제 모름지기 낭자는 잠시 외롭고 고달프다 하더라도 귀한 몸을 스스로 보전하여 다시 만나는 그날까지 잘 있기를 바라오. 낭자를 위해서라도 내 꼭 과거에 뜻을 이루어 우리의 장래가 밝아질 수 있도록 노력하겠

소. 그럼 부디 안녕을 빌겠소.〉

숙향은 이선의 편지를 읽고는 하염없이 쏟아져 내리는 눈물을 금할
수가 없었다.

제아무리 하늘이 정하신 전생의 죄값이라고는 하나, 기박한 자신의
운명이 너무나도 야속하였다. 숙향은 편지를 부둥켜 안고 소리를
내어 흐느끼면서 탄식을 금하지 못하였다.

"이랑은 서울로 가시고, 관(官)에서는 이 고장에 있지도 못하게
하니, 나는 앞으로 어디에 가서 몸을 의탁하랴."

"이것은 모두 한때의 액운이라, 너무 슬퍼하지 말고 차분히 때를
기다리도록 합시다. 이곳에 오래 있으면 또 어떤 화를 당할런지
모르니, 어서 이 집의 세간을 정리하여 나와 함께 이 곳을 떠나도
록 합시다."

숙향은 그 동안 정들었던 동촌리를 떠나 노파와 함께 다른 고장으
로 가서 살게 되었다.

그러던 어느 날이었다. 노파가 울면서 숙향에게 슬피 말하였다.

"나는 원래 천태산의 마고할미였다오. 낭자를 보호하라는 옥황상제
의 명을 받고 인간 세계에 내려 왔으나, 이제 낭자의 급한 화(禍)
는 다 구하여 드렸으니 헤어질 때가 되었나이다. 여러해 동안 함께
지낸 정의를 생각하니 헤어지기가 어렵구료."

노파의 말을 듣고 숙향은 깜짝 놀랐다. 일어나서 크게 절하고 그
동안의 은혜를 감사하였다.

"미련한 인간의 몸이라, 지금까지 할머니가 신선이었다는 것을
모르고 있었는데, 이제 헤어질 때가 되어 이렇게 뵈오니 그 은혜가
망극하옵니다. 그 동안 할머니의 보살핌으로 편안하게 지냈사오

나, 이제 할머니가 선경으로 돌아가시면 소녀는 누구를 의지하고 살리이까?"

"내가 청삽살개를 낭자 곁에 두고 가리다. 어려운 일이 있으면 이 청삽살개가 도와 드릴 것이외다."

"할머니께서는 언제 가시오며, 가시는 길은 얼마나 먼 곳이옵니까?"

"내가 가야할 길은 이 곳에서 오만 팔천 리나 되며, 지금 곧 떠나야 합니다."

숙향은 너무나 갑작스럽게 헤어지게 된데 놀라 그 슬픔이 불처럼 솟아 올랐다.

"정 그러시다면 하루만 더 계시다가 가소서."

숙향은 눈물을 흘리면서 간청하였다. 그러나 노파는 슬픈 한숨을 길게 내어 쉬면서 말하였다.

"내가 가거든 그 동안 내가 입었던 옷가지를 염하여 관 속에 넣어, 저 삽살개가 발굽으로 파는 곳에다 묻어 주오. 그리고 만일 어려운 일이 닥칠 때 그 무덤으로 오시면 자연히 해결될 것이옵니다."

노파는 입고 있던 적삼을 벗어주고 작별을 고하였다. 두어 걸음 가더니 갑자기 온데 간데 없이 사라져 버렸다.

숙향은 슬픔이 복받쳐서 노파가 두고 간 적삼을 부둥켜 안고 대성통곡하였다.

한참을 슬프게 울고난 후에 아득한 정신을 수습하여, 마고할미가 남기고 간 적삼을 장례지내고자 하였다. 적삼에 염을 하여 관속에 넣고 예복을 갖추어 산소터를 찾았다.

얼마쯤 가고 있는데 따라오던 청삽살개가 숙향의 치마자락을 물고 끌어당기며 그만 가라고 하는 것이었다. 숙향은 삽살개가 발굽으로 땅을 헤집어 놓은 그 곳에다가 관을 묻도록 상여꾼에게 부탁하였다.

그 후 아침 저녁으로 제사를 지성껏 올리며 삽살개와 더불어 서로 믿고 아끼며 세월을 보내었다.

그러던 어느 날이었다. 하늘이 더없이 푸르고 달이 밝은 밤이었다. 숙향은 잠을 이루지 못하고 수심에 잠겨 있다가 자신의 슬픈 신세를 탄식하며 그 외로운 심사를 글로 지어서 책상 위에 놓고 잠깐 잠이 들었다.

얼마 쯤 잤을까, 창문을 때리는 바람 소리에 놀라 깨어보니 책상 위에 놓아 둔 글과 함께 삽살개가 없어져 버렸다. 숙향은 놀라고 또 한편으론 낙망하여 눈물을 흘리며 한탄하였다.

"불쌍하도다, 기박한 내 팔자여, 할머니도 가버리고, 오직 나를 위로해 주던 개마저 없어졌으니 이 적적한 밤을 나더러 어찌 견디란 말인가?"

한편, 이선은 서울에서 태학에 들어가 공부하기 시작한 뒤로는 숙향의 소식을 알 길이 없는지라 밤낮으로 눈물을 지으며 수심에 싸여 있었다.

하루는 웬 청삽살개 한 마리가 이선을 향하여 걸어왔다. 문득 이상한 생각이 들어 자세히 살펴보니, 개가 입에 무엇인가를 물고 자기 앞에 와서 앉는 것이 아닌가?

기이하게 생각하여 개가 물고 있는 것을 받아서 펴본즉, 동촌리에 있뒬 숙향의 필적인지라, 크게 놀라 급히 읽어 보았다.

〈가엾도다, 기박한 숙향의 팔자여. 전생의 죄가 얼마나 무겁기에

다섯 살 때 부모를 잃고 사방으로 떠돌다가, 하늘의 도우심으로
이랑을 맞았으나 다시 이별하고, 쓸쓸하고 외로운 신세를 다행히
할머니께 의지하였더니, 액운이 아직 다하지 않아 할머니마저 하루
아침에 승천(昇天)하시니, 이제 내 홀로 남아 어느 곳에 가서 탄식
할 것인가? 내 생전에 이랑을 다시 만나지 못하면 부모를 또한
어이 찾으리요? 슬프도다, 나의 기박한 신세, 목숨을 끊어 한 많은
세상을 결별하고자 하나 내 마땅히 죽을 땅도 없구나.〉
그리고 그 아래에는 다음과 같은 시(詩) 한 수가 적혀 있었다.

바람은 소슬히 불어와 엷은 사창(紗窓)을 때리고
저 하늘 밝은 달은 긴 밤을 하염없이 떠가는데
이 밤도 외롭게 앉아 잠못 이루는
오, 가없은 나의 신세여
끊길 듯 끊길 듯 이어지는
실날같은 운명의 줄에 매달려
눈물과 근심과 탄식으로 해와 달을 보내고 맞이하는
이 기박한 소녀의 팔자여, 봄빛의 따사로움 속에서
나무 가지에 새움이 돋는 까닭은
소슬한 가을 바람에 낙엽이 지는 것을 스스로 돕는
운명의 굴레일레라
첫 정이 아쉬운 다섯 살 어린 나이에
가혹한 하늘의 형벌로 부모를 잃고
이 고을 저 거리로 문전걸식도 서러웁게 하였건만
그 후 더욱 가혹한 형벌은 멈추지 않아

죽을 고비를 다섯 번이나 넘기고도
그래도 아직 노여움이 풀리지 않는
오, 하늘의 운명의 실날같음이여
이내 가슴 깊은 구곡(九曲)에 맺힌
이 층층이 쌓인 시름 어느 누구에게 하소연 하랴
푸른 하늘에 말없이 걸린 무심한 저 달과
끝없이 불어와 나의 시름을 더해 주는 소슬한 이 바람을
아마 지금쯤 이랑(李朗)도 만나고 있을까
이 기막힌 운명의 실이 다 풀리기 전에
저 달이 떠오르는 곳으로, 저 바람이 불어오는 곳으로
이 밤을 내쳐 두고 달려간다면
하마 그리운 임 만나 뵈올 수 있을까

이선은 숙향의 글을 보고는 슬픔을 억제하지 못하였다. 특히 노파
가 죽은 줄 알고 더욱 애통해 하였다. 음식을 가져다가 개에게 주고,
편지를 써서 개의 목에다가 걸어주면서 당부하였다.

"할머니가 돌아가셨으니 낭자는 얼마나 슬퍼하겠느냐? 이제 낭자
는 너만 의지하고 지낼 터이니 어서 돌아가서 이 편지를 전하여
라. 그리고 낭자를 잘 보호하여 다오."

삽살개는 고개를 끄덕끄덕하고는 곧장 이선의 앞에서 줄달음쳐
사라져 갔다.

이때, 숙향은 개를 잃고 하루 종일 슬픔에 싸여 흐느끼고 있었다.
이윽고 저물어 사람의 발자욱 소리도 들리지 않게 되자 외로움은
더하였다. 개라도 빨리 돌아와 주었으면 좋으련만, 빈방에 혼자서

신세 한탄만 하고 있으려니 자신의 처지가 더욱 처량하게만 느껴졌
다. 적막한 밤하늘만 쳐다보며 눈물 짓고 있는데 갑자기 청삽살개가
살같이 달려와서 숙향의 앞에 엎드리는 것이었다. 혹시 어디로 가서
죽지나 않았을까 하고 걱정하던 숙향은 개를 보자 너무나 반가왔다.
"그동안 어디 가서 있었느냐? 배는 얼마나 고팠느냐? 네가 아무리
  짐승이기로서니 나를 버리고 어디로 갔단 말이냐?"
그러자 앞발을 긁어대며 목을 빼어 숙여 보이고 있었다. 숙향은
개의 동작이 하도 이상하여 자세히 살펴 보았다. 그랬더니 개의 목덜
미에 편지가 매어져 있는 것이 보였다. 급히 풀어서 펼쳐보니 거기에
는 다음과 같은 사연이 적혀 있었다.
〈숙향낭자에게 보내오. 낭자를 보고 싶어 밤낮으로 애태우며 그리워
  하고 있던 중, 뜻밖에 청삽살개가 그대의 글을 주는지라, 너무 감격
  하여 울면서 이 소식을 전하오. 이 못난 선(仙)의 죄가 많아 그대
  를 심한 고생의 늪에 빠뜨리고, 밤낮으로 그대 생각에 침식을 잃고
  눈물 짓나니, 아아, 기박한 팔자로다. 그러나 이제 삽살개가 그대의
  글을 전하여 주니, 오직 그대의 모습을 뵙는 듯 반갑고 든든한
  마음을 금치 못하오. 하지만 할머니가 돌아가셨다 하니 낭자는
  누구를 의지하고 살며, 그 적막함을 생각하는 내 마음은 견딜 수가
  없구려. 막상 편지를 쓰려 하니 마음을 가누지 못하고 눈물이 앞을
  가려 무슨 말을 어떻게 해야 좋을지 모르겠구려. 그동안 쌓이고
  쌓인 회포를 글로써 어찌다 나타내오리까만, 옛 말에 이르기를,
  기쁨 뒤에는 슬픔이 오고, 고통이 다하면 즐거움이 온다고 하였으
  니, 우리의 이 고생이 설마 영원하리요? 머지않아 과거를 치루게
  되리니 이에 응하여 내가 뜻을 이루게 되면 내 평생의 원을 풀고

은혜를 갚으오리다. 아무쪼록 보체를 잘 간수하여 내가 돌아갈
때까지 기다려 주기 바라오. 그대와 함께 생사를 같이함이 나의
가장 큰 소원이오.〉

숙향은 편지를 다 읽고 나서 눈물을 흘리며 통곡하였다.

"지금 당장이라도 달려가 그리운 낭군님 뵈옵고 싶은 마음 간절하
나, 황성(皇成)이 여기서 오천 리나 되니 길이 너무 멀고 산이
아득하여 약한 여자의 몸으로 찾아가기 험하여라. 또한 불원천리하
고 간다 한들 도중에 포악한 무리들의 욕을 입을까 두려워 이리
저리 백방으로 생각해도 어찌할 수가 없구나."

숙향은 탄식하면서 이선의 편지를 움켜 쥐고 눈물을 비오듯 흘렸
다.

그런데 하루는 온갖 수심에 잠겨 외롭게 앉아있는데, 무섭고도
끔찍한 소문이 들려왔다. 그 때는 도적이 성행하고 있었다. 불량배들
이 숙향의 집에 노파가 없음을 알고는 재물을 빼앗고 숙향을 겁탈하
려 한다는 소문이 들려오는 것이었다.

숙향은 눈앞이 깜깜해졌다. 이리 저리 걱정하던 끝에, 동촌리의
아는 아이들을 불러다가 소문의 진위를 물어 보았다. 그랬더니 아이
하나가 대답하기를,

"내가 길에서 들으니, 낭자 집에 보화가 많다고 하니 오늘 밤에
겁탈하여 보화를 빼앗고, 낭자를 납치해다가 저희들이 데리고 산다
고 하더이다."

그 말을 들은 숙향은 등골이 오싹하고, 모골이 송연하여 그 자리에
주저앉고 말았다. 정신이 아득해져 도무지 어찌 할 줄을 몰랐다.

해가 서산으로 기울고 황금빛 노을이 서녘 하늘을 붉게 물들이는

저녁이 되자 숙향은 점점 더 초조해지기 시작하였다. 이런 저런 궁리 끝에 한 가지 묘계를 생각해냈다. 청삽살개를 불러서 말하기를,

"길거리에 지나가는 아이들의 말을 들으니 오늘 겁탈하고는 재물을 탈취해 간다 하니, 그렇게 되기 전에 나는 죽어서 절개를 온전히 지키려고 한다. 지금 곧장 할머니의 묘소로 가서 목숨을 끊고, 할머니와 함께 묻히고자 한다. 그러니 너는 할머니의 묘소로 가서 영혼에게 묘책을 물어 나의 욕을 미리 면하게 할 수 있겠느냐?"

숙향는 눈물을 흘리며 말하기를 다하고 삽살개를 바라보았다. 삽살개는 고개를 들고 다만 멍하니 듣고만 있을 뿐이었다. 숙향은 하는 수 없이 의복 두어 가지를 보자기에 싸고는 개가 할머니 묘소로 안내하기를 바랬다. 그러나 삽살개는 여전히 누운 채 일어나지 않고 그대로 있었다. 숙향은 더욱 답답하고 조급하여 개에게 큰 소리로 호소하였다.

"네가 비록 짐승이라 하나, 지금 일이 매우 급한 줄을 안다면 한 번 생각해 보려므나. 이렇게 가만히 있다가 때를 놓치면 도적의 욕을 보게 될 것이 아니냐?"

삽살개는 그때서야 일어나서 옷 보자기를 입으로 물었다. 옷 보자기를 내어 주자 삽살개는 그것을 제 등에 얹고는 밖으로 나갔다. 숙향이 뒤를 따라 가니, 얼마쯤 가다가 어떤 무덤에 멈추어 앉는 것이었다. 숙향은 그것을 살펴본 후 할머니의 무덤으로 믿고, 봉분에 엎드려 애절하게 통곡하였다.

이때였다. 이선의 모친 위공 부인이 완월루에 올라가서 달구경을 하고 있는데, 멀리서 여자의 통곡소리가 은은하게 바람을 타고 들려 왔다. 이상한 생각이 들어 비복들을 불렀다.

"밤이 깊은 이 때에 웬 여자가 저리 슬프게 우느냐? 가서 알아보고
오너라."

이선이 어렸을 적에 섬기었던 유부(乳夫)가 부인의 명을 받고,
그 울음 소리의 현장을 찾아가 보았다. 웬 소녀가 혼자서 무덤에 앉아
울고 있었다.

"낭자는 누구시온데 이런 깊은 밤중에 여기서 홀로 울고 계시옵니
까?"

유부가 공손히 절을 하면서 물었다. 숙향이 눈을 들어 찾아와서
묻는 남자를 바라보니 늙은이인지라 눈물을 훔치면서 말하였다.

"나는 북촌에 사는 이공자(李公子)의 낭자되는 숙향이온데, 도적
이 들어와 욕을 보인다 한즉 그 화가 급하므로 정절을 지켜 예전
에 은혜를 진 할머니에게 와서 죽어 함께 묻히려고 하나이다."

숙향의 말을 들은 유부는 깜짝 놀라며 땅에 엎드렸다.

"소저께오서는 진정하소서. 저는 이공자의 유부되는 사람이옵니
다. 이공자 모친 마님께서 소저의 울음 소리를 들으시고 사정을
알아보라 하시기로 왔사옵니다. 소저께서 이 곳에서 이렇게 고생하
실 줄은 정말 몰랐사옵니다. 우선 소복(小僕)의 집으로 가시오면
앞으로는 평안하시게 되실 것이옵니다."

숙향은 이공자의 유부라는 말에 정신이 번뜩 들었다. 기쁨과 슬픔
이 함께 어우러져서 형용하기 어려운 감정이 되었다. 숙향은 눈물을
멈추고 말하였다.

"할아범이 이랑(李朗)의 유부라 하시니 참으로 반갑구려. 나는
이제 죽는다 해도 여한이 없을 것 같구려. 위공댁 대감께서 나를
죽이라고 하셨는데 아무런 명령도 없이 할아범 댁으로 갔다기

나중에 나는 물론이거니와, 나로 인하여 할아범까지도 죽게 될
것인즉 그냥 돌아가시오. 다만 한 가지 부탁 드리고 싶은 것은,
이랑이 서울에서 내려오시거든 내가 이곳에서 죽었노라고 알려
주시오면 고맙겠소."

"소저의 말씀을 듣고 보니 과연 어찌해야 좋을지를 모르겠나이
다. 제가 급히 가서 마님께 알려드리고 오겠사오니, 잠시만 기다리
셔서 천금같은 옥체를 가벼이 다루지 마소서."

말을 마친 유부는 뜀박질로 되돌아갔다. 청삽살개가 등에 얹고
있던 옷보따리를 내려서 숙향의 앞에다 갖다 놓았다. 마치 숙향에게
보자기 속의 옷을 입으라는 것 같았다. 숙향은 탄식하며 옷을 입었
다.

"네가 만일 나로 하여금 죽으라는 뜻이라면 발굽으로 땅을 파거
라. 그러면 내가 그 곳에 누워 죽을 터이니, 네가 나를 덮어 두었다
가 낭군께서 오시거든 내가 여기 묻혀 있다는 것을 가르쳐 다오."

그러나 개는 땅을 파는 대신 이위공댁 쪽을 바라보며 앉는 것이었
다. 숙향은 속으로 생각하기를,

"위공이 오시면 반드시 나를 죽이려 하실 것이다. 그렇게 되면
나중에 위공의 신상에도 시비가 될 터이니, 내가 스스로 목숨을
끊어서 낭군의 부친께 그러한 시비가 없도록 하리라."

하고는 수건으로 목을 매어 죽으려고 하였다. 그러자 삽살개가 달려
들어 수건을 물어 빼앗는 것이었다. 숙향은 비통한 생각에 눈물을
흘리었다.

"내가 죽고자 하는데 너는 왜 나를 못죽게 하느냐? 구차스럽게라
도 살아 있다면 후일 낭군을 만날 수가 있겠느냐? 만약 그렇다면

할머니 산소를 향해서 고개를 끄덕여 보아라. 그러면 죽지 않고 네 뜻을 따르리라.”

숙향은 개가 과연 자기의 말을 알아 듣는가 알아보기 위하여 그렇게 말하였다. 그랬더니 개는 할머니 산소를 향하여 고개를 세 번 끄덕이고는 얌전히 다시 주저앉았다.

숙향은 감사하는 마음으로 개의 머리를 쓰다듬어 주었다. 그러나 아직 한편으로는 불안한 마음이 놓이지 않아 탄식하기를 마지않았다.

“나의 죽음을 네가 막으니, 살아 있다가 만일 욕을 볼까 두렵구나.”

한편 유부가 급히 자기 집으로 돌아가 아내더러 숙향을 데려다가 자기집에 있게 하라고 이르고는, 그 동안에도 자결할까 두려워 급히 가서 구하도록 당부하였다. 그런 다음 위공댁으로 갔다. 부인에게 살펴보고 온 사실을 고하니, 부인이 그 정상이 참혹함을 보고는 위공에게 고하였다.

“듣자하오니 그 정상이 매우 가련하옵니다. 데려다가 근본이나 알아보고, 행동거지나 살펴 보심이 좋을 듯 하옵니다.”

부인의 말을 듣고는, 그처럼 노하던 위공도 사람의 목숨을 가엾게 여기어 부인의 청을 허락하였다. 부인은 곧 하인을 불러 가마를 가지고 가게 하고 유모에게 데려오도록 하였다. 그때 유모는 혼자서 미리 숙향에게 찾아가서,

“저는 이공자의 유모이옵니다. 지난 번에 듣자오니 공자께서 소저와 성혼하셨다 하오나 고모부인께옵서 조용히 혼사를 주도하였기로 아지 못하였사온데, 그 후 옥중의 곤경을 당하셨다 하기도 슬퍼

하옵던 중, 아까 와서 뵈었던 바깥 사람의 말을 듣고는 공자님을
뵈온 듯하여 달려 왔나이다."
"낭군님의 유모라 하니 내가 마음을 놓고 애기할 수가 있겠구려."
숙향은 유모에게 그 동안 겪어 온 사정을 이야기하기 시작하였다.
그러나 애기가 채 끝나기도 전에 유부가 노복과 시비를 거느리고
와서 가마에 오르시라 하고 위공부인의 뜻을 전하였다.
"명(命)으로 불러 주시오니 거역치 못하여 가겠으나, 천한 몸으로
어찌 가마를 탈 수 있겠소? 그냥 걸어 가리다."
하고 사양하니 유모가 다시 권하여,
"마님의 명이시오니 어서 가마에 오르소서."
숙향은 마지 못하여 가마에 올랐다. 위공부인 앞에 이르니 시비들
이 부인의 명을 받아 우루루 몰려와서 다시 완월루로 모시었다.
숙향이 가마에서 내리니 등촉을 든 시비가 안내한 즉 따라가서
위공부인에게 멀리 서서 큰 절을 하니, 위공부인이 가까이 와서 앉으
라 하였다.
숙향이 부인 곁에 가서 앉으니, 그 뛰어난 용모에 놀라지 않는 사람
이 없었다. 며느리를 처음 대하는 시어머니조차도 진심으로 탄복하
였다.
"인물이 이만하니 내 아들인들 어찌 무심할 수 있었으랴? 장강의
색태(色態)로도 여기엔 미치지 못하리라."
하고는 다시 숙향을 향해 물었다.
"네가 태어난 곳은 어디이며 부모의 이름은 무엇이냐? 또 네 나이
는 몇이냐?"
"저는 나이 다섯에 부모를 잃고 정처없이 구걸해 다녔사온데, 어느

168

날 사슴이 업어다가 장승상댁 동산에 버리고 갔나이다. 마침 그 댁에 자녀가 없기로 저를 친딸처럼 십 년이나 귀엽게 길러 주셨으나, 뜻밖의 사고가 생겨 어쩔 수 없이 그 댁을 떠났사옵니다. 제가 태어난 곳과 부모님 성명은 어릴 때의 일이라 기억에 남아있지 않사옵니다."

숙향의 말을 들은 이위공이 물었다.

"그렇다면 장승상 댁에서는 무슨 일로 나왔으며 동촌리 할미에게는 어떻게 가 있었느냐?"

"장승상댁의 시비 사향이가 승상의 장도와 부인의 금비녀를 훔쳐다가 제 방의 상자 속에 넣어 두고, 제가 훔쳤다고 부인께 고하여 억울한 누명을 쓰게 된 저는 죽음으로 누명을 풀고자 표진강물에 몸을 던졌사옵니다. 마침 연(蓮)을 캐는 선녀들이 구해주며 동촌으로 가라고 일러주옵기에, 아녀자의 행색이라 거짓 병신인 체하고 길을 가다가 기진하여 갈대밭 속에서 자고 있었는데 갑자기 화재를 만나 죽게 되었습니다. 그때 화덕진군이 나타나 구해 주었으나 옷이 없어서 오도가도 못하고 있는데 뜻밖에 동촌리 할머니를 만났사옵니다. 그리하여 할머니 댁에서 외로운 한 몸을 의탁하고 있었사온데, 어느 날 생각지도 않은 공자의 구혼을 받고 허혼하였사옵니다. 그 바람에 낙양 옥중에서 죽을 고비를 넘기고, 다시 추방당하여 북촌에 가서 살고 있었사온데 할머니마저 돌아가시니 더욱 복받치는 슬픔을 이기지 못하여 장사 지낸 후에 다만 청삽살개 하나를 의지하며 살고 있었사옵니다. 그런데 오늘 밤에 도적에게 쫓겨서 할머니 무덤에서 죽기를 결심하고 있었사온데, 뜻밖에 부르심을 받고 삼가 대령하였나이다."

"남군에서 낙양까지 오는 데는 몇 달이나 걸렸느냐?"

"남군에서 떠나온 이후에 갈대밭에서 하루밤을 지내고 이튿날 동촌 할머니를 만났사옵니다."

"남군은 이곳에서 삼천 오백 리라, 한 달에도 오기가 힘들 것이어늘 이틀만에 왔다 하니 참으로 이상하구나."

위공이 깜짝 놀라 중얼거렸다. 부인은 또 이름과 나이를 물었다.

"제 이름은 숙향이라 하옵고, 나이는 지금 열 여섯이옵니다."

"그렇다면 생일은 언제냐?"

"사월 초파일이옵니다."

부인은 크게 놀라며, 곰곰히 생각하더니 무릎을 치며 말하였다.

"네 모습이 과연 범상치 않구나. 지난 날 우리 선이를 낳을 때 선녀들이 한 말을 기록해 두었는데, 그것을 내가 이제야 깨달았도다."

부인은 시녀를 시켜 기록해 놓은 표를 가져오게 하였다. 그것을 보니 아들 선의 '천정 연분은 김전의 딸이며, 이름은 숙향'이라고 분명하게 기록되어 있었다.

"부모가 누구인지도 모르면서 생년월인은 어떻게 기억하고 있느냐?"

부인이 다시 묻자, 숙향은 말없이 엎드렸다. 부인이 자세히 바라보니 숙향의 금낭에 금(金)글자로 '이름 숙향, 자 월궁선, 기축 사월 초파일 해시생'이라고 분명히 씌어져 있었다. 부인이 그것을 보며 또 한 번 놀랐다.

"우리 선이의 사주와 네 생년월일이 같은데, 네가 성을 모른다니 안타깝구나."

"예전에 꿈 속에서 선인(仙人)이 나타나 낙양의 김전이 제 부친이라 하였습니다만 어찌 알 수 있사오리까?"

"네가 만약 김전의 딸이라면 얼마나 좋으랴?"

이위공의 말을 듣고 부인이 물었다.

"그 분은 어떤 사람이옵니까?"

"김전으로 말할 것 같으면 운수선생(雲水先生)의 자제이니 문벌은
더 이를 것이 없다오."

부인은 크게 기뻐하고, 어떻게 해서든지 숙향의 태생을 알아서
아들 선이의 정실(正室) 부인으로 삼으려고 노력하였다.

그 후부터 부인은 숙향을 늘 곁에 두고 가까이서 그 행실을 밤낮으
로 지켜보니, 모든 일이 바르고 정확하여 나무랄 데가 없었다.

그리하여 날이 갈수록 숙향을 사랑하는 부인의 마음은 점점 더
깊어갔다.

하루는 숙향이 부인에게 여쭙기를,

"전에 있던 집의 세간을 옮겨 오고자 하나이다."

부인은 반신반의하며 물었다.

"도적이 들었다 하니 무엇을 남겨 두었겠느냐?"

"중요한 물건은 땅을 파고 묻었사오니 도적도 미처 몰랐을 것이옵
니다."

"그럼 네가 가야만 찾을 수 있겠구나."

"제가 가지 않더라도 저 청삽살개를 데리고 가면 찾을 수 있을
것이옵니다."

부인은 곧 유부를 불러서 명하였다.

"저 개를 데리고 가서 소저가 예전에 있던 집의 물건을 찾아오게."

유부에게 시키면서 부인은 '저런 짐승이 어찌 그런 것을 알 수

있으랴'하고 의아히 여겼다.

유부는 하인을 데리고 곧장 북촌에 있는 숙향이 살던 집으로 갔다. 청삽살개가 울 밑의 한 곳을 발굽으로 긁으며 가리키므로, 유부가 하인을 시켜 그곳을 파게 하니 과연 귀중한 물건이 많이 나왔다. 유부는 그것을 거두어 가지고 돌아와 부인에게 사실대로 고하였다. 부인은 탄복하며,

"한낱 개조차도 저렇듯 영감하니, 우리집 며느리야말로 보통 사람
이 아닌 게 분명하구나."

하고는, 더욱 더 사랑하여 마지 않았다.

어느 날, 부인은 숙향에게 물었다.

"아가 너는 바느질과 베짜는 일을 할 수 있겠느냐?"

"어려서부터 부모님을 잃은 탓으로 길거리에서 방황하였기 때문에
배운 바는 없사오나, 본(本)이 있으면 무엇이든 그대로 흉내는
낼 수 있나이다."

부인은 숙향의 재주를 시험해 보고자 하였다. 비단 한 필을 주면서,

"위공께서 머지않아 상경하실 터인데, 입고 가실 관복이 색이 바랬
으니 네가 이 관복을 한 번 지어 보도록 해라."

숙향은 부인의 분부를 받고 자기 침소로 돌아왔다. 부인이 주신 비단을 보니 천이 곱지 못하므로 자기가 갖고 있던 좋은 비단과 바꾸어 관복을 짓는데, 불과 반나절만에 완성을 하였다. 시녀가 부인에게 가서 관복이 다 되었노라고 알리니, 부인은 믿지 않았다.

"예사 옷과는 달라서 관복은 그리 빨리 지을 수 없느니라. 내가
처녀 때 바느질을 배워 그 솜씨가 남에게 뒤지지 않았으나 닷새에

걸쳐 겨우 완성하였거늘 소저가 아무리 재주가 비범하다 하나 그렇게 빨리 지을 수는 없을 것이다. 그것은 필시 거짓말이리라."

하고는 숙향을 불러 물었다.

"관복을 다 지었다니 그게 사실이냐?"

"관복은 이미 지어 놓았사옵니다만, 어찌 하올지를 몰라서 곧장 아뢰지를 못하였나이다."

숙향은 곧장 관복을 가져다가 부인께 드렸다. 부인이 받아서 본즉 바느질 솜씨가 그전 관복보다 뛰어나게 나을 뿐만 아니라, 비단이 자기가 준 것보다 더 곱고 좋았으므로 더욱 이상히 여기어 다시 물었다.

"이 관복은 내가 준 비단이 아닌 듯하니,'이건 웬 비단이냐?"

"비단이 이것이 더 나을 듯하여 이것으로 지었사오며, 지난 번에 할머니댁에서 있을 때 짠 것이온데 마침 색깔이 같기에 바꾸어 지었사옵니다."

부인은 너무나 놀라서 입을 다물지 못하였다. 이런 재주가 천하에 어디 있으랴 싶었다. 곧장 관복을 가지고 이위공에게 가서 보였다.

"대감의 관복을 새로 지었으니 한 번 입어 보소서."

위공은 관복을 입어 보고는 크게 만족하여,

"허어, 최근에는 당신이 눈이 어두워 몸에 맞는 관복을 얻어 입기 힘들더니, 이 관복은 몸에도 딱 맞고 솜씨도 좋으니 늙어서 굉장한 호사를 하겠구려."

하고 기뻐하므로, 부인이 웃으며 말하였다.

"나는 젊어서도 바느질 솜씨가 이만 못하였는데 하물며 늙은 솜씨로야 어찌 이토록 뛰어나게 짓겠나이까? 이것은 새로 온 며느리가 제 손으로 짠 비단을 가지고 제 손으로 직접 지은 관복이옵니다."

"허어, 그게 사실이라면 며느리는 실로 천하에 둘도 없는 재주로군."

입이 쩍 벌어지며 칭찬을 하고 난 위공이 흉배를 본즉, 관대의 흉배가 색이 바래어 다른 흉배를 사오도록 하였다. 그러자 부인이 이곳에서는 상서(尙書)의 직품에 맞는 흉배를 갑자기 사기가 어려우므로 그것을 구하려면 출발이 늦어질까 염려가 된다고 말하였다. 곁에서 이 말을 들은 숙향은,

"상서 위공의 직품은 어떤 흉배를 다시옵니까?"

하고 공손히 물었다. 그러자 부인이 대답하기를,

"상서는 일품(一品) 벼슬이며 흉배로는 쌍학(雙學)을 붙이신단다."

"제가 수 놓는 법을 약간 알고 있사오니 한 번 해볼까 하옵니다."

"흉배를 수 놓는 것은 다른 수와는 달라서 사람마다 놓을 수 없을 뿐만 아니라, 내일이면 상경할텐데, 네 재주가 제아무리 비상하다 한들 어찌 하루 밤만에 완성할 수 있겠느냐?"

위공 부부는 아예 그런 생각은 갖지 말라고 숙향에게 당부하였다. 그러나 숙향은 자기 방으로 물러나와서 그날 밤중으로 쌍학의 수를 놓아서 이튿날 아침에 갖다 바치니, 위공 부부는 크게 놀라며 며느리의 신통한 재주를 극구 칭찬하여 마지 않았다.

이위공이 상경하니, 황제가 불러보시고 나라일을 의논하시다가 위공의 관복과 흉배가 매우 뛰어난 것을 보시고는 놀라와 하시며 물으셨다.

"경의 그 훌륭한 관복과 흉배는 어디서 구하셨소?"

"신(臣)의 며느리가 지어 만든 수품(手品)이옵니다."

"지금 경의 아들이 죽었소?"

황제는 의외의 말을 물었다.

"살아 있사옵니다."

"허어? 거참 이상하오. 경의 관복을 보니 하늘의 은하수 무늬요, 흉배는 바다 가운데서 짝을 잃은 외로운 학의 형상이니, 아들이 살아 있다면 어찌 이런 수를 놓을 수 있으리오?"

이위공은 황급히 황제 앞에 엎드려서, 아들 선이가 며느리 숙향을 만난 일을 상세히 아뢰었다.

"허어, 경의 며느리의 경력과 재주가 참으로 희한하구려. 경의 충성이 이토록 지극하니 하늘이 도우셔서 현부(賢婦)를 내려 주심이 분명하오."

황제는 이위공의 며느리 숙향을 거듭 치하하시며 비단 백 필을 하사하시었다. 이위공은 황제께 사례한 후 부중(府中)으로 돌아와서, 황제의 하사품 전부를 숙향에게 주었다.

숙향은 부중으로 온 후에 일신이 평안하므로 용모가 예전보다 더욱 고와져 갔다. 날이 갈수록 이위공 부부의 숙향에 대한 사랑은 깊어만 갔다.

한편, 이선은 서울 태학에서 공부한 후부터는 숙향의 소식을 알지 못하였으므로 날마다 슬픔과 그리움 속에서 정신적인 안정을 갖지 못하고 우울한 나날을 보내고 있었다. 한시라도 고향으로 달려내려가 숙향을 만나고 싶은 생각은 간절하였으나 마음대로 내려갈 수가 없었으므로 밤낮을 탄식과 눈물 속에서 통분하고 있었다. 그러는 가운데 하루는 태학의 관리들이 조정에 상소를 하였다.

〈최근에 길조(吉兆)인 태을성이 장안에 비치었사오니, 과거를
실시하여 훌륭한 인재를 잃지 마소서.〉

황제가 이 상소문을 보고는 옳게 생각하여 태학의 관리들이 올린
상소의 내용을 윤허하였다. 문무관을 모아 택일을 하고 과거를 시행
하므로, 천지에서 구름같이 모여든 인재들이 저마다 그 동안 갈고
닦은 재기(才氣)와 실력을 유감없이 발휘하여 겨루게 되었다.

이때 이선도 과거에 응시하였다. 과장(科場)에 나가서 평생의 재주
를 다함으로써 탁월한 실력을 만천하에 드러내었다.

과장(科場)에서 지은 글을 보고 시험관은 물론 황제조차도 그
천재(天才)에 놀라서 입을 다물지 못하였다.

이선이 장원급제함은 두 말할 나위가 없다. 순식간에 이선의 명성
은 천지간을 진동하였다. 당상에 오르니 늠름한 풍채와 당당한 기상
은 가히 만인 중에 으뜸이었다. 황제가 불러서 보시고는 크게 놀라와
하며 애중(愛重)하사 즉석에서 한림학사를 시키었다.

하루 아침에 학사가 된 이선은 사은백배하고 고향으로 내려가 사당
(祠堂)에 분향재배하고자 하였다.

낙향하는 도중에 낙양 동촌리에 이르렀다. 급히 노파의 술집으로
들어가 숙향을 찾았으나 사람은 고사하고 꼬리를 흔들며 반겨주던
삽살개조차도 보이지 않았다. 적막 속에 묻힌 빈 집안에는 세간이
하나도 남아있지 않았으므로, 분명히 도적이 들어 숙향을 죽이고
물건을 수탈해 간 것이라 믿고 마음이 통절하여 몸을 가누지 못하였
다. 눈물을 비오듯 흘리며 하늘을 우러러 탄식하기를,

"오오, 불쌍한 숙향낭자여! 그대는 나로 말미암아 인간으로서는
차마 겪기 어려운 천만고초를 다 감당하며 죽을 지경에 이르렀으니

이제 혼백인들 원을 품지 않았으리오? 내 이제 과거에 장원급제하
여 몸이 귀하게 되었으나, 그대 없는 세상에 그런 것이 무슨 소용
이 있으리요? 내 또한 마땅히 그대의 뒤를 따라 죽으리니, 그대
너무 서러워 말고 저 세상에서 다시 만나 그동안 못다 푼 정회를
마음껏 풀기를 바라오. 이제 내 명이 결코 오래지 않으리다."
하고는 눈물을 비오듯 흘렸다. 그러던 중에 어느덧 해가 서산으로
기울고 땅거미가 점점 짙게 깔리고 있었다. 이선은 잠시 흩어진 정신
을 수습하여 진정한 후에 다시 생각하였다.
  "여기서 운들 부질없는 생각이로다. 부모께 보인 후에 숙향의 분묘
  를 찾아 그 죽음 본받아서 나의 의절을 나타내리라."
  이선은 이렇게 다짐하면서 눈물을 거두고 고향의 본집으로 개선하
여 돌아왔다.
  한림학사가 되어 돌아온 그 아들의 훌륭함을 보고 양친은 기뻐서
어쩔 줄 모르며, 온 집안의 상하가 다 그 영화를 축하하고 환영하였
다. 양친은 귀하게 된 아들의 손을 붙들고 기뻐서 어찌할 줄 몰랐으
나, 학사는 숙향의 불행을 생각하는 마음이 가슴에 짙게 깔려 있는지
라 얼굴에 수심이 가득하고 심기마저 애처로와 보일 정도였다. 부친
이위공이 근심하여, 아들 이학사에게 조용한 목소리로 물었다.
  "네가 이제 어린 나이로 장원급제를 하여 부모에게 다시없는 효도
  를 하고 네 일신이 또한 귀히 되어 우리 가문의 경사가 무궁하거
  늘, 너는 무슨 걱정이 있어서 그렇게 안색이 수심에 잠겨 있느냐?"
  이학사는 몸을 굽혀 다시 부친께 큰 절을 하고 나서 무릎을 꿇고
앉아서 슬픈 목소리로 말하였다.
  "전들 부모께 효도하고 제 일신이 귀히 됨에 어찌 기쁜 마음이

없사오리까? 다만 먼 길을 오느라고 몸이 자연 피로하여 그렇게
보이는 것이오니 심려 마옵소서."

이학사는 아무런 근심도 없는 척 말하였다. 그러나 모친은 곁에서
지켜보며, 이는 필시 선이가 숙향낭자가 죽은 줄로 알고 저러는 것이
라고 직감하였다. 그리하여 모친은 아들을 안심시키려고,

"이제 너에게 한 가지 일러 줄 것이 있다. 네가 취하여 장가든 숙향
은 우리 집의 현부(賢婦)다. 네 뜻을 알고 데려다가 지금 부중에
두어 평안이 있게 하였으니 숙향에 대한 근심일랑 하지 마라."

그러나 모친의 말을 들은 학사는 믿지 않았다. 모친의 손을 잡고
송구스럽게 말하였다.

"어머님, 아니옵니다. 장부가 어찌 천부(賤婦) 때문에 미간을 찌푸
리겠나이까? 제 얼굴이 수척해진 것은 먼 길을 오느라 피로가 쌓여
그러한 것이오니 너무 심려마옵소서."

이렇게 겉으로는 의젓한 대답을 하였으나, 마음 속에서는 숙향낭자
를 생각하는 애절한 정회가 천만 근의 무게로 이선의 마음을 내리
누르고 있었다. 그러면서 한편으로는 부모가 숙향을 집에 와 있도록
허락하였다는 말에 한 줄기 기대와 희망을 갖기도 하였다.

위공 부인은 시녀에게 숙향을 데려오도록 명하였다. 잠시 후 숙향
이 나와서 서로 상면하게 되었다. 반신반의하던 학사가 직접 눈으로
확인하니 반가움을 이기지 못하여 몸둘 바를 모르고 좌불안석이었
다.

그 동안 수심에 잠겨 있어 부모님을 근심케 하였던 안색이 활짝
열리고 수심의 그림자라고는 한 줄기도 찾아볼 수가 없었다.

부모도 이를 보고 몹시 좋아하였다. 숙향이 먼저 조용한 목소리로

말하였다.

"일찍 뜻을 가꾸어 이제 그 꽃이 피었으니 비할 데 없는 영광을 치하하옵니다."

"하늘의 도우심으로 뜻을 얻었으니 이는 곧 가문의 경사요. 그대를 위하여 아침 안개와 저녁 달을 바라보며 간장을 태우다가 오는 길에 동촌리 노파 집에 들렀더니, 인적은 끊기고 꼬리치던 개마저도 보이지 않아 구슬픈 마음을 금할 수 없었소. 줄곧 근심하던 터에 이제 집에서 이렇게 서로 만나니 죽어도 여한이 없을 것 같소."

"먼 길을 오시느라 피곤하실 것이오니, 양친께서도 편히 쉬시라 하시온즉 잠시 침소로 가시옵소서."

이선은 기쁨에 넘쳐서 숙향의 손을 잡고 봉루당으로 갔다. 오래간만에 만난 원앙의 한 쌍은 서로가 오랫 동안 사모하던 연모의 정을 길고 달게 탐하였다. 그리고 나서 이선은 숙향과 함께 마고할미의 무덤을 찾아 문상하고 위로하였다. 그러자 숙향이 말하였다.

"지난 일을 생각하고 또한 할머니와 정이 들었던 것을 생각하면 가슴에 쌓인 회포가 첩첩하오나, 오늘은 낭군님을 모시고 즐겁게 지내는 날이오니 다음에 차차 정회를 풀어 드리오리다."

이윽고 다시 학사가 옷을 고쳐입고 신부와 더불어 정당(正堂)으로 나오니, 위공부부는 기쁨을 금치 못하였고, 이를 보는 상하가 모두 칭찬하여 마지 않았다.

이튿날이 되자 친척과 근처의 사람들을 두루 초청하여 잔치를 베풀었다. 그리고 그 다음 날에는 여복야부중(呂僕射府中)에서 또 잔치를 베풀었다.

여복야 부인은 기뻐서 어찌할 바를 모르며 여러 문중의 부인들을 청하여 두루 즐기게 하면서, 숙향의 모든 신묘한 비밀을 좌중에 털어 놓아 기특히 여기고 또한 가엾게 생각하였다. 그러나 이 모든 대화는 한결같이 숙향을 칭찬하여 마지 않는 이야기였다.

하루는 학사가 부친 위공에게 문안을 드렸다. 그때 부친은 은근히 아들에게 중대한 문제를 꺼내었다.

"며느리를 슬하에 두고 보니 모든 일에 뛰어나 자못 사랑스럽긴 하나 그 태어난 집안의 내력을 모르니 남들이 모두 천한 여자를 맞이하였다고 비웃는 듯하구나. 지난 날 양왕이 너에게 구혼하기에 내가 허락한 바가 있었으나, 네가 현부를 택하였기로 내가 중지 하였었다. 그러나 너는 이제 입신하여 귀히 되었으므로 이실(二室)을 거느려도 부족함이 없게 되었으니, 양왕의 구혼을 다시 받아 들일까 하는데 네 의사는 어떻느냐?"

"이 문제는 제가 잘 알아서 처리하겠사오니 아버님께옵서는 부디 심려 마시옵고 모든 것을 제게 맡겨 주옵소서."

하고는 이내 행장을 수습하여 서울로 떠나게 되었다. 부모님께 하직 인사를 올리고, 나라에 얽매인 몸이라 떠나지 않을 수 없음을 사뢰었 다. 그런 후에 다시 침소로 가서 아내 숙향에게 이별의 말을 하였다.

"그대 생각으로 여러 해 마음을 상하고 이제 각고 끝에 만난 다음 자리가 뜨거워지기도 전에 다시 떠나게 되니 심사가 착잡하나 일의 형편이 여의치 못하여 부득이 상경하는 것이니, 그대는 부모 봉양 를 극진히 하여 나의 뜻을 저버리지 말아 주오."

"장부가 입신하면 사군(仕君)의 일은 크고 사친(仕親)의 일은 작다고 하였사옵니다. 양친을 봉양하옵는 일은 제가 스스로 알아서

할 것이온즉, 학사께서는 부디 충성으로 나라를 섬기시고 널리
백성을 굽어 살피시어 뜻을 굽힘이 없도록 하소서. 이 후로는 한낱
아녀자를 염려하여 일신의 영달과 가문의 경사를 소홀히 하지 말으
소서."

학사는 아내 숙향의 맑은 덕과 어진 행동을 탄복하고 경성(京城)
으로 떠나갔다.

이때 양왕은 이선이 장원급제하여 한림학사가 된 것을 보고는 이위
공에게 혼인을 재촉하였다.

위공은 한 번 허락한 일이었으므로 피하지를 못하고 괴로와하면서
은근히 아들 한림학사에게 처리를 하라고 권유하였다. 학사는 물론
부친의 이와같은 분부를 받고도 그 구혼을 성사시킬 생각은 추호도
없었다.

어느 날 이 학사가 형초(荊楚)지방을 내려가게 되었다. 그때 그
지방에는 한해가 들어 백성들이 기근에 시달리고 있었다. 각처에서
먹을 것이 없어서 예전의 양민(良民)들까지도 떼를 지어 도적으로
변하여 인심이 매우 흉흉하였다.

이 소문이 전국에 퍼져서 결국은 황제까지도 근심하여, 조정에
분부를 내리시어 민심을 수습하고 구제할 현사(賢士)를 구하라 하였
다. 이때 이학사가 스스로 자원하여 황제께 아뢰기를,

"인심이 어지러워짐은 황폐한 시기를 당하여 각 고을 수령(守令)
이 백성을 잘 보살피지 않는데서 비롯되는 것이오며, 이로 인하여
백성이 굶주림을 이기지 못하여 도적의 무리로 변하는 것이옵니
다. 신이 비록 재주 없고 덕(德)이 박하오나 형초지방을 진무(鎭
撫)하고 백성을 잘 보살펴서 폐하의 근심을 덜어드릴까 하옵니

다."

이학사의 말을 들은 황제는 크게 기뻐하시며, 곧장 이학사에게
형주자사(荊州刺使)를 제수하시고 서둘러 부임하라는 특명을 내리었
다. 이학사가 사례하며 황제를 하직하고 고향으로 내려와 부모께
사연을 말씀드렸다. 부모가 크게 기뻐하고 반겨하며 격려하였다.

"장부가 입신하면 목숨이 다할 때까지 충성해야 하나니, 마땅히
백성을 긍휼히 여기고 정사(正事)를 부지런히 하여 성상이 바라시
는 뜻을 저버림이 없도록 명심해야 하느니라."

"이번에 제가 자처하여 먼 길을 택하온 것은 한편으로는 천은
(天恩)을 갚고자 함이오, 또 한편으로는 서울에서 멀리 떠남으로
양왕의 구혼을 거절하고자 함이옵니다."

하고 나서는 곧 봉루당으로 나와 숙향과도 작별을 나누었다.

"이 몸이 나라에 바쳐지매 멀리 험지로 부임하게 되었소. 당신을
데리고 가고 싶은 마음 간절하나 그렇게 되면 부모님을 봉양할
수가 없으니 참으로 난감하오."

"예로부터 충효를 함께 지킴이 어렵다 하였사옵니다. 집안 일은
과히 염려 말으시고 어서 다녀 오소서. 제가 따라 간다 하여도
가는 도중에 은혜 갚을 곳이 많사오니 그것 또한 어려운 노릇이옵
니다."

"이번에 임지로 함께 가고 안 가는 것은 그대 뜻에 맡기려니와
나의 적적한 마음을 위로해 주기 바라오."

자사는 은근히 그의 아내가 뒤에라도 임지로 와 주기를 바랐다.

그런 연후 곧장 부하 관속들을 거느리고 길을 떠나 형주로 가서
자사로 부임하였다. 감영에서 여러 관속을 점고하고 어지러워진 인사

문제부터 새롭게 다스리기 시작하였다.

재기가 넘치고 총명 영리한 자사(刺使)는 사람의 얼굴과 음성(音聲)을 살펴 선악(善惡)을 밝히었다. 그리고 공과에 따라 등용과 파면을 명백히 하고 동시에 공과에 따른 상벌(賞罰)을 공평하게 하였다.

또한 각 고을의 창고를 열어 굶주리는 백성을 돕고 어진 말로 훈계하고 설득하여 정사(政事)가 새롭게 바뀌었다. 이렇게 되자 그 동안 성행하던 도적들은 신임 자사가 부임하여 자기들을 다 죽이는 줄로 알고 더러는 도망치기도 하고 더러는 작당하여 반란을 일으키려고도 생각하였다. 그러나 그들은 이자사의 명철한 가르침을 듣고 그 인덕(仁德)에 탄복하여 스스로 다투어 죄를 뉘우치고 고향으로 돌아가 농사에 전념하게 되었다.

형주에 내려온 후로 이자사는 한시도 틈이 없었다. 친히 돌아다니면서 손수 쟁기를 잡고 농사를 권유하며 백성을 만나는 대로 효제충신(孝悌忠信)의 도의(道義)를 가르쳤다. 그러자 한 달이 채 못되어 기근 속에 허덕이던 형주 땅이 태평세월로 바뀌어 사방에서는 격양가(擊壤歌) 소리가 드높았다.

이때 이자사의 본집인 부친 이위공집에서는 나이 어린 학사를 험한 땅에 내려보내고는 날마다 근심 걱정으로 불안해 하였다.

그러나 그 후에 소식을 들으니 신임 이자사가 부임한 후로는 정사가 명철하게 바르고 백성을 보살핌이 지극하여 모든 고을이 요순시대(堯舜時代)의 태평성세(太平盛勢)를 누리고 있다 하니 너무나 기쁘고 반가와서 이제는 다른 염려 없으니 며느리는 빨리 가서 아들을 위로하라고 하였다.

부모의 명을 거역할 수 없는지라 숙향은 서둘러 행리를 차렸다.

숙향은 먼저 마고할미 무덤으로 갔다. 하직성묘를 하고자 하는데 뒤따라온 청삽살개가 묘 앞에 가서 슬픈 모습으로 앉았다. 숙향은 만 가지 감회가 가슴을 뭉클하게 하는지라 개의 등을 어루만져 주며 위로를 하였다.

"네가 비록 짐승이라 하나 네 아니었던들 내가 이미 죽었으리니 그 은혜를 무엇으로 갚으랴?"

이렇게 탄식하며 옛일을 생각하니 새로운 슬픔이 복받쳐 올라와 가슴을 진정할 수가 없었다.

숙향은 저절로 흘러 내리는 눈물을 손으로 훔치며 망연히 할머니의 산소를 바라보고 있었다. 그때 개가 발굽으로 흙을 허비며 무엇인가를 긁적이고 있었다. 숙향이 이상하게 여겨 그곳을 자세히 들여다 보았더니 다음과 같은 글자를 써 놓고 있는게 아닌가?

"아아, 슬프구나. 그동안 정들었던 인연이 다하니 나는 여기서 영원한 이별을 서두를까 하나이다."

숙향은 깜짝 놀랐다. 개를 품에 안고 머리를 쓰다듬어 주면서 위로를 하였다.

"그 동안 너와 더불어 고초를 겪다가, 이제 내가 귀하게 되어 비로소 너의 은혜를 갚고자 하는데, 지금 이별한다 하니 그것이 웬 말이냐? 네가 나와 이별한다면 어찌 나 혼자 떠날 수가 있겠느냐?"

숙향이 이와같이 위로하자 개는 마고할미의 분묘를 쳐다보며 숙향이를 돌아보고 크게 한 번 울었다. 그 소리가 어찌나 큰지 우뢰와 같아 사방을 진동하였다. 그러자 갑자기 구름 한 점이 내려와 개를 둘러 싸더니, 이윽고 구름이 사라짐과 함께 개도 그 자취를 감추어 버렸다.

숙향은 한편 놀라며, 한편으로는 비통한 느낌이 들어 끊임없이 흐르는 눈물을 닦을 생각도 하지 않고 탄식하였다.

"너는 과연 비상한 청삽살개였구나. 이제 너는 마고할미를 따라 선계로 갔구나. 할머니의 은혜와 함께 네 은혜도 또한 영원히 잊지 않으리라."

숙향은 곧 개가 앉았던 자리에 수의를 갖추어 넣은 관을 묻고 장사를 지내주었다. 무덤을 부둥켜 안고 통곡하니, 산천초목도 잠시 숙연하고, 보는 사람마다 감동의 눈물을 흘리었다.

숙향은 개의 장례를 치르고 곧장 부중(府中)으로 돌아왔다. 시부모에게 하직인사를 올리고 형주(荊州)땅으로 남편을 찾아 길을 떠나게 되니, 시부모도 서운함을 이기지 못하여 숙향을 붙들고 울면서 먼 길에 조심하라고 당부하였다.

자사부인(刺使夫人) 숙향은 길을 가면서 비복들에게 분부하였다.

"지나가는 곳마다 제사 지낼 곳이 많으니 제전을 갖추어 가도록 하라. 또한 이르는 곳마다 지명(地名)을 빠뜨리지 말고 나에게 일일히 알리어라."

자사부인의 긴 행렬이 성큼성큼 움직이기 시작하였다. 한참을 가노라니 비복들이 갈대가 끝없이 무성한 노전(蘆田)에 이르렀음을 알리었다.

숙향부인은 화덕진군(火德眞君)의 은혜를 고마와하며, 제문(祭文)을 지어서 제사를 올리었다. 제사가 끝난 뒤에 보니 제단에 올려 놓았던 보리잔(菩提杯)의 술이 없어지고 새알 크기 만한 구슬이 담겨 있었다. 숙향부인은 감사하며 그 구슬을 거두어 깊이 간직하였다.

제사를 마친 후에 노전을 떠나 다시 출발하여 가노라니 어떤 강가에 이르렀다. 부인이 하리(下吏)를 불러 물었다.

"표진강이 어디냐?"

"이 물은 양진강이온데 표진강과 인접한 먼 상류(上流)이옵니다."

"표진강은 여기서 얼마쯤 되느냐?"

"표진강은 여기서 천여 리나 되는 먼 곳이옵니다."

"그러면 수로(水路)로 가는 게 어떻겠느냐?"

부인은 표진강으로 가서 자기가 빠져 죽으려 했을 때 구해 주었던 용녀와 선녀들에게 제사를 올리고 싶었다.

"표진강은 형주로 가는 길에서는 좀 방향이 외진 곳이옵니다. 수로(水路)로 가면 여러 강을 거쳐 가야 하므로 길이 험하고 육로로 가는 것만 못할 것이옵니다."

부인은 수로로 가지 못함이 못내 서운하였으나, 같이 가는 하리(下吏)들의 고역을 생각하여 그냥 육로로 가려고 이미 탔던 배를 벗어나려고 하였다.

이때였다. 갑자기 폭풍이 휘몰아쳐서 숙향부인의 일행이 탄 배를 몰아 하루밤 낮을 정처없이 갔다. 일행이 혼비백산하여 배가 부서져 죽기만을 기다렸다. 그러는 중에 이윽고 바람이 자고 물결이 잔잔해졌다.

부인은 하리를 시켜 그 곳이 어디인지를 알아보게 하였다. 하리가 돌아와 아뢰기를 표진강이라 하므로, 부인과 함께 모든 사람들이 다 놀라며 반신반의하였다.

"양진강에서 표진강까지는 천여 리나 되는데 하루 사이에 올 수가 있다니 참으로 이상하다."

일행이 모두 이상히 여기었다. 이때 부인의 귀에 문득 맑은 옥피리 소리가 들려왔다.

눈을 들어 바라보니 두 명의 선녀가 연엽주(蓮葉舟)를 타고 내려 오고 있었다. 선녀는 옥피리 가락에 맞추어 노래를 부르고 있었는 데, 그 노래의 가사는 이러하였다.

> 지난 날 바로 이달 이날에
> 우리가 여기 이 강에 와서
> 숙향낭자를 만났었는데
> 올해에도 그달 그날에
> 숙향부인을 다시 또 만나는구나.

노래가 끝나자 선녀도 연엽주도 어디론가 사라지고 보이지 않았 다. 부인은 이상히 여겨 마지 않았다.

이때 일행이 심한 기갈을 이기지 못하여 기진하였으므로, 부인은 하리를 시켜 쌀을 씻어 솥에 담게 하고, 그 안에 노전에서 얻은 구슬 을 갖다 대니 순식간에 솥 안에 든 쌀이 절로 익어 밥이 되었다.

일행은 크게 놀라며 신기하게 여기었다. 배가 고팠는지라 모두들 그 밥을 먹고 고마와 하면서 숙향부인을 신인(神人)이라고 탄복하여 마지 않았다.

밥을 먹고 난 후에, 부인은 표진강에 제사를 올려 물신령을 위로하 고, 다시 길을 떠났다.

자사부인은 하리들에게 명하여 장승상 댁을 찾아가도록 하였다. 하리들이 서둘러 부인을 인도하여 장승상 댁으로 모시었다.

그때는 이미 밤이 깊었으므로 자사부인은 폐가 될까 두려워하여 장승상 댁의 당후(堂後)에서 밤을 지내었다.

그날 밤 꿈 속에 장승상 댁의 내당으로 들어가 보니 웬 여인의 화상이 걸려있고 그 화상 아래에 진수성찬이 차려져 있었다. 숙향부인은 기이하게 생각하면서 돌아왔다.

이튿날 아침에 승상부인은 자사부인을 청하여 성찬을 차려서 베풀었다.

"자사부인께옵서 이 누추한 곳에 찾아오심을 어제밤에 이미 알았사오나, 긴한 일이 있사와 즉시 청하지 못하와 미안하옵니다. 부인께옵서는 이 무례함을 용소하소서."

승상부인은 수심이 가득한 얼굴로 말하였다. 그러자 자사부인이 위로하였다.

"부인께서는 참혹한 일을 당하셨나요? 어제밤에 참절한 곡성이 들리므로 마음을 진정할 수가 없어 부인의 대접을 받기가 송구스럽습니다."

"사실은 지난 밤에 죽은 딸의 대상(大喪)을 지냈었나이다. 그 때문에 집안에 곡성이 처량하였나이다."

"존댁(尊宅)의 영녀(令女)의 나이는 몇이었나요?"

"내 딸이 집을 나갈 때가 열 다섯 살이었습니다. 그 날을 죽은 날로 삼고 어제밤에 대상을 치루었나이다."

장승상 부인은 슬픔을 이기지 못하여 말하였다. 자사부인은 모른 척하고 말하기를,

"그러면 저와 동갑이군요. 제가 듣기로 숙향이 집을 나갈 때 시녀 사향의 모함으로 참소를 받아 나갔다고 하옵는데, 그 시녀는 아직

까지 댁에 있나요?"

승상부인은 자사부인의 말을 듣고는 깜짝 놀랐다.

"부인께서는 우리 딸 숙향이를 어떻게 아시옵니까?"

"다만, 들어서 알고 있을 뿐이옵니다."

승상부인은 슬픔의 눈물을 흘리면서 자사부인에게 재촉하여 물었
다.

"부인께옵서 숙향을 아시는 곡절을 말씀해 주시옵소서."

"수를 놓은 족자를 파는 것이 있어서 그것을 보고 알았나이다."

승상부인은 더욱 놀랐다. 자사부인은 시녀를 시켜 행장 속에서
수를 놓은 족자를 찾아오게 하였다. 그리고 그것을 벽에 걸어놓게
하였다. 이때 곁에서 부인들의 얘기를 듣고만 있던 장승상이 자기
부인과 함께 수 놓아진 그 족자의 그림을 바라보았다. 그 수의 그림에
는 장승상 부인이 동산에서 숙향을 안고 들어가는 광경과, 승상부부
가 영춘당에서 잔치할 때 저녁 까치가 우는 것을 보고 근심하던 일
과, 누명을 쓴 숙향이 부인 앞에서 스스로 목숨을 끊으려고 하는 광경
이 세밀하게 그려져 있었다. 족자를 보더니, 승상부인은 그만 그 자리
에 쓰러지며 대성통곡을 하였다.

"그림을 보시고 이렇게 슬퍼하시오니 불안하옵니다."

하고, 자사부인은 승상부인을 위로하였다.

"자사부인께옵서 지난 일을 이미 모두 아시오니 구태여 숨길 이유
가 있겠나이까?"

승상부인은 울음을 멈추지 못하면서 숙향에 대한 전후 사실을 숨김
없이 다 말하였다. 그리고는 더욱 슬퍼하므로 자사부인이 위로하였
다.

"친자식이라 하더라도 한 번 죽은 후에는 어찌할 수 없는 일이온데, 하물며 남의 자식에 대하여 이렇게까지 잊지 못하시나이까? 그 숙향이 비록 죽었다 하오나 영혼인들 어찌 감사하지 않으오리까?"

그러자 승상부인이 간청하였다.

"어려운 말씀이오나 그 족자를 우리에게 팔아 주옵소서. 내 비록 자식은 없사오나, 숙향이가 천행으로 살아있다면 주려고 황금과 채단을 모아 놓았지만, 이제 누구를 주오리까? 그것들을 모두 드리겠사오니 부디 그 수 놓아진 족자를 우리에게 주옵소서."

"이보다도 더 좋은 숙향의 화상이 존댁에 있다고 들었사옵니다. 한 번 보여 주소서."

"지금 내 침소에 걸어 두었사오니 들어가서 보시옵소서."

자사부인은 승상부인을 따라 침소로 들어가니 과연 자기의 소녀시절의 모습이 선명하게 그려져 있었다. 그 화상을 벽 위에 걸어 두고 푸른 비단으로 가려 놓았다. 그리고 그 앞에는 제사상을 차려 놓았는데, 진수성찬이 가득하였다. 자사부인은 승상댁의 은혜에 감격하는 마음이 뼈에 사무쳤다. 슬픔을 억지로 참으면서 승상부인에게 말하였다.

"부인께옵서 숙향을 이처럼 못잊어 하시오니, 제가 비록 곱지는 못하오나 숙향의 대신이 되오면 어찌하오리까?"

자사부인은 머리에 쓴 화관(花冠)을 벗고 화상의 옆으로 가서 섰다. 그 모습을 본 방 안의 모든 사람들이 깜짝 놀랐다.

"참으로 기이한 일이로다. 화상이 변하여 자사부인이 되었나? 아니면 부인이 변하여 화상이 되었을까?"

모두들 입을 딱 벌리고 감탄하였다. 승상부인은 말도 못하고 슬픔의 눈물만 흘리었다. 자사부인은 비로소 승상부인 앞에 꿇어 엎드려 절을 하엿다.

"제가 바로 그전의 숙향이옵니다. 가군(家君)이 형주자사로 부임하였기로 임지로 가는 도중에 부인을 찾아 뵈옵고 옛날의 은혜를 감사하고자 들렀나이다. 부인께서 지금까지 저를 잊지 못해 하시오니, 이 은혜는 백골난망이옵니다."

이것이 진정 꿈이냐, 생시냐? 승상부인은 자사부인을 붙들고 이리 보고 저리 보며, 한참만에야 예전의 숙향이인 사실을 깨닫고는 새로운 통곡을 터뜨렸다.

"제가 사향에게 쫓겨서 이 댁을 나갈 때야 어찌 오늘 다시 찾아와 뵈올 줄을 알았사오리까?"

숙향부인은 그 동안의 지내온 곡절을 울면서 털어놓았다. 표진 강물에 뛰어들었다가 용녀와 선녀의 구원을 받은 일, 노전에서 화재를 만나 죽을 뻔하였으나 화덕진군의 도움을 받아 살아난 일, 그 후 천태산 마고할미를 만나 몸을 의탁하던 일 등을 이야기하였다.

이때 장승상이 이 소식을 듣고 너무나 놀랍고 또한 기뻐서 어찌할 줄 모르며 신도 신지 못한 채 울면서 맨발로 뛰어들어왔다.

자사부인은 장승상에게 절을 하고 눈물을 흘리면서 위로하였다. 이러한 광경을 지켜보는 비복과 시녀들도 함께 감격의 눈물을 흘리었다. 자사부인은 장승상 부부를 위하여 성대한 잔치를 베풀었다.

"기쁨과 즐거움이 무한하여, 다만 약소한 잔치로 모시나이다."

자사부인은 시녀를 시켜 행장 속에서 승상 부부의 의복 한 벌씩을 갖다 드렸다. 그것은 부인이 직접 베를 짜고 옷을 지어 만든 수제품이었다. 한 올 한 올에 숙향부인의 정성이 담긴 귀한 선물이었다. 아울러 숙향부인은 근처의 여러 부인들을 청하여 사흘 동안 성대한 잔치를 베풀었다.

"승상 댁에는 비록 자녀가 없다 하오나 이러한 영화는 자식 열 둔 사람이 부럽지 않사옵니다."

잔치에 모인 여러 부인들은 한결같이 숙향부인의 칭찬에 여념이 없었다.

숙향부인은 장승상 부부의 간곡한 부탁으로 한 달 동안 모시면서 즐거운 시간을 나누다가 떠나기로 하였다.

장승상 댁은 형주에서 그다지 멀지 않은 곳이었으므로 자사가 기별을 받고는 거마(車馬)를 차려 마중을 보냈다. 숙향부인은 장승상 부부와 아쉬운 정을 눈물로서 누르며 작별하였다.

자사부인 숙향이 장사(長沙) 땅에 이르렀을 때였다. 부인의 행렬 앞에 기이한 일이 벌어지고 있었다.

사슴과 원숭이와 황새와 까치떼가 함께 자사부인의 행차하는 길 앞에 진을 치고 있었다. 기이한 것은 인마(人馬)가 다가가도 피하지를 않는 것이었다. 비복과 하리(下吏)들이 그 짐승들을 활로 쏘아 죽여서 없앨 것을 부인께 청하였다. 그러자 부인은 그러지 말라고 분부하였다. 곧장 자사(刺使)의 수령(守令)에게 명하여 쌀 다섯 섬의 밥을 짓게 하여 뭇 짐승들 앞에다 그것을 갖다 놓게 하였다. 그리고 나서 부인이 친히 타이르기를,

"너희들이 오죽이나 배가 고팠으면 이러겠느냐? 어서 이 밥을 배불리 먹고 보금자리로 각기 돌아가거라."

하니 그때까지 꼼짝도 않고 있던 짐승들이 벌떼같이 달려들어 솥에

든 밥을 먹기 시작하였다.

밥을 다 먹고 난 짐승들은 고맙다는 듯이 자사부인을 보고 고개를 꾸벅이고는 각각 흩어져 가는 것이었다. 많은 사람들이 이 모양을 구경하고 있다가 자사부인의 인덕(仁德)에 한결같이 감복하여 마지 않았다.

그때 자사부인의 머리에 문득 떠오르는 생각이 있었다.

"이제는 전에 진 은혜에 대하여 섭섭하게나마 모두 인사를 하였으나, 아직까지 부모를 만나지 못하였으니 그것이 가장 큰 한이로다."

자사부인은 지나온 나날을 되새기며 슬픔이 복받쳐 오르는 것을 참을 수가 없었다. 큰 길을 질주하는 마차 속에서 자사부인은 쉬임없이 흐느껴 울었다.

얼마쯤이나 갔을까? 하리들이 이르기를 그곳이 계양(桂陽) 땅이라고 하였다.

계양 땅이라는 말을 듣자 한 가지 기억이 자사부인의 머리 속을 전광석화처럼 스치고 지나갔다.

선녀 마고할미가 세상을 하직할 때 계양태수 김전이 자기의 부친이라던 말을 한 것이었다. 혹시 부친을 만날 수 있을는지도 모른다는 생각이 들자, 자사부인은 반색을 하고 하리를 불렀다.

"계양태수를 만나보고 갈 것이니 서둘러 거행하라."

자사부인의 행렬이 일제히 계양성(桂陽城)으로 향하였다. 행마(行馬)를 재촉하여 계양성에 다다르니, 기별을 받은 태수가 성 밖에까지 나와서 자사부인의 행차를 영접하였다.

태수의 성명을 물으니 유뢰(劉賴)라고 하였다. 태수가 김전이 아닌

고로 부인은 크게 실망하였다.

"전에 듣자하니 계양태수는 김전이라고 하던데 태수의 성명이
다르니 계양이 또 있나요?"

"전관(前官) 사또 김전은 백성을 다스림이 어질고 인후하여 백성
의 송덕(頌德)이 높아져 벼슬이 승진되어 양양태수(襄陽太守)로
영전되어 갔사옵니다."

부인은 매우 섭섭하였다.

"그러면 여기서 양양까지는 얼마나 먼가요?"

"한 삼백 리쯤 되옵니다."

"형주로 가는 도중에 그곳을 들릴 수가 있나요?""

"그곳을 가시려면 길을 많이 돌아가야 하옵니다."

부인의 마음이야 백 번이라도 그곳으로 달려가고 싶었지만 먼 길에
피로한 하리들이 또 고생할 것을 생각하니 차마 그곳까지 갈 수가
없었다. 행차를 곧장 형주로 직행(直行)토록 분부하였으나 마음은
여전히 양양으로 이끌리고 있었다.

처음에 김전은 낙양태수로 있으면서 이위공의 명령대로 숙향을
죽이지 않은 탓으로 좌천되어 계양태수로 전근되었다. 그러나 이선이
형주자사로 부임한 뒤에 각 관할구역의 수령(守令)들의 치적을 조사
한 결과 그 공과에 따라 승진과 좌천을 결정하였다.

이때 김전은 한 급수 높은 양양태수로 승진 발령을 받았던 것이
다. 양양태수 자리는 각 고을 수령 중에서는 그 서열이 첫 번째로,
형주(荊州) 내에서는 자사(刺事) 다음 가는 중요한 직위였다.

하루는 양양태수 김전이 형주자사 이선을 만나 정사(政事)를 의논
한 후에 양양으로 다시 돌아가고 있었다.

반야강가에 이르자 허름한 옷을 입은 노인이 행차하는 길 앞의
바위 위에 누워 있었다.

노인의 태도가 자못 거만하고 불손해 보이는지라, 태수를 수행하던
하리(下吏)들이 크게 노하여 잡아내어 처벌하려고 하였다.

김전이 그 노인의 인품을 보니 보통 사람 같지 않는지라 하리들을
꾸짖어 물리치고 말에서 내려 정중히 읍을 하고 우대하였다.

그러나 그 노인은 김전을 본 체도 하지 않았다. 김전은 속으로
생각하기를, '나의 벼슬이 이미 높고 병마(兵馬) 또한 삼 천을 거느렸
으니, 웬만한 사람이라면 감히 함부로 보지 못할 터인데 이처럼 거만
스러우니 어떻든 보통 사람이 아님에는 틀림이 없구나'하고는 그의
근본을 알아보려 하였다.

정중하게 노인의 앞으로 나아가 손을 모으고 공손히 절을 하였으
나, 역시 노인은 모른 척하고 다리를 포개 얹고는 팔베개를 하고 길
위에 누워버리는 것이었다.

태수가 더욱 공경하는 태도로 두 손을 모으고 허리를 굽혀 읍을
하자, 그때에야 노인은 비로소 눈을 가느다랗게 뜨고 입을 여는 것이
었다.

"너 갈 길이나 재촉할 일이지, 내가 언제 너더러 절하라더냐?"

"길을 가던 행객이오나, 노인을 공경하여 문안드리는 것이옵니다."

"네가 진실로 나를 공경한다면 멀리서부터 절을 해야 좋을 게 아니
냐? 네가 사위 덕으로 그만한 벼슬 좀 하였다고, 어른을 업신여기
고 이러쿵 저러쿵 잔말이 많느냐?"

김태수는 이 말을 듣고 비로소 노하였다.

"내가 노인을 공경하여 우대하는데 도리어 사위 덕에 벼슬하여

버릇이 없다고 모욕하니 그게 무슨 망칙한 소리요? 원래 자식이
없는 사람인데 사위는 무슨 뚱딴지같은 사위란 말이요?"

그러자 그 노인은 우스워 죽겠다는 듯이 한바탕 껄껄대고 웃으면
서 말하였다.

"하하, 그러면 숙향이는 네 자식이 아니란 말이냐? 숙향이는 하늘
에서 떨어졌느냐 땅에서 솟아났느냐?"

김전은 숙향이라는 말에 그만 깜짝 놀라서, 다시 절을 하고는 공손
하게 물었다.

"제가 실례를 범하였사오니 용서하여 주옵소서."

김전을 그윽히 바라보던 노인은 그제서야 빙그레 웃으며 노기를
풀었다. 김전은 노인의 앞으로 한 발자욱 다가서며 공손히 말하였
다.

"제 팔자가 기박하여 젊어서 자식이 없더니 늦게야 딸자식 하나를
얻고 손 안의 보옥처럼 사랑하여 길렀사온데 전쟁 중에 잃고 지금
까지 생사를 몰라 늘 슬퍼하였사옵니다. 노인께서 숙향의 거처를
아시거든 가르쳐 주옵소서."

김전은 눈물을 글썽이면서 애원하였다. 그러나 노인은 역시 희롱하
는 말투로 웃으면서 말하였다.

"내가 그 숙향이 있는 곳을 알긴 하지만, 지금은 배가 고파서 말할
기운이 없다."

김전은 곧 하리(下吏)를 시켜 근처 주점으로 가서 술과 음식을
잘 갖추어 오도록 명령하였다. 그러나 노인이 곁에서 듣고 있다가
말하기를,

"하인이 음식을 가져오면 그것은 하인의 정성이니 하인의 자식

간 곳을 물을 생각이냐?"

하고 까다롭게 굴었다.

"제가 또 큰 실수를 저질렀습니다."

김태수는 근처의 주점으로 가서 직접 많은 음식을 사다가 융숭히 대접을 하였다. 노인은 조금도 사양하는 기색이 없이 술과 안주를 깨끗이 먹어 치워버렸다. 김태수가 다시 노인 앞으로 나가서,

"노인장께서 이제 숙향의 거처를 가르쳐 주시옵소서."

"어억, 술을 너무 많이 마셨구나. 술이 취하니 이거 어디 말을 할 수 있겠느냐?"

"바라옵건데, 어르신께옵서는 모든 허물을 용서하여 주시옵고 불쌍한 혈육지정(血肉之情)을 굽어 살피시어 부모 자식간의 한(恨)을 풀어 주시옵소서."

"네 정성이 그러하다면 여러 하리들을 물리치고 너 혼자만 여기 있으면 숙향이 있는 곳을 알려 주마."

김태수는 곧 하리들을 멀리 떨어져 있게 하였다. 그러자 갑자기 맑은 하늘에 먹구름이 일어나며 큰 비가 억수로 쏟아지기 시작하였다.

순식간에 물이 고여 허리에까지 차올랐다. 김태수는 비가 그치고 물이 빠지기를 기다리며 계속하여 혼자서 그곳에 서 있었다. 그러나 노인은 아직도 여전히 잠만 자고 있었다. 조금 더 있으려니 이번에는 함박눈이 내리면서 순식간에 눈이 쌓여 온 몸을 덮으려고 하였다.

김태수는 그래도 그 자리에서 꼼짝을 않고 노인이 숙향의 거처를 알려 주기만을 기다리고 있었다. 젖었던 옷과 몸이 추위로 꽁꽁 얼어붙어서 거의 죽을 지경이 되었다. 김태수는 그래도 그 자리에서 움직

이지 않고 노인의 말을 기다리고 있었다.

노인은 그때에야 부시시 잠을 깨어 조용히 말하였다.

"네 모양을 보니 과연 자식 사랑하는 정성이 지극하구나."

노인은 말을 마치더니 소매 속에서 부채를 꺼내어 하늘을 향해 부치었다. 그러자 순식간에 날씨가 풀리고 천지를 뒤덮었던 눈이 녹으며 여름 날씨가 되는 것이었다.

김태수는 그 노인이야말로 신인(神人)임에 틀림없다고 생각하였다. 다시 노인에게 절을 하고 부탁하였다.

"어르신께옵서는 제 딸 숙향이가 있는 곳을 일러 주시어 제 미어지는 흉중을 보전하게 하여 주옵소서."

"내가 숙향이 간 곳을 일러 주려니와, 숙향이 여러 곳으로 갔으니, 네가 그 곳을 모조리 찾아 갈 수가 있겠느냐?"

"말씀만 해 주시옵소서. 발이 부르튼다 하더라도 찾아 가겠나이다."

"네가 난리 중에 반야산 바위 틈에 버리고 간 것을 도적이 데려갔다."

"그 도적은 어디에 사는 누구이옵니까?"

"도적이 데려다가 마을에 내려 두었는데, 파랑새와 까치가 데려갔고 또 후토부인을 따라갔으니, 거기 가서 물어보려므나."

"아아, 그렇다면 죽은 것이 분명하군요?"

노인의 말을 들은 김태수는 크게 낙망하여 눈물을 비오듯 흘리면서 애통해 하였다. 그러자 노인이 웃으면서 다시 말하였다.

"그 후토부인이 흰 사슴을 시켜 장승상 후원 뒷 동산에 데려다 놓았는데, 그 집에 자식이 없기로 양녀로 기른다 하니 그 곳에 있을 지 모르겠다."

"그럼 장승상 댁으로 가면 만날 수 있사오리까?"

"또 듣자하니 그 집 시녀 사향이가 숙향을 모함하여 내어쫓는 바람에 갈 곳이 없어 표진강에 용궁으로 가려고 물에 빠졌다 하더구나."

"그렇다면 물에 빠져 죽었을 것입니다. 용궁은 수부(水府)이온데 어찌 산 사람이 찾아볼 수 있겠나이까?"

"그 후에 또 들으니, 연(蓮)을 캐던 소녀들이 구해 주어서 육지에 올랐으나, 길을 잃고 헤매다가 갈대밭에서 자던 중 화재를 만나 불에 타서 죽었다고 하던데, 그 말이 사실이라면 그 곳은 육지이니 가서 백골이라도 찾아보아라."

"불에 타서 죽었으면 백골인들 남아 있을 리가 있겠습니까?"

"또 들으니 그 불 속에서는 화덕진군이 구해 주었으나 옷을 다 태워버리고 알몸이 되어 길가에 웅크리고 있는 것을 마고할미가 데려갔다 하니, 그 할미한테 가서 찾아 보아라."

"제가 마음을 다하여 찾아보겠사오니, 그 마고할미가 있는 곳을 가르쳐 주옵소서."

"내가 듣자하니, 그 마고할미가 숙향을 인간 세상에 두었다 하니 찾아보아라."

"인간 세상이 어디 한 곳 뿐이옵니까? 하늘 아래가 모두 인간 세상이온데 어디가서 찾는단 말씀이옵니까? 숙향이가 있는 고을 이름을 가르쳐 주시오면 찾아가겠나이다."

"도대체 네가 그 딸 자식을 찾아서 어찌하겠다는 거냐?"

노인은 잘 나가다가 또 엉뚱한 말을 하였다.

"나이 들어 늦게 얻은 딸 자식인지라 애중한 마음 그지없사오나 전쟁 중에 잃었으므로 생사를 몰라 늘 슬픔 속에 싸여 있다가 어르신을 만났사오니 기박한 인생을 가엾이 여기시어 불쌍한 아이의 행적을 자세히 가르쳐 주시옵소서."

김태수는 눈물을 글썽거리며 애원하였다. 노인은 갑자기 얼굴색을 변하며 꾸짖어 말하였다.

"너의 혈육지정(血肉之情)이 그러할진대, 왜 그렇게 어린 것을 산 속에 내버려두고 도망갔더냐?"

"도둑이 쫓아와 가족이 모두 전멸할 위기에 놓여 있어서 어쩔 수 없이 버렸나이다."

노인은 더욱 화난 목소리로,

"그것은 네 목숨이 아까와서 너만 살기 위함이라, 그건 그렇다치고, 낙양 옥중에서는 왜 숙향이를 죽이려 하였느냐?"

노인의 말을 듣고 김태수는 아연실색을 하였다. 정신이 아찔하고 후회 막급하였으나 이미 지나간 일이었다.

"그때 낙양 옥중에서의 숙향이가 제 딸이었사옵니까? 그때 문초할 때 이름과 나이는 같았사오나, 어리석은 인간의 눈이라 너무 어두워 깨닫지를 못하였나이다."

그러자 노인은 웃으면서 다정한 목소리로 말하는 것이었다.

"허허, 그것은 이미 하늘이 정한 숙명이니, 네 불명(不明)이 아니로다. 나는 물을 지키는 용왕인데, 어느 해 저녁 무렵 내 여식(女息)이 물가에 나가 놀다가 어부에게 죽게 되었는데, 네가 도와주어 살아났었다. 그리하여 나는 내 자식의 은혜를 갚고자 너를 위하여 옥황상제에게 고하고, 너와 네 딸 숙향이 서로 만날 수 있도록 해 달라고 부탁하였다. 그러나 네 정성이 이토록 지극하지 않았다면 찾을 수 없었을 것이다. 네 딸 숙향이가 겪은 고생은 차마 말로 나타낼 수 없을 정도로 참혹하였다. 이제 네가 만나본다 하더라도 네 자식인 줄을 잘 알지 못할 것이다. 그러하니 내 말을 깊이 새겨 두었다가 숙향이를 만나는 때 그 동안 겪어온 일을 차근 차근 순서대로 물어보아 내가 한 말과 틀림이 없거든 네 친딸인 줄 알라.”

노인은 숙향이 그 동안 지내 온 과거의 행적(行蹟)을 자세히 얘기해 주었다. 김태수는 너무나 기뻐서 큰 절을 하면서,

“어르신의 간곡한 가르침을 받으오니 이 감사한 은혜를 무엇으로 다 갚으오리까? 그러하오시다면 형주자사 김상공의 부인이 제 딸 숙향이옵니까?”

“내 어찌 천기(天機)를 누설하랴? 때가 오면 자연히 알게 되리라.”

노인은 말을 마치자 온데 간데 없이 자취를 감추고 말았다. 김태수는 이것이 도무지 생시의 일이 아닌 꿈 속의 일 같이만 생각되었다.

김태수는 곧 하리(下吏)와 행차 관속들을 점검하여 거느리고 양양의 아중(衙中)으로 돌아왔다.

부인에게, 오는 도중 용왕을 만나 들은 이야기를 모두 전하니, 부인은 기쁨과 슬픔이 함께 복받쳐 올라와 하늘을 우러러 크게 탄식하였다.

“생전에 숙향이를 단 한 번만이라도 만나볼 수만 있다면 죽어도 여한이 없겠나이다. 이제 자사부인이 이곳으로 올 것이라 하지만 어찌 우리 딸일 수가 있겠나이까? 그러나 시험삼아 물어나 보십시

다.”

김태수 내외는 슬픔과 초조함을 금하지 못하였다. 반야산에 버려둔 후부터 오늘 이때까지 한 번도 잊어 본 적이 없는 애중한 딸 숙향이가 살아있다니, 그게 분명 생시는 아닌 것 같았다. 노인의 말이 도시 믿어지지 않는 것이었다.

이때 자사부인이 양양으로 가지 못하여 근심하고 있는데, 그날 밤 꿈 속에서 마고할미가 나타나 일러주는 것이었다.

“부인께서 이번 기회에 부모를 찾지 못하시면 다시 십 년을 더 기다려야 할 것이오니, 부모를 뵈오려 하신다면 부디 이 기회를 놓치지 마옵소서.”

자사부인은 너무나 반가와서 그 방법을 묻고자 하는데, 마고할미는 순식간에 사라져 버리는 것이었다.

꿈에서 깨어난 자사부인은 너무나 이상하여 한참을 생각하다가 곧 하리를 불렀다.

“행차의 머리를 먼저 양양으로 돌려라. 양양태수를 만나본 연후에 형주감영으로 가리라.”

김태수는 자사부인이 양양으로 들려 형주로 돌아간다는 기별을 듣고는, 용왕에게 들은 말이 생각나 혹시 숙향이 아닌가 하고 믿고 싶었다. 태수부인은 어제밤 꿈이 좋았으니 아무래도 기쁜 일이 생길 것 같다며 시녀를 불러 미리 가서 자사부인의 근본을 알아오라고 일렀다.

얼마 후 시녀가 돌아와서 고하기를, 장승상의 딸이라고 하였다. 김태수 부부는 그 말을 듣고 거의 낙망하였다.

“어떤 사람의 자식이길래 이리도 귀하게 되었는고? 우리 숙향이도 살아 있었다면 혹시 저렇게 귀히 되었을지도 모를 것을."

태수 부부는 온통 딸 생각으로 가슴이 미어지는 듯 하였다.

자사부인은 태수의 객사에 들어 성찬으로 차려진 저녁을 대접받았다. 저녁을 먹고 난 후 태수부인에게 시녀를 보내어 전갈하기를,

"전에 뵈온 적이 있는 것 같사오니, 한 번 만나봄이 어떠하신지요? 밤이 깊었으나 달이 밝고 조용하오니 서로가 말씀이나 나누었으면 좋을 듯 합니다."

전갈을 받은 태수부인 장씨는 뛸 듯이 기뻐하였다.

"내가 먼저 문안 올리고자 하였사오나, 어려워서 감히 가 뵈옵지 못하였사온데 이토록 불러 주시오니 감사하옵니다."

하고는 곧 객사로 나아가 인사를 올렸다.

자사부인은 머리에 화관(花冠)을 쓰고 칠보로 장식된 교의에 앉아 있었고, 그 좌우로는 백여 명의 시녀가 줄을 지어서서 읍을 하고 있었다. 자사부인은 교의에서 내려와 태수부인을 맞이하여 주홍 교의에 앉기를 권하였다.

"한낱 고을 수령의 아내가 어찌 자사부인과 마주보고 앉으오리까?"

태수 부인 장씨는 한사코 사양하였다. 그러나 자사부인은 지극히 겸손하게 다시 권유하였다.

"이 자리는 다름이 아닌 주객(主客)의 자리인데 어찌 이 곳에서 주객의 벼슬 차례를 가리며, 또한 부인의 연세가 한결 위인데 어찌 그리 겸손해 하십니까?"

그때서야 태수부인은 하는 수 없이,

"그렇게 말씀하시오니 황공하옵니다. 그럼 잠시 실례하겠나이다."

하고 사례한 후, 교의에 앉았다. 그리고나서 태수부인은 자사 부인의 나이를 물었다. 그 나이가 자기 딸의 나이와 똑 같은지라 태수 부인은 눈물을 주루루 흘렸다.

"부인께선 제 나이를 물으시더니 왜 그리 슬퍼 우시옵니까?"

"나에게도 자사부인과 같은 나이의 딸이 있었습니다만은, 전쟁 중에 잃고 밤낮으로 슬퍼하고 있었나이다."

자사부인은 태수부인의 말을 듣고, 한편으로는 기쁘고 한편으로는 슬퍼서 주루룩 눈물을 흘렸다.

"부인의 경우를 듣고 보니 저도 같은 경우라 그만 눈물이 나오는군요. 저도 어려서 부모를 잃은 후 아직까지 만나뵙지를 못하였습니다. 부인께서 슬퍼하시는 것을 보니 우리 부모도 저를 못잊어 하실 것 같아서 애간장이 녹는 듯 하답니다."

"그러하오면 부인께서는 부모와 헤어진 후 어느 댁에서 자라셨나요?"

"제가 부모를 잃은 것은 다섯 살 때라, 너무 어려서 그 당시의 일은 잘 기억하지 못합니다만, 사슴이 업어다가 남군 땅의 장승상댁 후원 동산에 내려놓았는데, 그 댁에 자식이 없기로 저를 거두어서 십 년 동안 양녀로 길러 주셨습니다."

자사부인의 말을 들은 태수부인은 자사부인이 장승상댁 친딸이 아닌 것을 알고는 또 다시 희망을 갖게 되었다. 갑자기 반가운 생각이 들어서 자기도 모르게 자사부인 곁으로 가까이 다가 앉으며 말하였다.

"부인의 입장이 내 처지와 같으니 슬픈 마음을 우리 서로 위로하시지요?"

하면서, 잔을 들어 자사부인에게 권하였다. 태수부인은 어떻게 해서든지 평생의 원을 풀 수 있는 기회를 찾고 싶어 자사부인의 동태를 자세히 살펴보았다.

자사부인이 술잔을 받아 드는데 손에 옥반지를 한 짝만 끼고 있어서 자세히 보니, 숙향이와 이별할 때 옷고름에 매어주던 것과 같은 느낌이 들어 깜짝 놀랐다.

"부인께서 끼고 계신 그 옥반지는 어디서 얻어 끼셨나요?"

"이 옥반지 한 짝은 부모가 저와 헤어질 때 옷고름에 매어 주신 것이므로 항상 부모를 모신 듯이 손에 끼고 있습니다."

태수부인 장씨는 그때에야 자사부인이 틀림없는 자기의 딸 숙향이라고 믿었다. 반가운 마음이 가슴을 두드렸고, 말이 막히고 눈물이 앞을 가렸다. 가까스로 정신을 수습하여, 시녀를 시켜 자기 침실에 놓아둔 옥반지 한 짝이 든 반지함을 가져오게 하였다.

그 옥반지를 갖다가 자사부신의 것과 서로 맞추어 보니 진주 속의 은은한 글자가, 하나는 목숨 수(壽)자요, 또 하나는 복 복(福)자라, 두 개가 합하니 이제 서로 짝을 만난 셈이었다.

이 쌍가락지는 태수 김전이 장씨에게 혼인 예물로 준 보물이었다. 그 뒤에 젊어서는 자식이 없다가, 뒤늦게야 딸을 얻었는데, 구름이 온 집안을 둘러싸고 향기가 온 방안에 넘쳐 흘렀기 때문에 이름을 숙향(淑香)이라고 지었었다. 혹시 명(命)이 짧을 것을 두려워하여 생년월일시의 사주를 써서 금주머니에 넣고 길렀는데, 다섯 살 때 난리를 만나 피난가는 도중에 도적의 추격이 급하여 반야산에서 딸을 바위 틈에 두고 갈 때 옥반지 한 짝을 속옷 고름에 매어 주고 잠시 피하였다가 다시 가보니 숙향이 없어졌더라는 이야기를 하였다. 그리

고 또 근래에 김태수가 형주 부윤에 다녀오는 길에 한 노인을 만나
들은 이야기를 자세히 해 주었다. 그리고 오늘 자사부인을 만나 우연
히 옥반지 한 짝을 보니 피난 길에서 자기 딸에게 남겨 준 그 반지와
꼭 같으므로 기적과 같은 인연이라 슬픈 심회가 더욱 간절하여 통곡
하노라고 하였다.

태수부인은 눈물을 훔치며 옥반지 한 짝과 기록한 쪽지를 자사부인
에게 건네 주었다. 자사부인이 받아보니 그 쪽지에 적힌 생년월일시
의 사주가 자기의 금낭에 있는 것과 꼭 같았다. 그 순간 너무나 놀랍
고 황홀하여 자사부인은 그만 기절하고 말았다.

태수부인이 깜짝 놀라 급히 자사부인을 부여안고 사지를 주물러
구하였다. 자사부인이 보여준 금주머니에 든 사주 쓴 글씨가 남편
태수 김전의 필적이 분명하므로 그때에야 태수부인은 자사부인이
자기 딸 숙향임을 확실히 알고는 하늘을 우러러 방성통곡을 하였다.

이 광경을 지켜본 시녀들은 한결같이 의아하게 생각하고 또한 기이
하게 생각하였다.

양양태수 김전이 이 말을 전해 듣고는 너무 놀라고 너무 기뻐서
어찌할 줄 모르는데 그 행동이 마치 술독에 빠져 몹시 취한 사람
같았다.

자사부인 숙향은 곧 형주자사에게 사람을 급히 보내어 부모를 만난
사실을 알리었다.

전갈을 받은 형주자사 이선은 크게 놀라고 희색이 만면하여 곧장
의관을 갖추고 양양으로 달려왔다. 그리고는 김전과 장씨 부인을
장인 장모로 맞아 큰 절을 하였다.

아울러 형초지방의 각 고을 수령(守令) 부부들을 청하여 크게

잔치를 베풀고, 숙향부인이 부모를 만난 것을 축하해 주었다.

이때 강릉(江陵)에 사는 양회간이라는 사람이 태부(太府) 벼슬을 하던 중 유수(留守)를 받아 이 지방에 있는 집에 와 있다가 이 말을 듣고는 희한하게 생각하고, 상경하자 곧 황제께 사뢰었다.

황제도 희한하게 여기시고 이위공을 불러 그의 아들 이선이 숙향을 만나게 된 사연을 물으셨다.

이위공이 사실대로 아뢰니 황제가 크게 놀라며 매우 기특하게 여기시고 이선을 칭찬하여 마지 않았다.

"이학사(李學士)가 형주자사로 내려간 후로는 그 들끓던 도적들이
모두 양민(良民)이 되었으니, 이학사는 가히 한도(一道)의 자사가
될 큰 재목이요, 충분히 한 나라를 모두 살릴 큰 인재이니 형주자
사로 결코 오래 두지 못할 것이요."

황제는 곧 이선을 조정으로 불러 올리고, 그 후임(後任)으로 김전을 승진 발령하였다. 이선은 상경하기에 앞서 장인 김전 자사(刺使)를 만나,

"황제께옵서 저를 부르시오니 제가 상경하는대로 황제께 사뢰어
빙장님도 내직(內職)을 제수케 하여 상경하시도록 하겠사옵니다.
그 동안 이곳에서 백성을 다스리시며 기다려 주십시오."

하고는 하직 인사를 하였다. 이제 형주자사가 된 김전은 오매불망하던 딸 숙향을 만난 지 얼마 되지 아니하여 또 헤어지게 되자 서운한 마음에 눈물이 앞을 가리었다.

숙향은 몽매에 그리던 부모를 만나 기쁘기 그지없다가 다시 헤어지지 않으면 안되게 되니 슬픔이 복받쳐올라 머리를 감싸고 자리에 누워 일어나지를 못하였다. 이를 본 부모 김자사 부부는 딸을 위로하

여 말하기를,

"오늘날 우리가 이토록 귀히 된 것은 모두가 네 덕이 아니냐? 너는 망설이지 말고 서울로 올라가서 네 남편을 도와 우리를 속히 서울로 올라갈 수 있도록 하여다오."

"벼슬도 중요하고 부귀영화도 중하오나 부모님을 모시고 함께 지내는 것만 같지 못하옵니다."

숙향부인은 슬픔을 이기지 못하였다. 그러나 어찌하랴? 황제의 부르심으로 승진되어 조정의 내직으로 올라가는 남편의 영화로움을 따라 아녀자도 함께 가지 않으면 안되는 엄연한 현실이 숙향의 가슴에 희비(喜悲) 쌍곡선을 그어주고 있었다. 숙향부인은 결국 귀히 되어 떠나는 남편과 함께 서울로 향하였다.

이선은 조정에 들어가자 곧 황제께 알현하고, 다시 며칠 뒤에 상소를 올렸다.

〈성은이 망극하와 일신이 영화로우니 가히 몸둘 바를 모르겠나이다. 신(臣)이 아비와 같은 벼슬이 되기 미안하와 그러하오니 신의 벼슬을 적당히 낮추어 주시옵소서.〉

황제가 이선의 상소를 보고 그 효성이 지극함에 감동하고 더욱 기특히 여기어 말하기를,

"이위공(李蠶公)만한 인물이 나라 안에는 없으니 벼슬을 올려서 위왕(蠶王)으로 봉하고, 형주자사 김전을 내직으로 불러올려 병부상서에 승진시키고, 이선에게는 초공 대승상(楚公大丞相)을 제수하겠노라."

하시니, 실로 일문(一門)의 영달이 아닐 수 없었다.

위공은 너무나 황공하여 아들 이선과 함께 영위(榮位)를 여러번

사양하였으나 황제가 극구 고집하였으므로 할 수 없이 천은(天恩)을 망극해 하며 배수(拜受)하였다. 황제가 이선을 불러 보시고 숙향을 만난 사연을 하문(下問)하시니, 초공(楚公) 이선(李仙)은 그 동안의 우여곡절을 사실대로 사뢰었다.

"모든 것은 덕(德)이 넓은 탓이요, 짐이 앞으로는 경의 그 넓은 덕을 입고자 하니 충성을 다하여 도와주기 바라오."

초공 이선은 천은(天恩)의 망극함을 사례하고, 아울러 남군 땅의 장승상이 애매하게 오랫동안 정직(停職)됨을 아뢰었다. 황제는 이초공(李楚公)의 말을 옳게 여겨 장승상의 과거를 용서하고 다시 우승상(右丞相)을 제수하였다.

장승상 내외는 황제의 부름을 받고 곧장 상경하였다. 장승상 부인은 숙향부인을 찾아와서 감격하며 반가운 눈물을 금하지 못하였다.

이초공은 장승상 부인을 위로하여 잔치를 베풀고 함께 종일 즐거움을 나누었다.

숙향부인은 부모와 장승상 부부를 함께 서울에서 모시고 영화를 누리게 되니 그 기쁨이야말로 비할 데가 없었다.

이초공은 미리 연락을 한 후에 조정의 백관들을 모두 청하여 큰 잔치를 베풀었다.

구름같은 차일(遮日)을 반공에 띄우고, 생소고악(笙簫古樂)을 울리며 뭇사람들을 즐겁게 하니, 그 웅장함이 만고에 보기드문 장관(壯觀)이었다.

조정의 문무천관(文武千官)이 다 모여서 축배를 들며 위왕의 공덕을 치송하며, 초공을 향하여 배례하고 부탁하였다.

"원하옵건대, 명공의 뛰어난 문장과 황희지를 무색케 하는 일필휘지의 필법을 한 번 뵈옵도록 하여 주시어 오늘의 이 자리를 더욱 영광되게 하여 주시옵기를 바라나이다."

그러자 이초공은 겸손하게 말하였다.

"나의 재주는 한낱 보잘 것 없어 부끄럽기 그지 없는데 오늘 이토록 과찬을 하시니 그저 몸둘 바를 모르겠소이다."

이초공은 자신의 실력을 겸손히 낮추어 한사코 사양하였다. 그러나 좌중에 모인 대신들은 한결같이 초공의 뛰어난 실력과 솜씨를 구경하기를 원하였다.

이초공은 할 수 없이 하인을 불러 지필묵을 가져오라 일렀다.

명을 받은 하인이 서둘러 지필묵을 가져오니 초공은 먹을 진하게 갈아 한지(漢紙)를 길게 펴 놓고 청황모무심필(靑黃毛無心筆)에 흠씬 적셔 단숨에 써 내려가니 그 필법(筆法)이 실로 놀라와, 인간의 경지를 능히 초월하고 있었다. 한 자 한 자의 글자가 모두 살아 움직이는 듯하여 글자의 무리가 행(行)과 열(列)을 갖추어 하늘로 날아오르는 비룡(飛龍)의 형상을 취하고 있었다.

필법은 이러하거니와 그 문장은 어떠한가? 한 줄 한 줄에 오묘한 하늘의 섭리가 담겨 있고, 연마다 애국충절(愛國忠節)과 임을 사랑하는 정의(情誼)가 넘쳐나니, 이두(李杜)가 초공과 대적한들 가히 성불사(成不事)라, 좌정에 모인 문무천관들은 그 글을 읽고 감탄한 나머지 벌어진 입을 다물 줄을 몰랐다.

이초공이 일필휘지하여 단숨에 써내려 간 시(詩)의 내용인즉 이러하였다.

처음 하늘과 땅이 열리어

천지만물의 생장이 비롯되는 순간에
어느 한 권능(權能)이 있어
인간의 운명을 결정하고 점지하였네
더러는 초야(草野)에 묻혀 흙을 벗삼고
더러는 정당(精堂)에 모여 뼈를 깎는 아픔으로
입신양명의 꿈을 키우다가
거룩하신 천자(天子)의 부름으로
드디어 세상의 또 한 문(門)을 두드리네
그러다가 천정인연의 눈 뜨임으로
부귀보다도 더 높고 공명보다도 더 그윽한
사랑의 물결에 영혼의 배(舟)를 띄우네
바람 한 점에도 사랑은 가슴 깊은 곳에서 우러나오고
달빛 한 줌에도 사무치는 정은 만사(萬事)를 제쳐놓네
한 순간 하늘의 뜻을 거역한 죄로
티끌진 세상에 귀양온 선관이여
어찌 천상(天上)의 즐거움과 화락함을
한낱 인간 세상의 고락(苦樂)에 비할 것인가
하지만 사랑은 그보다 더 높고 더 그윽하여
온갖 시름 다 지워 주네
홀연히 부는 바람 꽃잎에 드리워도
풍광(風光)은 예와 달라 만물(萬物)이 새롭구나
변화무쌍 인간사(人間事)라, 그 누가 측량하랴
무심히 눈을 들어 명천(明天)을 우러러 보며
일 배 일 배 부일 배(一杯一)에 끝없이 취하여서

오늘 하루 일만 근심 쓸어 모아 덜어내고
두고 두고 기리면서 해와 달이 다 하도록
마시고 또 즐기리라, 천은(天恩) 망극 감사하리라

좌중에 모인 사람들은 저마다 이초공의 시(詩)를 돌려가며 읽어보
고는 그 필법(筆法)의 정교함이며, 그 문장의 신묘(神妙)함에 감탄하
여 마지 않았다.

"이는 필시 인간의 솜씨는 아니라."

하며 모두들 초공의 뛰어난 문장을 보고 수없이 찬탄하였다. 그러면
서 한 편으로 또 초공에게 청하여 말하기를,

"명공(明公)의 탁월한 문장(文章)은 저희들이 이미 탄복하였습니
다만, 음률(音律)에 또한 뛰어나신다 하니, 거문고를 한 번 희롱하
시어 저희들의 취흥(醉興)을 한결 돋구어 주심을 사양하지 말으소
서."

좌정에 모인 여러 빈객들이 한결같이 초공 이선의 재주를 칭찬하여
마지 않으며 이와같이 부탁하므로, 초공은 미처 대답을 하지 못하고
있었다. 그때 그의 부친 위왕이 흔쾌히 미소를 지으며 초공에게 말하
였다.

"너가 음률(音律)을 비록 썩 잘하지는 못한다고 하나 여러 공(公)
이 너를 깊이 아끼고 사랑하셔서 오늘 이같이 즐거운 마당에 한
번 듣고자 원하시니, 너는 모름지기 사양하지 말고 네 재주를 한
번 시험하여 좌중의 흥을 한껏 도우도록 하라."

초공은 부친의 분부가 또한 이러하니 결코 사양할 수 없음을 알고
는 칠현금(七絃琴)을 비스듬히 끼고 한 곡조를 타기 시작했다.

초공이 거문고 줄을 당길 때마다 그 화음(和音)이 실로 청아하고 오묘하여 마치 봉황이 옛보금자리를 찾아 내려앉는 것과 같고 계수나무 꽃잎에 새벽 이슬이 구르는 것과 같아 그 신기한 율성(律聲)은 가히 귀신도 감동할 지경이었다. 그 황홀한 곡조의 가락에 맞추어, 초공은 또한 노래를 부르니, 그 가사는 다음과 같았다.

풀잎 이슬같은 우리 인생
공명(公明)은 한갓 뜬구름일레
스승의 가르침이 또한 무거워
모든 만남을 인생에 다하리라
인연의 늦음이여, 이 안타까움이여,
만고풍상도 한갓 일장춘몽에 지나지 않네
이제 요지(瑤池)의 꿈을 얻었으니
내 비로소 평생의 한(恨)을 이루었구나
이 융성한 성은(聖恩)이여,
한 몸에 무거운 이 벼슬이여
온갖 충성 다하여
그 은혜 만분지 일이라도 갚으리라

좌중에 모인 모든 사람들이 그 곡조의 우아함과 그 가락의 곧고 정결함에 탄복하며 즐거운 흥이 더욱 새로와졌다.

모든 제신(諸臣)들이 한결같이 위왕의 무궁한 복록(福祿)을 끊임없이 하례하였다. 비로소 날이 저물고 서산 마루에 황혼이 깔리니 모든 사람들이 자리에서 일어나 저마다 준비된 마차를 타고 각자 돌아가는데 그 행렬이 이미 십 리에 잇닿아 마치 별들의 운행(運行)과 같은 장관을 이루었다.

초공은 장승상과 김상서의 집을 자기 집의 바로 이웃에 짓게 하고 서로 사이에 문을 달아 한 집처럼 만들게 하였다.

그리하여 숙향부인으로 하여금 세 집의 부모를 함께 지성으로 섬기도록 하였다.

한편 양왕은 황제의 세째 아우였다. 혈육이라고는 오직 공주 하나뿐이었는데, 그 용모와 재주가 보통 사람과는 달라 시서(詩書)에 능통하고 여자로서 못하는 것이 없었다.

양왕이 공주를 낳기 전에 한 가지 꿈을 꾸었다. 꿈 속에서 한 명의 선관이 나타나서 들고 온 매화꽃 한 송이를 주면서 말하기를,

"이제 귀한 꽃을 그대에게 주리니 모름지기 그대는 잘 보전하라. 이 꽃은 봉래산(蓬萊山)의 설중매(雪中梅)이니, 이 꽃 가지에 오얏(李)나무를 접(接)하면 가지와 잎이 무성하리라."

하고는 온데 간데 없이 사라지는 것이었다. 과연 그 달부터, 자식이 없어 쓸쓸해 하던 부인의 몸에 태기가 있었다.

어느덧 만삭이 되어 공주를 낳으매, 그 이름을 매향(梅香)이라 짓고 자(字)를 봉래산(蓬萊山)이라 하였다.

세월이 흘러 공주가 성장함에 따라 용모와 재주가 점점 더 비상해지니, 양왕은 애중하여 손 안에 든 보석처럼 길렀다.

어느덧 장성함에 그 배필을 고르는데 또한 여간 엄격하지 않았으므로 자연 마땅한 혼처가 나타나질 않았다.

공주의 혼사 문제 때문에 늘 고민하고 있던 양왕은 어느 날 이선을 한 번 보게 되었는데, 그 대현군자(大賢君子)의 풍모와 재기에 반하

여 곧장 그의 부친 위왕에게 구혼하였다.

위왕이 기꺼이 허혼(許婚)하매, 서둘러 길일(吉日)을 택하여 성혼(成婚)하려고 하였다. 그런데 그때 이선이 다른 곳으로 장가든 것을 알고는 크게 노하여 정혼(定婚)을 파기하려고 하였다. 그러나 매향공주는 부친 양왕에게 울면서 말하기를,

"충신(忠臣)은 두 임금을 섬기지 않으며 열녀(烈女)는 두 남편을 받들지 않는다 하였사옵니다. 아버님께옵서 이미 이랑(李郞)에게 허혼(許婚)하시고는 이제 다시 다른 곳으로 구혼하시려 하신다면, 소녀는 차라리 목숨을 끊어 불효(不孝)를 끼칠지언정 이랑(李郞)이 아닌 다른 가문(家門)에는 결코 가지 아니하겠나이다."

하고는, 한 번 정혼(定婚)한 것을 파기한다면 어떠한 일이 있어도 부친의 뜻에 따르지 아니하겠다는 의지를 분명히 하였다. 딸의 의지가 곧은지라, 양왕은 한참을 생각한 끝에,

"내 슬하에는 오직 너 하나 뿐 다른 자식이 없으니 내가 쓸쓸하므로, 이제 어진 사위를 얻어 내 후사(後事)를 맡기려고 하였는데, 네가 그렇게 고집하니 이것은 모두가 다 이 아비의 운명이 기박한 탓이로다."

하고는 슬피 탄식하였다. 부친의 탄식에 공주가 울면서 절을 하고는,

"소녀가 언제 아버님 말씀을 거역하였사옵니까? 부모님 말씀이라면 소녀는 물불을 피하지 않사오나, 이런 일만은 결코 순종할 수가 없사오니 그 죄는 만 번 죽어도 싼 줄로 아옵니다."

이토록 공주가 뜻을 굽히지 아니하므로 양왕은 매일 근심하고 있었다. 그러던 중에 이선의 재주가 비상하여 그 능력을 인정받고 벼슬이

초공(楚公)에까지 이르므로 매우 놀랍고 기꺼워서 왕비 최씨와 상의하였다.

"이랑의 재주가 저토록 비상하여 그 벼슬이 초국공(楚國公)에 이르고 사람됨이 또 어질고 덕(德)이 넓으니 우리 매향을 그 둘째 부인으로 삼는다 해도 괜찮을 것 같은데 당신 생각은 어떠하오?"

"저도 찬성입니다만, 이번 일은 그 애의 의견에 따르도록 하는게 좋을까 합니다."

양왕은 공주를 불러 그 의견을 물었다. 공주는 반색하며 말하기를,

"이미 다른 가문으로 가지 않기로 맹세하였사온데 부실(副室)이 된다 하여 어찌 꺼려함이 있겠나이까?"

하고는, 이랑과의 혼사가 이루어지기를 바라는 눈치였다.

"네 뜻이 그러하면 내 다시 위왕을 만나 의논해 보겠노라."

양왕는 다음 날 아침에 조회에 나아가 어전(御前)에서 위왕을 만났다.

"위왕께서는 우리 집과 정혼(定婚)을 하시고는 어찌하여 타문(他門)과 허혼(許婚)하셨나요?"

양왕의 질문에 위왕은 매우 부끄러워 하면서 사과하였다.

"약속을 지키지 못한 저로서는 부끄러워 양왕을 뵈올 면목이 없소이다. 처음 제가 상경할 적에 누님에게 선을 맡기고 올라왔는데, 제가 서울에서 양왕댁과 정혼한 줄을 모르고 타문(他門)으로 성혼하였으니, 이제 와서 무어라 변명을 하오리까? 다만 부끄러울 뿐입니다."

이때 황제가 두 사람의 대화를 들으시고 말씀하시기를,

"이초공에 관한 일은 이미 짐이 다 알고 있는 바이오. 그가 다른 가문으로 장가든 것은 그의 잘못이 아니라 하늘의 정(定)함이요, 그러니 다투지 말고 양왕은 이제 다른 곳으로 구혼함이 어떠한 가?"

"폐하의 가르치심이 지당하오나 신의 딸이 이랑과 정혼한 후부터 는 그냥 늙어 죽을지언정 다른 가문으로는 가지 않겠다고 고집하므 로 그 정성이 실로 가긍하옵니다."

황제는 매향공주의 굳은 절개를 칭찬하여 마지 않았다.

"경의 공주의 뜻이 그렇게 굳으니 실로 기특하도다. 이제 이선이 초공이 되어 그 벼슬이 가히 두 부인을 거느려도 부족됨이 없을 터이니, 경들의 의사는 어떠한가?"

"황공하여이다."

양왕은 황제의 말에 즉시 찬성하였다. 그러나 위왕은 꿇어 엎드려 아뢰기를,

"신이 어찌 성교(聖教)를 위월(違越)하오리까만, 양왕의 공주는 금지옥엽(金枝玉葉)이온데 어찌 감히 신의 아들 초공의 부실(副 室)에 굴(屈)하오리까?"

"이제 그 일은 짐이 초공을 불러 결정하겠노라."

황제는 곧 초공을 불렀다. 초공은 필시 양왕의 혼사 때문에 자기를 부르는 줄 알고 병을 핑계하여 나가지 않았다. 그러자 숙향 부인이 근심하여 말하기를,

"황제께서 부르시는데 어찌 병을 핑계하시나이까?"

하니, 초공이 대답하기를,

"황제께서 부르시는 것은 다름이 아니라 양왕의 혼사 때문인 것

같소. 그래서 내가 병을 핑계하고 그 일을 피할 생각이요."

그러자 부인은 정색을 하고 말하였다.

"당신은 저를 위하여 그러하시니 그 뜻은 감사하오나, 이는 신하의 도리가 아니오니 뜻을 바꾸소서."

"나도 그런 줄을 모르는 바 아니오만, 어전에서 혼인을 사양하면 그 죄를 면하기 어려울 것이요, 만일 그 여자를 맞아들여 불미한 일이 생긴다면 부인의 괴로움이 또한 적지 않을 것이라, 나는 부인에게 그런 괴로움을 안겨 주고 싶지 않소. 아울러 그 여자가 내집에 들어와 황제와 친척됨을 내세워 위세를 부리게 된다면 우리 가문의 맑은 덕(德)이 그 여자로 인하여 더러워질 것이니, 어찌 두려운 일이 아니오? 그러하니 폐하께는 황송하오나 거절하는 것이 상책으로 아오."

"당신의 뜻은 그러하오나, 양왕과의 혼사를 거절하는 것은 두 가지 면에서 안되는 줄로 아옵니다. 한 가지는 신하된 도리로서 임금의 명을 거역할 수 없음이요, 또 한 가지는 그 여자가 한 번 정혼한 바 있어 다른 가문에는 가지 않고 독수공방한다하오니 그런 원한을 사서는 안될 것이옵니다. 그러하오니 어서 어전으로 나가소서."

부인이 이토록 간절하게 충고하였으나 이선은 끝내 듣지 않았다.

황제의 명을 전달한 사관이 돌아가서 그대로 고하였다. 황제는 그 말을 믿고 양왕에게 이르기를,

"초공이 몸이 불편하여 나오지 못한다 하니 다음 기회에 짐이 주선하겠소."

하시니, 양왕은 초공이 혼사를 거절하기 위해 일부러 병을 핑계한 것이라고 생각하고는 괘씸하게 여기고 앞으로 이초공을 해칠 앙심을

품었다.

이때 황태후(皇太后)가 병을 얻었는데 그 증세가 실로 이상하였다. 눈이 멀고 귀가 먹어 말도 할 수 없는 희한한 병이었다. 황제가 근심하여 식음을 전폐하고 조정이 발칵 뒤집혔다.

그런데 하루는 도사(道士) 한 분이 어전으로 들어와 황제를 보고 말하기를,

"하빈도(下貧道)는 구름따라 노니는 도사이온데 황태후의 병환이 매우 중하신지라 치료약을 가르쳐 드리기 위하여 왔나이다."

하므로, 황제가 크게 기뻐하고 묻기를,

"그 방법을 가르쳐 주시오."

하시니, 그 도사가 방법을 가르쳐 주었다.

"황태후의 병환은 보통 약으로는 고치기 어려운 병이옵니다. 동해 용왕에게 눈을 뜨는 구슬(開眼珠)을 얻어야 세상을 보실 것이요, 봉래산의 개연초(開燕草)를 구하여야 말을 하실 것이옵니다. 그러 하오니 어진 신하를 보내시어 그 약을 구하도록 하옵소서."

하고, 말을 마친 후 그 도사는 온데 간데 없이 사라져 버렸다.

황제는 깜짝 놀라며 기이하게 여겨 조정 백관들을 불러놓고 그 일을 상의하였다. 이때 양왕이 아뢰었다.

"조정의 신하 가운데 초공 이선의 재주가 가장 뛰어난다 하오니 그 일을 초공에게 맡기심이 마땅한 줄로 아뢰오."

황제가 듣고 보니 그 말이 제격이라, 곧 초공을 불렀다.

"경의 충성은 이미 나라 안을 덮었도다. 이제 짐이 간곡히 부탁하니 모름지기 한 번 수고를 아끼지 말고 선약(仙藥)을 구해온다면, 짐이 이 나라를 둘로 쪼개어 그 은혜를 갚을 생각이니 부디

경은 사양치 말고 성공하여 황태후(皇太后)를 사경에서 구해 주기
바라오."

초공은 관을 벗고 꿇어 엎드려 여쭈었다.

"신은 이미 한 몸을 나라에 바쳤사온데 어찌 물불을 가리오리까?
생사(生死)를 가리지 않음이 신하된 자의 도리이오니 충성을 다하
여 선약(仙藥)을 구해 올리겠사옵니다만, 봉래산은 남쪽 끝에 있사
옵고 동해용왕을 만나려면 수궁(水宮)으로 가야 하오니 신이 살아
서 돌아올른지는 의문이옵니다."

초공은 황제께 하직하고 집으로 돌아왔다. 부친 위왕을 비롯하여
장승상과 장인 김상서가 초공이 황제의 명을 받고 오는 것을 보고,
이번 길에는 결코 이선이 살아서 돌아올 수 없을 것이라고 생각하고
슬픔을 억제하지 못하였다. 초공 이선은 부친께 급히 하직하고 부인
의 침소로 와서 이별의 정을 나누었다.

"내가 떠나거든 부인께서는 나를 대신하여 부모님 봉양을 극진히
하여 나의 뜻을 저버리지 마오. 이번 길이 하도 험한지라 내가
살아서 돌아오리라는 생각은 하기 어려울 것이오."

숙향부인은 마음 속으로는 낭군과 헤어져야 하는 슬픔이 복받쳐
올라와 가슴이 미어질 것 같았지만, 겉으로는 침착하게 초공을 위로
하였다.

"가시는 길이 비록 험하다 하더라도 충성을 다하여 구하신다면
하늘이 또한 무심하지 않을 것이옵니다. 부모님을 봉양하옵는 것은
저의 맡은 바 소명이오니 조금도 염려 마시옵소서. 언제 돌아오실
지 그 날짜를 예정할 수 없는 행차시오니 부디 귀체를 중히 보호하
시어 기쁘게 돌아오시기를 간곡히 비옵니다."

숙향부인은 옥반지 한 짝을 빼어 주면서 다시 말하였다.

"이 반지의 진주가 눈물을 흘리거든 제 몸이 병든 줄로 아시옵고, 진주의 빛이 검어지거든 제가 죽은 줄로 아시옵소서."

초공은 아내가 주는 반지를 받으며 이에 답하여 말하기를,

"저 북창 밖의 동백나무가 울거든 내가 병든 줄로 알고, 가지와 잎이 무성하거든 내가 무사히 살아 돌아오는 줄로 아시오."

초공은 작별의 말을 마치자 곧 숙향부인의 곁을 떠나려고 하였다. 그러자 부인이 다시 편지 한 통을 주면서 당부하였다.

"예전에 저하고 같이 살았던 마고할미는 천태산에서 선약을 다스리는 선녀이오니, 그 할머니를 찾아가서 이 편지를 전해 주시오면 도와주실 것이옵니다."

초공 이선은 사랑하는 아내 숙향부인과 헤어져 곧 길을 떠났다.

육로(陸路)를 벗어나 물길(海路)로 배를 타고 가는데 십여 일쯤 되었을 때였다. 태풍이 몰아쳐와 배가 물 속에 침몰하기 시작했다. 일행이 거의 죽을 지경이 되었는데, 그때 물 속에서 한 물짐승이 솟아올라왔다. 크기가 작은 산봉우리만한데 두 눈에서 광채가 나는 뒤웅박처럼 생긴 짐승이었다. 그 짐승이 큰 소리로 말하였다.

"너희들은 웬 놈들이기에 이 바다를 지나면서 감히 제사도 올리지 않고 당돌하게 그냥 지나치려고 하느냐?"

초공은 혼비백산한 가운데서도 정신을 가다듬어 침착하게 말하였다.

"나는 중국의 초공 대승상 이선이온데, 황태후의 병환이 매우 위중하므로 황제의 명을 받아 봉래산으로 선약을 구하러 가는 도중에 마침 이 귀한 곳을 지나게 되었으니 부디 길을 빌려 주오."

초공은 큰 목소리로, 그러나 정중하게 부탁하였다.

"잔소리는 저 세상에 가서나 하고 어서 가지고 있던 보배를 내어 길세를 놓고 가라."

큰 짐승은 곧 배를 뒤집어 엎으려는 듯이 노하여 날뛰었다. 초공은 황겁하여 다시 말하기를,

"제발 부탁이오니 길을 빌려 주시오. 지금 가지고 가는 것이라고는 양식밖에 없소."

그러나 물짐승은 더욱 화를 내며 금방이라도 배를 침몰시킬 듯이 잡아 흔들어대며 위협하였다.

"정말 가진 것이라고는 양식밖에 없는데 무슨 보배가 있다고 이러시는 거요? 그러지 말고 제발 살려 주시오."

"잔소리 말아라. 네 몸에 가진 보배를 주지 않으면 한 명도 돌려 보내지 않겠다."

사세가 험악해지자 다급해진 이선은 아내 숙향이 이별할 때 준 옥반지를 내어 주었다. 그러자 물짐승은 그것을 받아보고는 더욱 노하여 큰 소리로 꾸짖는 것이었다.

"이것은 동해 용왕의 개안주(開眼珠)인데, 이 보물을 어디서 훔쳐 왔느냐?"

물짐승은 배를 험하게 이끌고 깊은 바다 속으로 달아나기 시작하였다.

이선을 비롯하여 배에 탔던 여러 하리(下吏)들은, 이젠 살 가망이라고는 전혀 없다고 낙담하였다. 얼마 후 큰 궁전에 이르렀는데, 물짐승은 배를 붙잡아 매고는 탔던 사람들을 휘몰아 용궁 앞에다 세워 놓았다.

"제가 변방을 돌아보다가 동해용왕의 개안주를 훔쳐 달아나는
놈들이 있기에 잡아왔나이다."

하고는 옥반지를 용궁 안으로 들여 보내는 것이었다.

이선은 놀라고 또 한편으로는 기이하게 생각되어 멍하니 서 있었
다.

조금 있으려니 용궁 안에서 한 선관이 나오더니 다짜고짜 이선을
욱박지르며 문초하기 시작하였다.

"너는 어떤 놈이길래 수궁(水宮) 보물을 훔쳐 갔느냐?"

"이것은 내가 훔친 것이 아니오. 오래 전부터 우리 집에 있어온
구슬이요. 내가 황제의 명을 받고 선약을 구하러 떠나올 때, 돌아올
날을 기약하기 어려운지라 내 아내가 선물로 이것을 준 것이요.
그것이 어디서 났는지는 나도 모르는 일이오."

선관은 이선의 말을 듣고는 용궁 안으로 들어가서 들은대로 용왕에
게 고하였다. 용왕은 매우 이상하게 생각하고, 애초에 이 진주를 가지
고 있던 부인의 이름을 알아오라고 분부하였다.

선관이 용궁으로 들어간 후에 이선은 앞으로의 일이 염려되어 심히
불안해 하고 있었다. 그때 안으로 들어갔던 선관이 다시 나왔다.

"애초에 그 진주를 당신에게 준 것이 당신 부인이라 하였는데,
그렇다면 당신 부인의 이름이 무엇이며, 그 부모는 누구인가?"

선관은 아까보다는 약간 누그러진 목소리로 물었다.

"나의 아내는 낙양 태생 김전의 딸이며, 이름은 숙향이라고 하오.
그리고 나는 낙양 북촌의 이위왕의 아들 선(仙)이요."

선관은 다시 용궁으로 들어가 용왕에게 그대로 고하였다. 그러자
용왕은 금방 얼굴색이 바뀌며 크게 반가와 하고 이선을 귀빈으로

모시도록 분부하였다. 용궁의 모든 선녀들이 달려나와 이선을 극진히 모시는데 그 광경이 가히 용궁 안을 진동시키고도 남았다.

이선 일행이 귀빈실에서 잠시 기다리고 있노라니, 이윽고 몸에 곤룡포를 두르고, 머리엔 금관을 쓰고, 손에는 백홀(白笏)을 든 용왕이 그 거룩한 모습을 나타냈다.

용왕은 곧장 이선에게 다가와 정중히 예를 차렸다. 이선은 너무나 당황하여 몸둘 바를 몰라하는데, 용왕이 손을 이끌어 보석이 박힌 의자에 앉기를 권하며 공손히 사과를 하였다.

"귀인이 이곳을 지나가실 줄은 꿈에도 몰랐습니다. 나는 이곳을 다스리는 용왕인데, 지난 날 나의 누이가 부왕께 죄를 얻어 반하수 강으로 쫓겨났다가 어부에게 붙잡혀 죽게 되었을 때, 김상서의 도움을 받아 살아 났었습니다. 그때 누이는 은혜를 갚을 길이 없어서 이 진주로 은혜를 갚았던 것입니다. 이 진주는 용궁에서도 가장 귀한 보물인데, 복 복(福) 자가 씌여진 진주를 사람이 가지게 되면 오래 살 뿐만 아니라, 시신에 얹어 두면 만 년이라도 살이 썩지 않는 보배 중의 보배입니다. 그 때문에 그 상서로운 기운이 멀리까지 비쳤으므로 우리 용궁의 장수가 변방을 돌아보다가 그 기운을 보고 잘못하여 놀라시게 하여 드렸사오니 죄송하여이다. 하지만, 황태후의 병환이 위독하여 봉래산으로 선약을 구하러 가신다 하시니, 그곳은 너무 멀고 또한 길이 험하여 심히 인간의 배로는 건너가기가 어려울 것입니다."

용왕의 말을 들은 이선은 크게 놀라 절망하며 말하였다.

"저는 뜻을 이루지 못하면 헛되이 죽을 따름이옵니다."

"그러하오나 이 모든 것은 하늘이 정한 액운이오니 사람의 힘으로는 어찌할 수 없는 일입니다. 그러니 너무 염려 말으소서."

용왕은 이선을 위로하며 크게 잔치를 베풀었다. 이때 나이 어린 한 왕자가 밖으로부터 들어왔다.

"너는 왜 벌써 왔느냐?"

"선사(仙師)께옵서 가라고 하여 왔습니다. 선사께옵서 말씀하시기를, '너의 공부는 이미 상당한 실력에 도달하였으나 앞으로 태을진군(전생의 이선)의 도움을 받아야 앞길이 막히지 않으리라. 지금 태을진군은 하늘 나라에서 죄를 지어 인간 세상으로 귀양을 가 있는데, 황제의 명을 받고 봉래산으로 선약을 구하러 가는 도중 수부(水府)를 지날 터이니 네가 가서 봉래산까지 편히 모셔다 드리면, 나중에 반드시 보은(報恩)받을 날이 있을 것이니라'하시기에 이렇게 달려 왔나이다."

왕자의 말을 들은 용왕은 크게 기뻐하였다.

"그렇다면 네가 선관의 옷을 입고 내 공문(公文)을 가지고 간다면 도중에서 의심받지 않고 갈 수 있으리라."

용왕은 곧 길 떠날 차비를 차려 주었다. 왕자가 초공 이선을 향하여 절을 하면서 말하였다.

"소생은 동해 용궁의 왕자이옵니다. 그 동안 일광로(日光老) 선사께 공부하고 있었사온데 스승의 가르침을 받들어 상공(相公)을 모시고 가고자 하나이다."

이선은 너무나 반갑고 기뻐서 용왕에게 물었다.

"나와 함께 온 하리(下吏)들은 어떻게 하오리까?"

"같이 온 일행들은 다시 돌려 보내십시오."

용왕은 곧 수부(水府)의 신하(臣下)들을 시켜 이선과 같이 왔던 하리들과 배를 다시 돌려보내라고 분부하였다.

이선과 함께 고생하며 용궁까지 왔던 하리들이 떠나가자 용궁의 나이어린 왕자는 가벼운 배 한 척을 내어 왔다.

"이 배에 오르소서."

왕자가 말하니, 이선이 배 위로 올랐다. 순간 배는 번개같이 빠르게 어딘가로 달려 나갔다. 빛살처럼 달리는 배 안에서 왕자가 이선에게 말하였다.

"상공께서는 티끌진 세상의 인간이라 선경(仙境)을 마음대로 오가지 못하시니, 가는 도중에 많은 물신령들이 검문할 때는, 제가 부왕(父王)의 공문 핑계를 대겠사오니 저 하는 대로만 따라 해 주십시오."

얼마동안을 달리니 회회국(回回國)이 나왔다. 사람들은 바다로 다니지 않고 뭍으로 걸어다녔다.

그 나라를 지키는 왕은 매우 온순한 성격을 가졌는데, 성명은 정성(井星)이었다. 왕자가 왕을 만나 용왕의 공문을 보여주니, 왕은 추호의 의심도 없이 통행 허가의 도장을 찍어 주며 멀리까지 나와 배웅해 주었다.

다시 얼마쯤 달리노라니, 다른 나라가 나타났다. 그 나라 사람들은 밥 대신에 꿀만 먹고 살았다. 나라 이름은 호밀국(好密國)이었고, 왕의 이름은 필성(畢星)이었는데, 이선의 선조의 후예였다. 왕자가 궁궐에 들어가 왕에게 공문을 드리니, 왕은 반겨하며 도장을 찍어주고는 친절하게 말하였다.

"태을진군을 인도해 가는 그대에게 부탁하노니, 이 앞의 길이 가장 험한지라 부디 조심하여 모시고 가라. 다음의 수성(水星)을 통과하기가 가장 어려울 것이다."

용왕의 왕자는 호밀국(好密國)의 왕에게 사례한 후 출발하여 그 다음에 있는 유리국(琉璃國)에 닿았다. 왕의 이름은 기성(箕星)이라고 하였으며, 백성들은 비린 음식을 먹지 않았으며, 의관과 물색이 주옥같았다. 왕자가 공문(公文)을 들고 보이려 하니 왕은 큰 소리로 꾸짖되,

"이곳은 선경(仙境)이라 범인(凡人)이 함부로 들어갈 수 없거늘 어찌하여 인간(人間)을 데리고 왔느냐?"

하고는 왕자를 본체 만체 하였다. 왕자는 다시 공손히 절하고 나서, 초공을 모시고 봉래산으로 가는 사연을 말하였다. 그랬더니 왕은 노기가 풀어지면서, 공문에 도장을 찍어주는 것이었다.

왕자는 겁이 잔뜩 나서 공문을 움켜쥔 채 다시 길을 떠났다. 다음 나라는 교지국(交趾國)이었다. 그 나라 사람들은 차(茶)만 마시고 살았으며, 모두들 짐승 같은 모습을 하고 있었다.

왕의 이름은 규성(奎星)이었는데, 성질이 매우 포악하여 다른 나라 사람이 국경을 넘어오면 이유를 불문하고 잡아죽였다. 왕자는 이선에게 주의하라고 일러 주었다. 궁궐로 들어가 공문을 보여 주었더니,

"네가 태을진군을 모시고 봉래산으로 간다고는 하나 그는 이미 인간 세계로 귀양간 사람인데 어찌하여 이곳을 들어가려 하느냐?"

왕은 노하여 왕자와 이선을 다짜고짜 붙잡아다가 구리성 안에 가두어 버렸다. 왕자는 불안해 하는 초공을 안심시켰다.

"규성왕은 원래 성질이 포악하여 어떤 말도 듣지를 않으니, 제가 스승께 가서 부탁드리고 오겠습니다. 잠시만 이곳에서 기다려 주십시오."

왕자는 슬며시 구리성에서 빠져나와 용궁의 일광로(日光老) 선사에게 이선이 교지국 구리성에 갇혀 있는 사실을 알리었다.

"그 왕은 원래 거북이라 이번에는 내가 직접 가지 않으면 안되겠구나."

일광로 선사는 즉시 구름을 타고 교지국으로 달려갔다. 왕자는 먼저 와서 태연하게 구리성 안에서 기다리고 있었다. 일광로 선사는 규성왕을 찾아와서 전후 사정을 이야기하고 이선의 여행을 도와 달라고 하였다.

"그 분은 원래 태을진군(太乙眞君)으로 하늘 나라에서 죄를 짓고 인간 세상에 내려와 고초를 겪음으로써 하늘 나라의 죄값을 치루며, 봉래산 영지(靈地)로 선약을 구하러 가는 도중인데, 만일 태을진군의 길을 막아 지체시킨다면 황태후의 병환을 구하지 못할 것인즉 망설이지 말고 풀어 드리도록 하시오."

"허허, 내가 그런 줄은 모르고 그만 실례했소이다."

규성왕은 황급히 왕자와 이선을 풀어주고 통행 허가 도장을 찍어 주었다.

왕자와 이선은 다시 배를 타고 달리었다. 얼마쯤 가노라니 바닷물 가운데에서 갑자기 오색 구름의 탑이 나타나며 그 위에 두 명의 선관이 앉아서 악기를 다루고 있었다.

"동쪽에 앉아 계신 분이 나의 스승 일광로 선사이시고 반대편에 앉아 계신 분이 규성왕입니다."

구름 위의 선관을 가리키며 왕자가 말하였다. 이선은 그들이 무척 부러웠다. 길게 한숨을 쉬면서 길이 멀고 험함을 한탄하였다. 그러자 왕자가 위로하였다.

"우리도 오래지 않아 저렇게 될 것이오니 안심하시고 기다리소서."

다시 얼마쯤을 가노라니 부희국(富喜國)이 나타났다. 백성들의 키는 열 자나 되는 거인들이었는데, 짐승과 사람을 잡아먹고 사는 나라였다.

왕의 이름은 진성(軫星)이었고 수성(水星) 가운데 가장 막내였다. 왕자가 공문을 들고 통행 허가를 얻고자 성안으로 들어가면서 이선에게 당부하였다.

"제가 성 안으로 들어가고 나면 이 나라 백성들이 틀림없이 상공을 해하려 할 것이오니, 위기가 닥치면 이 부적(符籍)으로 물리치십시오."

왕자의 공문을 본 왕은 곧 도장을 찍어 주었다. 그러나 이선이 왕자를 궁성 안으로 들여보내고 난 후에 밖에서 기다리고 있노라니, 이 나라 백성들이 몰려와서는 입맛을 다시며 이선을 해치려 하였다.

당황한 이선은 왕자가 주고 간 부적을 공중으로 던졌다. 그러자 갑자기 풍랑이 거세게 일어나서 몰려오던 무리들은 모두 물에 빠져 죽고, 이선이 탄 배는 풍랑에 밀려 어디론지 떠내려가 어디가 어디인지 도무지 종잡을 수가 없게 되었다. 사람을 잡아 먹는 무리들의 습격은 피하였지만 왕자와 헤어져 만날 수 없게 된 이선은 크게 낙망하였다.

그때였다. 물 속에서 갑자기 한 신선이 고래를 타고 나타났다. 그 신선은 이선의 배를 가로막으며 시비를 걸었다.

"네 꼴을 보아 하니 신선도 아니요, 완연한 속세의 인간도 아니요, 그렇다고 용왕도 아닌데, 어떻게 용왕의 배를 훔쳐타고 도망쳐 왔느냐?"

"저는 중국 초국공 대승상 이선이라는 사람이온데, 황제의 명을
받들고 봉래산에 선약을 구하러 가는 중이오니 부디 길을 가르쳐
주옵소서."

"흥, 웃기지 마라. 네가 대승상이라면 옛글도 보지 못하였더냐?
불로장생(不老長生)을 염원하여 불사약(不死藥)을 구하려던 진시
황(秦始皇)과 한무제(漢武帝)도 못한 일을 네가 어찌 해내겠다는
거냐?"

"그것이 비록 지극히 어려운 일이라 하더라도 임금의 명(命)을
받고 왔사오니 죽는 순간까지 구하러 가겠습니다."

"그런 꿈일랑 그만 꾸어라. 내가 탄 이 고래가 순식간에 구만리장
천(九萬里長天)을 왕래하지만, 아직껏 봉래산 구경은 못해봤다.
그러니 나와 함께 찾아보자."

선관은 이선이 탄 배를 고래 등에 잡아매고 이리 저리 돌아 다녔
다. 이선은 말할 수 없는 고초를 겪으며 하염없이 끌려다녔다.

얼마쯤 지나자 한 선관이 파초선(芭草船)을 타고 왔다. 그 선관은
고래를 타고 있는 신선에게 물었다.

"그 배는 무슨 배이며, 어디로 끌고 가느냐?"

"이 손님이 나에게 술집을 가르쳐 달라고 보채서 할 수 없이 끌고
간다."

"허허, 그것 참 재미있겠다. 나도 한몫 끼어 볼까?"

선관은 이선을 보고 슬슬 농을 걸었다.

"너는 도대체 술값을 얼마나 갖고 있느냐?"

"농담은 그만들 하십시오. 나는 지금 황제의 명을 받고 선약을

구하러 봉래산으로 가는 중에 이 선관에게 봉변을 당하고 있소이다."

이선은 새로 나타난 선관에게 은근히 구해 줄 것을 바랐다. 그러나 선관은 껄껄 웃으며 물었다.

"너는 지금 함께 가고있는 선관도 모르냐? 당현종(唐玄宗)때 한림학사 이태백(李太白)이다. 이 기회에 그와 더불어 함께 술이나 마시며 흠뻑 취해 보고 싶으니, 술값이나 넉넉히 내어 놓아라."

"돈 가진 것이 한 푼도 없으니 어찌하오?"

이선이 쓴웃음을 지으며 난처해 하는 모습을 본 신선 이태백이 말하였다.

"돈보다도 네가 가진 옥반지가 술값에는 안성마춤이다."

선관은 이선을 막무가내로 끌고 한참을 갔다. 그때 멀리서 옥피리 소리가 은은하게 들려왔다. 이태백이 미소를 지으면서,

"우리도 저 피리 소리를 따라가 보자꾸나."

하고는 옥피리 소리가 나는 곳으로 쏜살같이 달려갔다. 가서 보니 한 선관이 물 위에 칠현금(七絃琴)을 띄우고 그 위에 앉아서 옥피리를 불고 있었다. 그 선관은 이선을 보더니만,

"어? 태을이 아닌가? 반갑구나. 재미가 어떠한가?"

이선은 모르는 선관이 자기를 알아보는 바람에 저윽이 당황하였다.

"풍진 세상의 인간이 어찌 선관을 알아볼 수 있으리요? 나는 갈길이 바쁘거늘 이태백의 넋을 가진 선관이 나를 잡고 이토록 지체시키니 큰일이요."

"허허, 이 손님이 자기 아내가 준 옥반지를 팔아 술을 사준다며

종일토록 나를 끌고다니며, 결국 술을 사주지 않으니 화가 났소."

이태백이 농담을 하자 같이 동행하던 선관이 말하였다.

"허허, 두 양반이 서로 끌려다닌다 하니 거참 신기하구나. 마치 까마귀처럼 암숫놈을 모르겠도다."

말을 한 선관은 깔깔대고 웃어댔다. 그때 갑자기 선녀 한 명이 연엽주(蓮葉舟)에 술을 싣고 왔다. 함께 동행하던 선관이 물었다.

"선녀는 어디로 가시오?"

"두목지선생(杜牧之先生)이 친구를 만나려고 옥화주로 가셨기에 그리로 가는 중이옵니다."

"그건 혹시 태을을 만나기 위함이 아닐까?"

이태백은 손을 들어 달려오는 배를 가리키며, '저 배가 아닌가?' 하고 외쳤다. 모두가 그 쪽을 바로 보니 한 선관이 학상의(鶴翔衣)를 입고 일엽주(一葉舟)에 앉아 노를 저어 오고 있었다. 가까이 다가오더니 손을 들어 흔들면서 초공 이선을 향하여 큰 소리로,

"여어, 태을아, 반갑다! 그 동안 인간의 재미가 어떠한가? 우리 함께 술이나 마시자."

이윽고 술좌석이 벌어졌다. 서로 권커니 자커니 서너 순배의 잔이 돌아가고 있는데, 갑자기 하늘에서 푸른 옷을 입은 동자(童子)가 내려와서 고하였다.

"안기선생의 분부를 받고 왔사옵니다. 안기선생께서 스승님들을 공중으로 모시고 오시라는 분부이십니다."

"우리는 이제 공중으로 가야겠는데, 이 태을진군은 어떻게 하지?"

함께 동행해 온 선관이 두목지 선생에게 물었다. 그러자 두목지 선생이,

"지금 장진이 내 학을 빼앗아 타고 봉래산으로 갔으니, 내가 궁장
(弓匠)을 데려다 두고 학을 타고 뒤쫓아 가리다."
하니, 모두들 기뻐하면서 초공 이선에게 작별을 고하였다.

"우리가 만난지 얼마 되지 않아 다시 헤어지게 되니 섭섭하기 그지
없다만 머지 않아 다시 만나게 될 것이다."

다른 선관이 떠나고 난 뒤에 두목지 선생은 이선을 데리고 갔다.
한참을 가노라니 큰 산이 나타났다. 하늘로 치솟은 산 주위에는 상서
로운 구름이 서리어 있었다. 두목지선생이 이선에게 산을 가리키며
말하였다.

"이 산이 바로 봉래산이다. 지금부터 구류선을 찾아서 선약을 얻으
라."

두목지 선생은 말을 마친 후 표연히 사라져 갔다. 이선은 산을
바라보며 놀라움과 감탄을 금치 못하였다. 형용할 수 없이 아름답고
웅장한 산이었다.

"이태백이 시를 읊어 가로되, '삼산은 푸른 하늘 밖으로 반쯤 떨어
지고 이수는 갈라져 이슬로 덮였네(三山半落靑天外 二水中分白露
洲)'라고 하였더니, 역시 헛 말이 아니었구나."

이선은 끝없이 탄성을 지르며 산수(山水)를 천천히 구경하며 산속
으로 몇 리를 들어가니 뜻밖에도 용궁의 왕자가 먼저 와서 기다리고
있었다. 이선은 놀랍고 또 한편으로는 기뻐서 물었다.

"어떻게 이곳에서 기다리고 있소?"

"저는 상공께서 가신 곳을 몰라 이태백을 만나 물었더니 두목지
선생이 인도하여 이곳으로 오셨다기에 이곳으로 일찍 왔습니다."

"두 선관들이 술을 사라고 졸라대는 바람에 땀 뺐소."

"그 선관들은 한결같이 전생에 이상공과 벗이었기 때문에 농담을
한 것입니다. 만일 그 신선들을 못만났다면 어찌 이 봉래산에 이를
수 있었겠습니까?"

왕자와 이선은 점점 깊은 산 속으로 들어갔다. 한 곳에 다다르니
큰 바위 절벽이 솟아 있었다. 왕자는 이선을 업고는 순식간에 그 절벽
위로 올라갔다.

"나는 이제 돌아가서 배에서 기다릴 것이오니 어서 약을 구해 가지
고 배로 돌아 오십시오."

"설혹 내가 약을 얻는다 하더라도 이 험준한 산길을 나혼자 어떻게
내려갈 수 있으리요?"

"돌아오실 때는 그리 어렵지 않을 것이오니 과히 염려 말으소서."

왕자는 산 아래로 내려가고, 이선은 혼자서 산 위로 더 높게 올라
갔다. 한참을 더 올라가다 보니, 한 선인이 검은 소를 타고 오다가
이선을 보고는 걸음을 멈추고 물었다.

"그대는 어떤 사람이길래 이 곳을 올라 오는가?"

"나는 중국 초국공 대승상 이선이온데, 지금 구류선을 찾고 있나이
다."

이선의 말을 들은 그 선인은 손으로 숲을 가리키며,

"저기 보이는 침향(沈香) 나무 숲으로 들어가오. 높은 바위에서
바둑을 두고 있는 신선이 있을 것이오. 그 신선에게 물으면 자연히
알게 될 것이오."

이선은 사례하고 신선이 가르쳐 준 숲 속으로 들어갔다. 그 곳에
가보니 과연 높은 바위 위에서 선관들이 바둑을 두고 있었다.

이선은 그들 앞으로 다가가서 공손히 절을 하였다. 그러자 선관이

물었다.

"그대는 누구인데 감히 이곳엘 들어 왔느냐?"

"저는 중국 초공 대승상 이선이라는 사람이온데, 구류선을 뵈옵고 자 하여 왔나이다."

그러자 푸른 옷을 입은 선인이 물었다.

"무슨 일로 왔느냐?"

"황태후의 병환이 위중하여 황제의 명을 받들고 선약(仙藥)을 구하기 위해 왔나이다."

그러자 이번에는 붉은 옷을 입은 선인이 위쪽을 손가락으로 가리키면서,

"구류선을 만나려거든 저 산 꼭대기로 올라가라."

"지금 황태후께옵서 병이 매우 위중하여 시각을 다투고 있사오니 부디 빨리 약을 얻어갈 수 있도록 도와 주소서."

"우리는 약에 관해서 아는 바가 없다."

산꼭대기를 바라보니 너무 가파르고 험악하여 인간의 재주로는 도저히 올라갈 수 없는지라 긴 한숨을 내쉬며 탄식하고 있었다. 그때 갑자기 청학(靑鶴)을 탄 신선이 다가왔다.

"참으로 오래간만에 여기서 만나니 반갑구나. 그 동안 지네는 인간의 재미가 어떠한가? 그래 설중매(매향)는 만나 보았는가?"

"저는 다만 인간으로 고생할 뿐이온데 어찌 아는 바 없는 설중매를 만날 수 있겠습니까?"

"허허, 인간 세상으로 귀양을 가더니 하늘 나라의 일은 모조리 잊었나 보구먼."

하면서 그 청학 신선은 동자를 시켜 차를 따루어 이선에게 권하였

다.

이선이 그 차를 마시자 갑자기 정신이 맑아지면서 전생의 태을진군
으로서 죄를 지은 일과 봉래산에 능허선의 딸 설중매와 부부가 되어
서 재미있게 살던 기억과, 지금 만난 이 신선이 자기의 손아래 친구로
지내던 기억이 다시 살아났다. 이선은 길게 탄식하여 말하기를,

"나는 인간 세상으로 귀양 가서 고생이 극심한데, 자네들은 모두
잘 있으니 다행이네. 그런데 설중매는 지금 어디 있는가?"

"옛날의 능허선 부부는 지금의 인간 병부상서 김전 부부요, 설중매
는 양왕의 딸이 되었다네. 앞으로 자네의 둘째 부인이 될 것이니
잘 기억해 두게."

이선은 한숨을 길게 쉬면서 물었다.

"나는 도무지 알 수가 없네 그려. 능허선 부부와 설중매는 무슨
죄로 귀양을 갔으며, 월궁소아는 왜 김전의 딸이 되었고 설중매는
왜 양왕이 딸이 되었는가?"

"능허선 부부는 방장산에 구경을 갔다 오는 길에 상제께 꿀 진상을
늦게하여 귀양을 갔고, 설중매는 자네가 월궁소아를 흠모하는 것을
알고 항상 질투를 하여 귀양을 보냈다네. 전생의 그런 원수로 후생
에는 소아와 한 집에서 한 낭군을 섬기며 서로 애를 태우게 될
걸세."

"아, 이제는 다 알겠구먼. 이 모든 것이 다 하늘이 정하신 일이니,
인간으로서는 피할 수 없는 운명임을 이제 알겠네."

"아참, 시간이 너무 많이 흘렀군. 이제 자네가 돌아갈 때가 늦어졌
으니 어서 이 약을 갖고 가게. 그리고 여기서 내가 주더란 말은
하지 말게."

그 신선은 이선에게 세 가지 선약을 주었다. 이선은 신선에게 사례하고, 약의 이름을 물었다.

"이 물약은 혼을 불러들이는 환혼수(還魂水)요, 금빛 약은 말을 할 수 있게 하는 개언초(開言草)요, 나머지는 우화환(羽化丸)일세. 지금쯤 황태후는 죽었을 것이니, 자네가 가서 옥반지의 구슬을 시체 위에 놓으면 썩은 살이 다시 새로와질 것이며, 그 물약을 입술에 바르면 혼이 돌아와 환생(還生)하게 될 걸세. 그때 개언초를 쓰면 말을 하게 될 것이네."

"그러면 이 우화환(羽化丸)은 어디다 쓰는 것인가?"

"이 약은 자네가 감추어 두었다가 나이 일흔이 되거든 아내와 하나씩 나누어 먹도록 하게."

신선은 또 차를 따루어 이선에게 주었다. 이선이 그 차를 받아 마시니, 바닷가에서 용궁의 왕자가 기다리고 있다는 생각이 불현듯 들었다.

이선은 신선에게 거듭 사례한 후 부랴부랴 왕자가 있는 곳으로 왔다. 왕자는 이선을 배에 태우고는 순식간에 용궁으로 돌아왔다. 용왕은 크게 기뻐하며 잔치를 성대에게 베풀어 여행의 고초를 위로하였다.

"용왕님 덕분으로 봉래산을 무사히 다녀왔습니다만, 한 가지 더 바라옵는 것은 천태산을 가고 싶사옵니다."

이선은 용왕에게 사례하고, 천태산을 가르쳐 줄 것을 간청하였다. 용왕은 즉시 왕자를 불러서 이선을 천태산으로 안내할 것을 분부하였다. 왕자는 곧 이선을 배에 태우고 출발하였다. 이윽고 한 곳에 이르자,

"이곳이 천태산이옵니다. 약을 구하시려면 마고선녀(麻姑仙女)
를 만나 부탁하시오면 쉬울 것입니다."

이선은 왕자의 말을 듣고, 홀로 산 속으로 찾아 들어갔다. 한참을
걸어 들어가노라니 시내가 나왔다. 물이 너무 깊어 건너가지 못하고
서성이고 있는데, 갑자기 동쪽에서 한 소년이 사슴을 타고 내려오고
있었다.

이선은 반가와서 길을 물어보려 하였다. 그러나 소년은 사슴을
채찍질하여 순식간에 지나가 버렸다.

이선은 할 수 없이 다시 물가를 서성이고 있는데, 저쪽의 소나무
밑에 한 노인이 다 헤어진 옷을 입고 바위에 걸터 앉아 있는 것이
보였다. 이선은 급히 노인 앞으로 가서 공손히 절을 하고 말하였다.

"저는 중국 초국공 대승상 이선이라는 사람이온데, 황제의 명을
받들어 약을 구하러 왔다가, 배가 몹시 고프고 기갈이 심하오니
인가가 어디에 있는지를 가르쳐 주시옵소서. 또한 마고선녀의 집을
가르쳐 주시오면 선약을 얻어갈까 하옵니다."

"이 깊은 산골에 인가가 어디 있겠느냐? 또한 내가 이 곳에 산지
오만 년이 넘었으나 아직껏 마고선녀라는 이름을 들어보지 못했
다."

하고는 바위 위에서 일어났다. 이선이 다시 물으려는 순간 그 노인은
홀연히 사라져 버렸다.

이선은 낙망하여 또다시 서성거리고 있는데, 저 쪽에서 한 노인이
걸어오고 있었다. 이선은 그 노인의 앞으로 다가가서 마고선녀의
집이 어디인가를 물었다.

"저 물 하나만 건너면 옥포동(玉浦洞)이 있는데 그곳에 가서 물으

면 찾을 수 있을 것이요."

"물이 너무 깊어서 건널 수가 없사온데, 달리 가는 방법은 없사온
지요?"

노인은 짚고 있던 지팡이를 시내 위로 던졌다. 그러자 그 지팡이가
순식간에 변하여 다리가 되었다.

이선은 사례를 하고 물을 건너갔다. 이선이 막 건너오고 나니 노인
은 어느 사이에 사라지고 하늘에서 외치는 소리가 들려왔다.

"나는 대성사(大聖寺) 부처인데, 너에게 길을 안내하였으니 찾아
가도록 하라."

이선은 하늘을 향하여 사례하고, 산 속으로 계속 걸어 들어갔다.

얼마 쯤 가노라니 한 노인이 바위 위에 앉아 있는 것이 보였다.
이선은 그 앞으로 가서 절을 하고 옥포동으로 가는 길을 물었다.

그러나 노인은 들은 체도 않고 바위 위에 누워 버렸다. 이선은
무안하여 당황하고 있는데, 한 선녀가 손에 천도(天桃)를 든 채 청학
을 타고 왔다. 이선은 황급히 선녀에게 절을 하고 옥포동 가는 길을
물었다.

"손님은 누구시오며, 옥포동에는 왜 가시려고 하시나요?"

"마고선녀를 만나서 약을 얻어가고자 합니다."

"내가 이 산 속에 머무른지 오래 되었으나 천태산의 마고선녀는
아직 보지 못하였습니다."

"그러면 이 산이 천태산이 아니란 말씀이신가요?"

"이 산의 이름은 옥포산이며, 이 골짜기 이름이 천태동입니다.
하지만 오늘은 날이 저물었으니 내 집에 가서 쉬신 후에 내일 다시
찾아보도록 하십시오."

이선은 사례하고 그 선녀를 따라갔다. 숲 속에 아담한 집이 한 채 있었는데, 앞뒤 좌우로 갖가지 꽃이 피어 향기가 코를 찔렀다.

마당가에서는 선경(仙境)의 청삽살개 한 마리가 한가롭게 노닐다가 이선을 보더니 짖어대며 꼬리를 흔들었다. 선녀의 안내로 집안에 들어가니, 퍽 정결하였다.

"내 집엔 손님 대접할 사람이 나 밖에는 없으니 허물치 마시오. 원래 과부집이라……."

노선녀는 황금의자를 동서편으로 갖다 놓고, 이선에게 상좌(上座)인 동편 의자에 앉기를 권했다. 이선은 그 상좌를 노선녀에게 권하며 사양하였다. 그러자 노선녀는 발칵 화를 내며,

"손님이 내 말을 무시하니 나도 손님 가시는 곳을 가르쳐 드리지 않겠소."

이선은 할 수 없이 동편 의자에 앉았다. 노선녀는 서편 의자에 앉더니 시녀를 시켜 음식을 내오게 하여 권하였다. 이선이 음식을 먹어보니 동촌리 노파집 음식 맛과 같은지라, 속으로 이상히 생각하였다.

"천태산이 어느 곳에 있나요?"

"천태산은 나도 모르오. 그보다 손님께서는 헛수고 그만 하시고 내 말을 따르는 것이 어떠하오?"

이선이 의아하게 생각하며 선녀를 바라보았다. 그러자 선녀는,

"이 곳도 명산(名山)이요, 나 역시 명사(名士)의 아내가 되어 불편 없이 지내다가 남편이 갑자기 세상을 떠나므로 어린 딸과 함께 이곳에서 살고 있습니다. 그후 딸이 장성하여 혼기(婚期)가 되었으나 적당한 혼처를 구하지 못하여 근심하였으나 오늘 마침 손님을

만나니 첫눈에 군자의 형상이라, 내 진심으로 청하오니 손님께서는
내 사위가 되어 이곳에서 영화를 누리심이 어떠하오?"
선녀의 말을 듣고 이선은 공손한 말로 사양하였다.
"말씀은 대단히 고마우나 나는 임금의 명을 받들어 이곳까지 왔사
오니 앞으로 약을 구하지 못한다면 차라리 죽을지언정 불충의 원혼
은 되지 않겠사옵니다."
"손님의 말씀은 매우 바르오나, 속담에 이르기를 죽은 정승이 산
개만 못하다고 하였는데, 손님께서는 어찌하여 고생만 하시다가
비명횡사하려 하십니까? 내가 비록 가난하나, 노비가 삼천 명에
전답이 수천 결이니 그다지 궁핍하지 않게 대접할 수 있으니, 구태
여 속세로 내려가시지 말고 부디 내 말을 따르시도록 하시오."
이선은 끝내 사양하며, 몹시 민망스러워 하였다. 밤이 깊어오자
선녀는 옆방을 소개하고 이선을 그 방에서 편히 쉬도록 하였다.
이선이 다음 날 아침에 눈을 떠보니, 그 편하게 쉬던 집은 어디로
가고 자기의 몸이 시냇가에 누워 있는 것이었다.
이선은 황급히 일어나서 주위를 돌아보니, 한 노파가 바구니를
옆에 끼고 길가에서 산나물을 캐고 있었다. 이선은 그 노파 앞으로
가서 공손하게 물었다.
"천태산이 어디옵니까?"
"여기가 바로 천태산이오."
"옥포동은 어디에 있나요?"
"여기가 바로 옥포동이요."
이선은 뛸 듯이 기뻐서 다시 물었다.
"그러하오면 마고선녀의 댁은 어디입니까?"

"내가 바로 마고선녀요? 내가 눈이 너무 어두워 몰라보겠는데 당신은 도대체 누구요?"

이선은 대답 대신 숙향이가 써준 편지를 꺼내 주었다. 그랬더니 마고선녀는 크게 소리내어 웃으면서,

"하하하, 내가 일부러 공자(公子)를 떠보느라고 모른 척하였습니다."

마고선녀는 숙향의 편지를 다 읽고 난 후에 기뻐서 어쩔 줄 모르면서,

"그렇지 않아도, 내가 공자(公子)를 기다린 지 오래입니다."

하고는, 약을 주면서 지금 이미 황태후가 죽었으니 빨리 가보라고 하였다. 감사히 여기면서 약을 받아드는 순간에 마고할미는 이미 자취를 감추어 버렸다.

이선은 하늘을 향하여 눈물을 흘리며 사례하였다. 이윽고 걸음을 재촉하여 강가로 돌아오니, 용궁의 왕자가 반갑게 맞이하였다.

이선이 배에 오르자 왕자는 이선을 보고 눈을 감으라고 하였다. 눈을 감고 있었더니 잠시 후에 다시 눈을 뜨라고 하는 것이었다. 이선이 눈을 떠보니 어느덧 장안성(長安城) 십리 밖의 해경강가에 다다라 있었다.

이선은 기뻐서 어쩔 줄 모르며 용궁 왕자와 작별의 인사를 나누고, 개선장군이 되어 어전으로 들어가 황제께 뵈었다.

"신이 불민함이 커서 빨리 명을 완수하지 못한 죄가 크옵니다."

이선은 황제 앞에 엎드려서 눈물을 흘리었다.

"어디인지도 알 수 없는 수 만리 길을 무사히 왕래하여 선약을 얻어 왔으니, 경의 충성은 과연 놀랍도다. 하지만 왕태후께서는

이미 세상을 떠나셨으니 과연 그 영약이 회생(回生)의 효험을 나타내 줄 수 있을런지 의문이요."

황제는 반신반의 하면서, 이선이 가르쳐 준대로 시험하니 죽었던 황태후가 과연 완전히 소생하였다. 선약의 신기함을 보고 황제와 만조백관이 모두 놀라며 기뻐서 어쩔 줄 몰랐다. 황제는 이선을 친히 부둥켜 안고,

"경이 이런 선약을 구해 오시다니, 그 먼 길의 고생을 가히 짐작하고도 남음이 있소."

하시며, 칭찬하여 마지 않았다. 이선은 그 동안 겪었던 일들을 소상히 아뢰었다. 그러자 황제가 더욱 기뻐하시고,

"진시황의 권능(權能)으로도, 한무제의 위엄으로도 감히 해내지 못한 일을 경이 비로소 해냈구려. 이제 선약을 구하여 승하하신 황태후를 소생케 하시니, 이것이야말로 세상에 다시없는 공(功)이요, 따라서 짐이 어찌 그 공을 다 갚을 수 있으며, 또한 어찌 그 공을 잊을 수 있으리요? 처음 경에게 약속한 대로 이 나라의 절반을 나누어 주겠소."

이선은 황급히 엎드려 아뢰었다.

"성상께옵서는 어찌 신으로 하여금 후세에 역명(逆名)을 남기게 하시려 하옵니까? 바라옵건대 소신(小臣)의 불민함을 굽어 살피소서."

이선은 머리로 땅을 받아 피를 쏟으며 사양하였다. 황제는 이선의 뜻이 굳음을 보고, 상을 줄이어 초왕(楚王)을 봉하였다. 또한 김전으로 하여금 좌승상을 시키고, 이선의 공을 다 갚지 못함을 한하였다.

이선은 사은백배(謝恩百拜)하고 어전을 물러나와 집으로 돌아왔

다. 부모와, 장인 장모와 장승상 부부와 숙향부인은 죽었던 사람이 살아난 것처럼 반갑게 맞이하였다.

숙향부인은 초왕이 된 남편 이선을 보고,

"당신이 길을 떠나신 후 창 밖의 동백나무가 날로 시들어 가므로 혹시 돌아오시지 못하실까 염려하여, 대신 목숨을 끊어 당신의 목숨이 연장되도록 하려고 천지신명께 빌었습니다. 그랬더니 하루는 꿈에 마고할미가 와서 당신을 보려거든 따라오라고 말하기에 가 보았더니 산골에 있는 궁전에서 당신을 보았습니다. 당신이 제아무리 양왕의 혼사를 사양하신다 하더라도 이미 하늘이 정하신 배필이니 거역할 수는 없을 것이옵니다."

그러나 이선은 한사코 그 결혼을 반대하였다.

"내가 이미 낭자를 위하여 백년해로 할 것을 맹세하였거니와 이제 와서 그 맹세를 깨뜨리고 매향공주와 결혼을 한다면, 그것은 장부(丈夫)의 의지(意志)를 꺾는 일이 되며, 또한 낭자를 위해서도 결코 바람직한 일이 아닐 것이오. 지난 날에도 내가 누누히 말했거니와 만약에 매향공주가 우리 가문에 들어와 자신의 집안의 위력을 믿고 낭자를 업수이 여기고 함부로 대한다면 이는 집안의 큰 수치라, 한 번 엎질러진 물은 다시 그릇에 주워 담을 수 없다고 하였으니, 만약 그렇게 된다면 이는 실로 두려운 일이 아니겠소? 그러니 낭자께서는 모름지기 앞으로는 그런 얘길랑은 다시 하지 말아 주오."

그러나 숙향부인은 물러서지 않았다. 다정한 말로 다시 이초왕에게 간청하였다.

"말씀은 그러하오나, 하늘의 뜻이 이미 당신과 매향낭자를 또한 천정연분으로 정하여 놓은 이상 이는 어찌할 수 없는 숙명이옵니다. 제 생각으로는 매향낭자는 지체있는 가문의 여자인지라 사리가 바르고 그 심기가 또한 곧은 줄로 아옵니다. 그러하온즉 천륜(天倫)을 어기지 마시고 배필로 삼아 맞아들이신다면 소첩과의 사이에 큰 불편은 없을 줄로 아옵니다. 만약에 이 혼사를 소홀히 하신다면 죄없는 한 여자를 한평생 어두운 감옥에 가두어 놓는 것과 같은 죄악을 범하시는 것이온즉, 그 원망이 곧 당신의 신상에 화(禍)를 불러일으킬 것이오며, 나아가서는 소첩은 물론 우리 가문 전체의 영화가 위태롭게 될 것이오니, 다시 생각하시어 소첩의 간청하옵는 뜻을 굽어 살피소서."

사랑하는 아내 숙향부인이 이토록 설득하는지라 이초왕은 잠자코 생각을 하였다. 그리고 봉래산에 갔을 때, 그 곳에서 약을 주던 선관이 하던 말을 떠올렸다. 어쩔 수 없는 하늘의 명(命)이라는 사실을 깨닫지 않을 수 없었다.

이초왕는 아내 숙향부인을 보고 다정한 목소리로 속삭이듯이 말하였다.

"낭자의 마음은 실로 바다보다도 더 넓고 앞날을 통찰하는 지혜는 가히 수궁(水宮)보다도 더 깊구려. 낭자의 뜻이 정히 그러할진대, 매향공주와의 혼사 문제는 부모님과 상의하여 보겠소."

초왕은 아내 숙향의 손을 잡고 그 하해같이 넓은 마음과 미래를 예측하는 신묘한 지혜를 치하해 마지 않았다.

이선은 곧 부모님을 찾아가 뵈옵고 매향공주와의 혼사 문제에 대한 아내 숙향의 뜻을 전하였다. 그러자 부친 위왕은 뛸 듯이 기뻐하며 아들의 손을 붙들고 말하였다.

"내가 그렇지 않아도 지금 막 너를 부르려는 참이었다. 양왕이
여러 차례 혼사 얘기를 꺼내는 바람에 내가 곤욕을 치르고 있었단
다. 내가 보아하니 매향공주는 의지가 곧고 행실이 빙옥(氷玉)같아
나무랄 데 없는 규수더라. 그러니 네가 부실(副室)로 맞아들인다
하더라도 집안에 별 일은 없을 것 같구나."

곁에서 듣고 있던 모친도 나서서 다정한 말로 이선을 위로하였다.

"우리는 지금까지 큰 며느리의 눈치를 보아 네게 차마 매향공주
얘기를 강조하지 못하였구나. 그런데 현부(賢婦)가 이제 그토록
드넓은 아량으로 네게 권하니 이 기회에 너가 승락하여 매향공주를
맞아들인다면 오히려 가문의 경사가 아니냐? 그러니 기왕 작정한
김에 길일을 택하여 서둘러 혼사를 거행하도록 하는게 어떻겠느
냐?"

이초왕은 부모님의 뜻도 이러한지라 더 이상 거절하지 못하고 승락
하였다.

위왕은 곧 이러한 사실을 양왕에게 알렸다. 양왕은 위왕의 허혼
(許婚) 소식을 듣고는 뛸 듯이 기뻐하였다. 곧 매향공주를 불러 그
뜻을 일러 주니, 매향은 두 볼에 눈물을 주루룩 흘리며 부모님의 손을
붙들고 말하였다.

"소녀의 뜻을 하늘이 아신 것이옵니다."

양왕은 기꺼운 마음으로 위왕에게 연락하여 혼사 문제를 의논하였
다.

황제가 그 소문을 들으시고 크게 기뻐하여 비단 백 필을 하사하시
었다. 그리고 숙향과 매향의 곧은 마음과 정절을 어여삐 여기시사,
숙향에게는 정렬왕비(正烈王妃)의 직첩을 내리시고, 매향에게는

정숙왕비(貞淑王妃)의 직첩을 내리시어 이를 만천하에 알리었다.

이리하여 혼례일이 되자 황제가 친히 교배청에 나아와 둘러보시고 치하하니 문무천관(文武千官)이 가득한 혼례장(婚禮場)에는 기쁨과 환성이 넘쳐 흘렀다.

성은(聖恩)이 망극한 가운데 이선과 매향이 또한 천정 배필로 육례(肉禮)를 올리니 실로 보는 사람마다 축수하는 소리 절로 나오며 산하가 함께 이를 기뻐하는 것 같았다.

혼사가 끝나고 난 후부터 매향공주는 숙향부인을 항상 공경하였으며, 숙향부인 또한 매향부인을 인의(仁義)로 대하여 친형제처럼 지내니 주위에서 보는 사람도 모두 즐거웠다.

매향공주는 숙향부인의 친정 부모인 김승상 부부를 친 부모같이 섬기었으며, 숙향부인도 또한 매향부인의 친정 부모인 양왕 부부를 친 부모처럼 공경하였다.

세 사람의 부부는 실로 하늘이 베푼 인생의 최고 걸작이었다. 항상 서로 믿고 이해하며 서로 공경하는지라 불미스러운 일은 추호만큼도 일어나지 않았다. 오히려 예전보다도 더욱 화평한 가정을 이루었다. 부부 세 사람의 금실이 한결같이 화락한 가운데 각기 하늘이 정하신 자녀를 두었으니, 숙향부인은 두 아들에 딸 하나를 두었고, 매향부인은 세 아들에 딸 둘을 두었다.

자식들이 모두 부모를 닮아 그 기상이 남보다 특출하였고, 그 가진바 재기(才氣)가 또한 범인(凡人)을 초월하였다. 어린 나이에 모두 등과(登科)하여 벼슬이 높았으며 자손이 계속하여 번성하였다.

숙향부인이 낳은 맏아들은 병부상서(兵府尙書)에 올랐고, 딸은 태자비(太子妃)가 되었으며, 둘째 아들은 정서대도독(征西大都督)

이 되어 오랑캐가 출몰하는 오원주천이라는 곳으로 가서 민심의 소요를 막고 외적을 무찌르고 있었다.

이때 정서대도독은 적병과의 전투에서 오랑캐를 무수히 무찌르고 나아가 적의 장수를 치려고 할 때 그만 뒤에서 적졸이 달려드는 바람에 사로잡히게 되었다.

적장은 대도독을 꽁꽁 묶은 다음 칼을 뽑아 목을 내리쳤으나 칼이 들지 않고 도독을 묶었던 밧줄이 저절로 풀어지는 것이었다. 이를 보고 적병이 일제히 활을 뽑아 시위를 당겼으나 화살은 한개도 맞지 않고 도독을 피해서 날아가는 것이었다.

도독은 피하지도 않고 그 자리에 선 채로 적병을 호령하고 교유하니 적병이 모두 놀라고 신기하게 여겨 항복하였다. 도독은 항복한 오랑캐의 무리를 모두 종으로 삼아 부중으로 데려왔다. 초왕 부부는 아들에게 항복하여 따라온 오랑캐의 무리들을 종으로 삼아 친근하게 부리었다.

그러던 어느 해 정월 보름이었다. 초왕은 모든 노복들을 마당에 불러 놓고 씨름을 하게 하면서 즐기었다. 그런데 그 중에서 힘이 제일 센 노복은 오랑캐의 두목이었던 적장이었다. 초왕은 적장이었던 노복을 불러 치하하고 상을 후하게 내렸다.

이때 숙향부인이 그 노복을 본즉 낯익은 얼굴이었으므로 자세히 보니, 다섯 살 때 반야산에서 자기를 업어다가 마을 어귀에 내려주고 간 도적 같았다. 너무 오랜 세월이 흘러 확실하게 기억되지는 않았지만 어린 마음에 한 순간이라도 고맙게 여겼던 그 인상은 아직까지도 숙향부인의 가슴 속에 새겨져 있었던 것이다.

숙향부인은 초왕에게 그 이야기를 하였다. 그랬더니 초왕은 그 노복을 불러 물었다.

"너는 옛날 형초(荊草) 지방을 침범한 적이 있느냐?"

"예, 그런 적이 있사옵니다."

그 노복은 고개를 숙인 채 대답을 하였다. 초왕은 다시 물었다.

"그럼 혹시 반야산에서 사람을 업어다가 마을에 내려준 적이 있느냐?"

그러자 그 노복은 한참 기억을 떠올리더니 얼굴에 미소를 띠고 대답하였다.

"예, 그러고 보니 이제 생각이 나옵니다. 그 난리 중에 웬 여자 아이가 부모를 잃고 바위 틈에서 울고 있었지요. 그때 다른 동료 도적이 죽이려고 하는 것을 제가 만류하고 업어다가 산 아래 마을에 내려두고 왔사옵니다."

이 말을 들은 초왕과 숙향부인은 크게 기뻐하고, 그 노복에게 지난 이야기를 들려 주었다. 초왕과 숙향부인은 곧 그 은혜를 감사하고 금은으로 후하게 상을 내리었다. 그 노복의 이름을 물은즉 '신비해'라고 하였다.

이 모든 일을 황제에게 아뢰니, 황제가 기특히 여기시고, 신비해로 하여금 평서장군 진서태수(平西將軍鎭西太守)가 되게 하시었다. 그후 신비해 장군이 서방 모든 도적들을 진압하여 나라의 은혜를 갚으니 온 천하가 다 태평하였다.

그후 갈수록 두터워지는 부귀영화의 극진함 속에서 초왕 이선과 숙향부인과 매향부인은 하늘이 정한 지복(至福)을 누리다가 당년 칠십이 되니, 우화환(羽化丸)을 먹고 부부가 함께 승천(昇天)하였다.

  자식들이 이를 보고 망극하여 하늘을 향해 애통해하고, 평소에
쓰시던 기물과 옷가지를 관에 넣어 왕례(王禮)로 헛장(虛葬)을 지내
었다.

판 권
본 사
소 유

숙영낭자전

2004년 5월 20일 인쇄
2004년 5월 30일 발행

엮은이 • 황 국 산
펴낸이 • 최 상 일
펴낸곳 • 태을출판사

주 소 • 서울특별시 강남구 도곡동 959-19
등 록 • 1973 1.10(제4-10호)

ⓒ1999. TAE-EUL publishing Co.,printed in Korea
※파본 낙장본은 교환해 드립니다.

■ 주문 및 연락처
우편번호 ⑩⑩-④⑤⑥
서울 특별시 중구 신당 6동 제52-107호(동아빌딩내)
전화 • 2237-5577 팩스 • 2233-6166

ISBN 89-493-0253-5   03810